你许我的

白首

不离

思卿 著

中國華僑出版社

目录

你许我的
白首
不离

薛　涛／一点残红欲尽时 ⋮ 001

苏小小／红衣脱尽芳心苦 ⋮ 023

柳如是／且向花间留晚照 ⋮ 041

鱼玄机／放船千里凌波去 ⋮ 061

李香君／罗带同心结未成 ⋮ 087

董小宛／杜鹃声里斜阳暮 ⋮ 109

卞玉京／潇潇暮雨子规啼 ⋮ 131

陈圆圆／桃源望断无归处 ⋮ 149

马湘兰／试问闲愁都几许 ⋮ 171

寇白门／韶华不为少年留 ⋮ 187

李夫人／一声落尽短亭花 ⋮ 207

顾眉生／芭蕉不展丁香结 ⋮ 233

薛涛

一点残红欲尽时

薛涛，字洪度，女诗人，唐代名妓。随父寓居蜀中，父死家贫，堕入乐籍。薛涛姿色美艳，多才多艺，名倾一时，与当时蜀地许多名人都有诗文交往，后脱离乐籍，终身未嫁。薛涛所制彩笺，尺幅小，色泽艳红，多用来写诗表达爱意，后被人称为『薛涛笺』。

第一章／芙蓉尽

唐德宗贞元二年的暮春，在蜀中郊区浣花溪的一处旧宅门口，一顶深蓝软轿正静静等候它的主人到来。

不多时，从宅院中走出来一个容貌绝佳的女子，她上着碧绿窄袖短衫，下着同色曳地长裙，腰垂石榴色腰带，高髻上点缀了几只金银翠钿。随着她脚步轻移，翠钿也跟着轻轻颤动。

一旁随侍的妇人撩开帘子，女子坐进轿内，伸手扶了扶鬓角的芙蓉花。轿夫们步履轻快，向市区的幕府奔去。

"久闻薛涛姑娘才情，今日终得一见，不枉此生啊。"一个须发皆白的老者看着面前的彩笺，连声赞叹。

"幸得大人邀请我等，不然，不知何时才能一睹姑娘的芳容。"宾客中有年轻男子跟着说道。

被称作薛涛的女子笑而不语，只是将两人面前的酒杯斟满，刚才说话的两人自然不会推辞，将杯中美酒一饮而尽。

宾客散尽，喧嚣退去，厅堂中的下人也被主人遣到别处，薛涛看着宽阔的大厅里只剩了自己以及身后英武伟岸的男子，她回过身来，将鬓角的芙蓉花取下，攥在手中把玩。

"怎么，今日似乎兴致不高？"男子走近来，借拿走芙蓉花的机会顺势将薛涛的手握进掌中。

"大人不怕旁人看见？洪度只是一个侑酒助兴的歌伎。"薛涛明知厅中只有两人，却故意娇羞地说道。

"看见又何妨，蜀中谁人不知？"男子大胆地将薛涛搂进怀中，伸手便要褪下她的碧绿短衫。

"大人，您的胡楂扎痛洪度了。"薛涛推开男子，往后退开一步，"好容易才梳好的新发髻，可不能弄坏。"她媚眼如丝，一手扶着高髻，一手贴着肩上已经半褪的衣衫。

"我就是喜欢你这副小女儿的娇态，我告诉你，侑酒助兴是你的本分，不过，千万记住，不要心生他念，你可是一直在我眼皮底下。"男子将薛涛打横抱起，走出厅堂。

"洪度怎敢，能蒙节度使大人抬爱是洪度的福分，离了您，洪度怎么活？"薛涛伸手环住男子的脖子，将脸贴近对方的脸颊。

靠在韦皋的胸口，听着他平静和缓的呼吸，薛涛坐起身来，只有在韦皋熟睡的时候，她才能卸下自己的伪装，不用为了苟活强颜欢笑。

与韦皋相见是一年前，也是暮春时节，芙蓉花落的时候，因家贫难以度日的薛涛，为了生计，没入乐籍，成为一名在官府的宴席中侑酒陪笑的官妓，尽管卖艺不卖身，但是与从前官宦之女的身份相比，已是云泥之别。

薛涛仍记得换上半掩粉胸的罗裙时，邻居少年那心痛和绝望的眼神，但是她别无选择，如果为了自己的清白和自尊，骄傲地拒绝，手无缚鸡之力的她和寡母都只能在旧宅中等死。

"想什么呢？"警惕性极高的韦皋，被薛涛幽微的叹息声惊醒，他坐起身，轻轻抚摸着薛涛黑色的长发，"这样美的发髻，终究是毁了。"

"它原本就是为了取悦大人而梳的，能让大人可惜，已经是最大的圆满，所以，并无遗憾。"薛涛看着韦皋，那双鹰一般的眼睛曾经让她胆怯，但那只是曾经，现在的薛涛，面对韦皋只有放肆，因为她知道，他宠她爱她，这就是她生存的本钱。

"我命人送你回去。"韦皋掀开厚重的床帏，穿戴衣物。

薛涛接过韦皋手上的青色袍衫，替韦皋穿戴："洪度从侧门离开就行，不过一个时辰的路，还走得起。"

"我不想让别人看见你。"韦皋霸道地捏住薛涛的下巴，炽热的唇覆上她的，"那些贩夫走卒，都不配看你一眼。"

"大人别忘了，洪度比那些贩夫走卒更卑贱，官府里来来去去的官员们，见洪度的面还少吗？侑酒助兴，与仆妇并无差别，不，她们只需尽本分，洪度还要强装笑颜呢。"薛涛看着韦皋的眼睛，那里面有一个挑衅的，嘴角写满戏谑笑容的女子。

"你见我也如见他们一样？"韦皋手上的力道加重，薛涛白皙的脸颊上出现了一道红痕。

"我见大人，是心中所想，我见他们，是大人所愿。"薛涛替韦皋整好圆领的袍衫，转过身去取床角的衣物。

"哼，我并未错看你，生就一张利嘴，叫人喜欢。"韦皋亲了亲薛涛的前额，"既然你愿意，就自行回去吧。宾客中有人讨你的诗作，明日我让人来取。"

"洪度今日回去就写好。"韦皋前脚出门，薛涛紧随其后踏出厢房。通往侧门的回廊上，有一处亭台，薛涛经过时，看见亭中的石几上，用金色鸟笼锁了一只翠色的鹦鹉。

"洪度。"走在前面的韦皋对着鹦鹉叫了一声，原本啄着羽毛的鸟儿，仿佛得了令，立刻站直了身躯，连声怪叫："洪度，洪度。"

"噗……"薛涛忍不住笑出声来。

"送你的。教了半月，才学会说这两个字。"韦皋指了指鸟笼。

"既然送了我，就是我的，听凭我处置了。"薛涛大声说道。

韦皋挥了挥手，转身往前走出园子。

薛涛走近鹦鹉，它脚上有一根细细的金链，鹦鹉不时踢踢脚下的链子，以为能摆脱束缚。

看着鹦鹉的憨态，薛涛忍不住感叹道："愚蠢的畜生，这链子一旦拴上，岂是你能挣脱的？好在今日你遇到洪度，洪度可怜你。"她打开鸟笼，将金链扯断，取出了鹦鹉，在手中端详。

"洪度，洪度。"鹦鹉转动着眼珠，大声叫道。

"我们能换一换就好了，你也会放我出去的吧？"她松开手，轻轻展了展臂，腕上的金属手镯叮当作响，"好了，一味学舌的东西，你就叫着洪度，离笼而去吧。"鹦鹉似乎被叮当声惊吓，扑打着翅膀，飞上亭台的栏杆，停歇了片刻，见无人捕捉，这才展翅飞上天空。

看着鸟儿扑棱棱飞了又歇，几番折腾后，终于没了影，薛涛紧了紧衣衫，瞥一眼笼门打开的金鸟笼，道："即便黄金铸就，也没有自由来得可贵，你倒是好命，遇到我慈悲。可怜我向往已久，无奈身不由己，不得展翅高飞。"

能如带翅的鸟儿飞离笼中是薛涛的心愿，只是，韦皋不放，她亦不敢。

第二章／少年愁

这一条从浣花溪通往幕府的路，薛涛不记得来来去去多少回，她看见道路两旁的芙蓉开了又萎，萎了复开。在韦皋的推崇下，薛涛的名气越来越响，不少文人雅士以能和薛涛唱酬交往为荣，薛涛享受着韦皋带给她的荣耀，却也在暗自担心，蜀中年轻的歌伎不过十五六岁，而自己，已经二十一了。

"大人，洪度年纪不小了，最近梳妆，总觉眼角添了细纹呢，新来的姐妹年轻貌美，洪度担心，大人的心往别处去了。"薛涛依偎在韦皋的身旁，试探地问道。

"你这样聪慧美艳的女子，有谁比得过？"韦皋不动声色地说道，"怎么，你想脱离乐籍了吗？这可不好，别说本大人不愿意，就是府上那些宾客，也不会赞成。"

"若是大人喜欢上别的女子，到时候洪度怎么办？"薛涛坐直了身子，认真地说道。

"韦皋今生所宠，唯薛涛一人。"韦皋坚定的目光让薛涛如坠冰窟，她犹记得当初，被人举荐至幕府歌舞助兴时，也是韦皋一句话，让她堕入乐籍，自此卖笑侑酒，欢场度日。

"洪度觉得，若大人是真心喜欢，断不会让洪度在欢场受苦。"薛涛复又依偎在韦皋身旁。

"荣华富贵你皆有，还奢望什么？多少名门闺秀且不及你一半风光。洪度，有时候不要太贪心，想想，若没有我的安排，你怎能以诗会友，名倾蜀地？你真以为蜀中有才情的歌伎才女独你一人吗？不过是因为我宠你，你才能艳冠群芳。"韦皋端起桌上的酒杯，一口饮尽，神情变得难测，"洪度，我怜你，你要自知。"

"大人的知遇之恩，洪度没齿难忘。"薛涛见韦皋变了脸色，知道对方已经不满，她轻拽韦皋的衣角，楚楚可怜地看着对方，"您就是天，洪度有您庇佑，才能安然度日，大人说得对，洪度不该有非分之想，适才多有得罪，请大人原谅。"

"算了吧，我怎会和你计较。"见到薛涛改口，韦皋神色渐渐缓和，"前几日，有老友差人从长安送来些礼物，我给你留了几样，你肯定喜欢。"韦皋从一旁的木几上拿来一个精致的漆盒，递给薛涛。

盒中的礼物不出薛涛所料，是几支名贵的金步摇，繁复的工艺显出首饰的贵重，薛涛收在手中，连声道谢，眼睛里却看不到步摇的样子，与从前所赠并无两样，这能算礼物吗？还是应该叫打赏？

"戴上新步摇，让我好好看看。"韦皋一把搂住薛涛，不由分说，将几支步摇全插在她的发髻上，金属碰撞的声音在薛涛的耳边回响，她看着伏在身上寻欢的韦皋，闭上眼睛，在心里默默地叹息。

从幕府回浣花溪，薛涛依旧坚持走回去，她想看看集市，用市井的热闹冲淡自己内心的落寞。

为了不被人看见，她戴上轻薄透亮的纱罗蔽面，又佩了团花的披帛，遮掩自己袒领的衣衫。韦皋知道她的习惯，许多年前就不再刻意叮嘱，但是薛涛从来不忘记，韦皋不知道，这是她保留自尊的唯一方式。

集市上有人叫卖首饰，薛涛平日里不爱这些，但今日却鬼使神差，或许是心情不好，想买些小玩意儿慰藉自己，她走了过去，打量摊上只算得上雅致的头钗饰物。

"姑娘可是浣花溪的薛家女子？"一个轻柔的男声在耳旁响起。

薛涛一惊，她转过身，快步往前走，甚至忘了手中还有小贩的银梳。

"姑娘，你的银两呢？"小贩在身后大叫。

透过轻纱，薛涛看见四周有人指点，她心慌地扔下手中的银梳，快步向前跑去。真是不应该，早知道，就越过集市直接回宅子，或者让韦皋派人送自己回去也好。

薛涛一路奔回浣花溪，看到旧宅门前的芙蓉树，她才停下脚步，因为跑得匆忙，她根本没有注意到身后一直跟着一个人。

"姑娘忘了我是谁吗？"男子走到薛涛身侧，将银梳摊在手心，"我一直记得你，你右手背上有颗红痣，我们儿时游戏，我牵过你的手。"

"你记错了，那不是我。"薛涛将手笼进袖中，转身推开宅院门，将自己藏了进去。

这是那个少年，那个见到自己换上袒胸罗裙时心痛无比的少年，薛涛记得他的声音，所以才惊慌失措地跑开。数年前，她坐上软轿，看见他在院门一侧张望，那时的薛涛只有不舍，如今，更添难堪。

"姑娘，院里的梧桐树上坠了这个东西，我用竹竿挑下来了，也不知道谁挂在那儿的。"侍女鸢儿从门外进来，将一把银梳放在圆桌上。

薛涛稍稍侧目，手中的笔在信笺上横了一笔。

"呀，不该打扰姑娘的，看吧，好好的一首诗，临近结尾出了岔子。"鸢儿过意不去，赶紧给薛涛换新的纸张。

"罢了罢了，今日不写了，迟一天也没什么大不了。"薛涛搁下笔，在鸢儿端来的水盆中净了手，拿过银梳认真看着。

"我去准备晚饭，好了再叫姑娘。"鸢儿端走水盆。

薛涛拿着银梳，走到庭院中，高高的梧桐上，挂着一根红色的丝绳。她知道，银梳是他挂上去的，他定是希望她取下来。年少时的光景，薛涛并未忘记，即便是在韦皋的厢房中承欢过后，她偶尔也会思念起远行求学的少年，回想他们玩闹时那单纯快乐的时光，他们不见已有五年。

"姑娘，树上又挂了东西，这邻家的人疯了吗？肯定是个心存邪念的登徒子吧，不知道姑娘是韦大人的……"鸢儿口快，说到一半却见薛涛脸色有变，她挠了挠头，飞快地退出房间。

父亲啊，你种下梧桐的时候，可曾想到有一天，会有个少年用它向你女儿示好？薛涛倚在门框上，看着梧桐叶被风吹落。

"洪度，为父吟诗两句，你接下去，如何？"薛郧看着聪慧的女儿，指着梧桐树说道，"庭除一古桐，耸干入云中。"

"枝迎南北鸟，叶送往来风。"年幼的薛涛不假思索，脱口而出。

"你……怎么对出这样的诗句来？"薛郧一脸担忧，庭院中种下梧桐，本是招来凤凰栖息的好兆头，此刻在女儿口中，却成了迎来送往，这是风尘女子才有的结局啊。

"父亲，洪度对得不工整吗？"薛涛询问父亲，却没有得到回答。

父亲，洪度对得不工整吗？怪不得洪度，这都是命运安排啊。薛涛看着树干上轻轻晃动的粉盒，叹了口气，转身回到房间，掩上房门。

第三章／莺语乱

"姑娘，那人趴在墙头上，拽着树干晃来晃去，若不是叫唤得及，差点儿就被我当贼人一竿子打下去了。"莺儿从庭院跑到薛涛门口，手持竹竿，气呼呼地叫道。

"不要理他。"薛涛看着面前的古籍，思绪却飞到了别处，这无知的邻家少年啊，就算有情意，我脱离乐籍需要的昂贵金银，你又如何付得起？

"薛姑娘，你这手还真是细滑啊。"看着斜靠在自己身旁谈笑自若的薛涛，男子忍不住涎着脸伸出手，捏住了薛涛的手指。

"张大人，这可是在节度使大人的府上，您真是放肆。"薛涛抽出手，转而握住男子腰间一块玉佩，"咦，这玉佩好温润呢，可否借薛涛一看？"

"只要姑娘喜欢，送你便是。"男子伸手搂住薛涛的肩膀。

这一次，薛涛没有躲开，她将玉佩塞入身上的香囊里，这个细微的动作，逃过了韦皋的眼睛。

"姑娘，这些都是别人送的？"莺儿看着圆桌上摆满的物件，虽非价值连城，却也多是上等配饰，"乖乖，这样贵重的东西，姑娘怎么收了？大人知道吗？"

"莺儿，我们主仆一场，我若能好过，自然不会亏待你，我有心脱离乐籍，这些钱物是用来备不时之需的，你且收妥。"薛涛轻声道。

"韦大人对姑娘心意甚浓，即便钱财足够，大人不准，姑娘如何离得？"鸢儿沉思后低声说道。

"让他讨厌便是，他的心意，我用五年韶华偿还还不够吗？我也是有血有肉的人，总要为自己考虑。这世上若没了薛涛，大人依旧是节度使，依旧是朝中重臣，薛涛从来都是可有可无的，不弃不过是还没有厌倦罢了。"薛涛所言颇为心酸。

"姑娘可有妥当的主意了？"鸢儿拿来一块布帛，将桌上的物品收拾妥当。

"我也不知，不过，无论结果如何，总要试一试。"薛涛下定决心，她不能一辈子都做韦皋的禁脔，何况，韦皋并没有许她一辈子。

薛涛取下了梧桐树上叮当作响的臂环，让鸢儿将一首诗挂上树干。

"去年零落暮春时，泪湿红笺怨别离。常恐便同巫峡散，因何重有武陵期？传情每向馨香得，不语还应彼此知。只欲栏边安枕席，夜深闲共说相思。"邻家墙边，少年握着笔迹未干的信笺，心意已定。

幕府门外，开始徘徊一个白衣少年，一双纯净的眼睛，看着府门上鎏金的大字，他在等一个人，那个人此刻在宾客间穿梭，嬉笑怒骂万种风情。

"你近日是怎么了？"韦皋看着薛涛，她卧在软榻上，衣裳半敞，不胜娇羞，"从前不爱搭理那些人，如今对他们倒是热络了许多！"

"哪有，大人多心了。"薛涛一脸惊慌，但是旋即又恢复平静，"洪度的心都在大人这儿！"她伸出纤纤细指，轻戳韦皋的胸口。

"最好不要有二心，我早就跟你说过，你要是任性妄为，下场可不好看。"韦皋半是威胁半是玩笑。

"什么下场？大人要杀了洪度吗？"薛涛拧起眉，"大人舍得？"

"你说呢？"韦皋不答反问，他在薛涛的颈子上咬了一口，"或许要将你拆吃入腹呢，害怕吗？"

薛涛看着韦皋的鬓角，她明白了，这个男人是喜爱她的，不止宠，还有爱，起码目前爱着，但是她依旧要逃，因为，她不爱他，她用五年的勉强，明白自己想要的东西，不是名利荣华，不是恩宠呵护，是自由，是带着尊严自由地活。

他一定等在门口，薛涛知道，所以她这次破天荒地从侧门绕到了正门，并且装作偶然碰到了少年。不出薛涛所料，少年的心疼与询问引起了守门人的注意，尽管她故意快步拽着少年离开，但是，次日，幕府中的主人已经知道了自己心爱的官妓薛涛和别人暧昧拉扯。

看着厅堂中怒目相向的韦皋，薛涛没有往常的娇羞，她大胆地提出了自己离去的要求，这是第一次，她没有拐弯抹角地要求脱离乐籍。

"那个人，是什么东西，竟敢和你勾搭！"韦皋气愤得像个捉奸的丈夫，他失去了宠臣的风范，失去了往日的镇定与敏睿。此刻，他痛恨着薛涛，这个昨日还在他怀中娇喘的女子，今日却为了年轻的情郎与自己翻脸。脱离乐籍？她若是真的离开，自己将无法继续主宰这个美丽女人的命运。

"大人，洪度是官妓，却并非私属，再者，洪度是血肉之躯，那少年执念，实在无法拒绝。"薛涛说得云淡风轻。

"他知道你已委身于我，与我时常床帏之欢吗？呵，洪度，那不过是一个乳臭未干的孩子，你也看得上？"韦皋不屑地笑着，"那少年如何许诺？我原以为他一厢情愿，想不到你今日竟请去！你与他，早就谋算好了吗？"

"大人，他已备好赎身的金银，我这等杨花薄幸的女子，并不值得大人挂怀。"薛涛放低了声音，近似哀求地说道，"洪度往日陪伴大人，确是真心一片，近年逝了青春，又遇到少年痴缠，他许洪度圆满，洪度这才决定离开。大人可记得前朝武帝的李夫人，万千恩宠，临死却不肯见君一面，只因担心让君王生厌，自此失了荣宠怀念。洪度也是如此，以色侍君，色衰恩弛，若大人可怜，请准了洪度吧。"

"准？哼，我让你离开，不过，不是和你年轻的情郎，你既然喜爱年轻男子，就好好快活吧。"韦皋面色狰狞地看着无措的薛涛，冷笑着甩袖离开。

第四章／哀筝曲

撇下浣花溪，撇下蜀中的一切，薛涛甚至还来不及告诉痴等的少年，就被韦皋命人押上马车，马蹄卷起的烟尘让薛涛离蜀中越来越远，韦皋是真的生气了，他不会杀她，但他会让她生不如死，这个认知，让薛涛颤抖不已。

两天后，一身疲惫的薛涛，站在松州边地的营寨旁，她看见守门的士兵，眼睛里写满赤裸裸的欲望，这就是韦皋的报复，让薛涛堕入虎狼之地，受尽凌辱。

没有笔墨，薛涛撕下自己贴身的素色衣衫，咬破右手食指，她将自己的悲戚与哀求写进了《十离诗》：

其一：犬离主

驯扰朱门四五年，毛香足净主人怜；

无端咬着亲情客，不得红丝毯上眠。

其二：笔离手

越管宣毫始称情，红笺纸上撒花琼。

都缘用久锋头尽，不得羲之手里擎。

其三：马离厩

雪耳红毛浅碧蹄，追风曾到日东西；
为惊玉貌郎君坠，不得华轩更一嘶。

其四：鹦鹉离笼

陇西独处一孤身，飞去飞来上锦茵。
都缘出语无方便，不得笼中再换人。

其五：燕离巢

出入朱门未忍抛，主人常爱语交交。
衔泥秽污珊瑚枕，不得梁间更垒巢。

其六：珠离掌

皎洁圆明内外通，清光似照水晶宫。
只缘一点玷相秽，不得终宵在掌中。

其七：鱼离池

跳跃深池四五秋，常摇朱尾弄纶钩。
无端摆断芙蓉朵，不得清波更一游。

其八：鹰离鞲

爪利如锋眼似铃，平原捉兔称高情。

无端窜向青云外，不得君王臂上擎。

其九：竹离亭

蓊郁新栽四五行，常将劲节负秋霜。

为缘春笋钻墙破，不得垂阴覆玉堂。

其十：镜离台

铸泻黄金镜始开，初生三五月徘徊。

为遭无限尘蒙蔽，不得华堂上玉台。

一个纯金的臂环，是代为送信的报酬。看着营寨门口，送信人扬鞭而去，薛涛的心揪成一团。

远在蜀中的韦皋，接到了薛涛的血诗，他看着上面的诗句，尽管通篇都是谄媚和哀求，但是韦皋的内心，仍旧被触动，他痛恨薛涛的背叛，痛恨她的决绝，但是他很清楚，让他置她的生死不顾，他做不到。韦皋的脑子里，不断出现五年前的暮春，那个青春朝气的薛洪度，为自己的酒杯倒下第一杯美酒，他看着她的笑容，沉醉于此不能自拔。

送信的人快马赶到松州，当薛涛打扮一新，即将送入其中一个营寨时，她被人带上马车。看着松州城渐渐消逝在自己的视线里，薛涛无声地掉下眼泪。

"你还是要离开？"韦皋看着憔悴的薛涛，几日不见，她消瘦了许多。

"有诺在先。"薛涛淡淡回答，"请大人成全。"

"洪度，若你愿意，我也能给你承诺。"韦皋靠近她，轻抚她鬓角散落的发丝。

"大人，您对一个欢场女子许诺，不免失仪。"薛涛攥起拳头——韦皋的承诺，做妾还是做情人？这些情感里有荣宠，更多的却是施舍，薛涛只想找一个纯粹的男子，那个人爱她，怜她，更懂她。

"你究竟要如何？"韦皋涨红了脸，额上青筋浮现。

"请大人准许，让洪度脱离乐籍。"薛涛闭上眼睛。

"那个少年郎，我忘了告诉你，就在你去松州的路上，他得到消息追赶你的马车，却不料途中溺水而亡。"韦皋残忍地看着薛涛，"你想要携手的人已经死了，还要离开吗？还有意义吗？"

"你说什么？"薛涛猛然睁开眼睛，"他死了？我甚至连他的名字都不知道，他当真去追赶我的马车？"

"不知道姓名？"韦皋看着薛涛，她不像在说谎，"你是想利用他离开我？让我以为你不检点，以为你背叛了我的感情？"韦皋内心涌起一股罪恶感，想不到那个错杀的无辜少年，竟是薛涛离开自己的一枚棋子。

"我真是个罪人。"薛涛的泪珠滚滚而下，她的指甲掐破了手心。

"你到底想要什么？"韦皋颓然地看着面如死灰的薛涛，"就为了离开我？我让你那么痛恨？"

"每一次看到你，我都会想到失去的尊严，我委身于你的时候是爱的，但是，我看着你，让我为宾客侑酒，陪笑，如果你真心地爱，不会让我做那些低贱的事情，你会保护我，而不仅仅只是占有。你以为你给了我无尽的荣耀，却不知道你给我更多的是屈辱，它时刻提醒着我，我是个官妓，是你的玩物，是你随手可弃的东西。"薛涛哭倒在地，"我要什么？我不奢求爱，数年来迎来送往，看多了才子雅士，听多了恭维赞美，没有一人真心待我。我能要什么？我只要自由，用一个少年的纯真来换取自由，可是，他送了命，他为我送了命！"

"我准了。"韦皋猛地转过身，他仰起头，不让薛涛看到他泛红的眼眶，"不用任何财物，从今日起，薛涛脱离乐籍，回去浣花溪，做你的自由人吧。"

"多谢大人。"薛涛站起身，看着韦皋的背影，"洪度报答大人抬爱，愿以一诺相送，洪度此生不再动情，若有违背，当被人所弃，孤独终老。"她捂住脸颊，颤抖着身躯，大哭不止。

二十二岁的薛涛，终于脱离乐籍，成为一名寻常女子，她回到浣花溪，烧尽了所有艳丽的服饰，只着灰色道袍，过起道姑一般的生活。

韦皋的幕府中新进了年轻的歌舞伎，见过薛涛的宾客们都发现，在这些女子的身上，总是或多或少有着薛涛的影子。蜀中的集市上，开始出现一种桃红色的彩笺，出售的人说是浣花溪主人所制，人们争相购买，竟成为蜀中的时尚。

韦皋不时会让人重金收购市集流落的彩笺，看着上面峻秀大气的笔墨，那是薛涛的痕迹，然而，自那日离别，两人交往仅此而已。十三年后，韦皋暴病而亡。

闻知韦皋的死讯，原本心如死水的薛涛，还是免不了唏嘘，这个年长自己二十多岁的男子，是自己最好年华的见证者，他是父亲，也是情人，给了自己寻常女子难得的荣宠，却也让自己半生嗟叹。此时的薛涛已经三十五岁，她闭门不出，除了看书作诗，就是在庭院的梧桐树下，制作桃红的信笺。

"姑娘，这些信笺都要挂在树上吗？我得取个木梯来。"莺儿已经嫁人离去，后来的侍女清荷拿着精致的信笺，仰头看着参天的树干。

"挂上吧，多好看啊，他喜欢在这树上挂东西。"薛涛指指头上的银梳，那是她垂髻上唯一的饰品。

"姑娘，他是您的意中人吧？"清荷不知道薛涛的过去。

"对，是我永远无法忘记的人。"薛涛看着清荷将信笺挂上，"他有一双纯净的眼睛，像天空一样清澈。"她闭上眼，想起那个蹲在墙头挂银梳的少年。

第五章／暮春恨

没有让任何人知道，薛涛在宅院中茹素三年，只着素服。清荷问起时，薛涛说是为一个故人。韦皋的死，薛涛是难过的，但更多的是解脱，她会抹掉韦皋留给她的印记。

又是一年暮春，新任节度使遣人来请薛涛前往幕府，说来蜀地视察的监察御史仰慕薛涛的才情，薛涛推脱不得，脱了道姑的衣裳，换上一袭素白的襦裙。

看着门口的软轿，不过是深蓝的颜色换成了藏青，薛涛想到二十三年前那个暮春，路旁的芙蓉花落着花瓣，自己穿着艳丽的衣裳上轿，那情景，仿佛就在昨日。

幕府并未大变，尽管薛涛已有十七年未曾踏足，但是站在府门口，她仍能记得那些亭台楼阁的位置，这些都是韦皋留下的记忆，她想抹却永远也抹不掉。

"薛姑娘来了，如今见你可不容易。"节度使满脸笑容，将薛涛引进内堂，"知道你闭门不出，实在是元大人仰慕你的才情，托我请你见上一面。"

"大人抬爱了，薛涛何德何能。"薛涛数年来已经养成恭谨谦卑的性情，她静静地坐在客座上，客套地表达自己的谢意。

"元稹久闻薛姑娘盛名，遗憾数年未得一见，今日奉旨按察两川，得见薛姑娘，算是老天垂怜啊。"元稹爽朗地笑道。

这声音，薛涛心中一惊，她抬起头，忍不住眼睫湿润，浣花溪梧桐树上欢笑的少年，不是他能是谁？

"我们曾经见过吧？"薛涛失态却不自知。

"不曾。"元稹老实地回答。

"让我想想，约摸是十七年前，那时，我们都是二十上下的年纪。"薛涛站起身，走到元稹面前。

"薛姑娘。"主人赶紧出言制止，"元大人年轻有为，此时不过而立之年呢。"

而立之年，我认错人了？薛涛看着那双眼睛，对，不是他，元稹的眼神并没有少年的清澈，不是他，她喃喃低语着，忘了和主人告别，就走出了幕府。

"清荷，取些水来。"薛涛蹲在庭院中，细细搓揉着芙蓉花瓣，那桃红的花汁染红了她的手掌。

"原来传说中的薛涛笺就是取自芙蓉花的颜色。"一个低沉的男声在薛涛耳边响起。

她站起了身，见元稹专注地看着盛满花瓣的木盆，道："若元大人不嫌弃，薛涛可送大人一些彩笺，赏玩之物，上不得台面，大人可不要见笑呀。"

"怎么会，这是元稹的荣幸。"元稹站在庭院中，看着薛涛从房中取来雅致精美的彩笺。

"这样的尺寸，抄写诗词才算娟秀精美，我在家无事，做这些打发时间。"薛涛递过彩笺，手背碰到元稹温热的手心，她赶紧收回手，表情复杂地站到一旁。

"实在难得，此趟按察，不虚此行啊。"元稹感叹。

"大人近日离蜀吗？"薛涛脱口而出。

"不是，要在此停留一年时间，年少时就听闻薛姑娘才华横溢，日后恐时常打扰，先请姑娘原谅。"元稹谦和有礼。

"不，不。"薛涛摆手道，"若有时间可常来。"

元稹的到来，让薛涛重燃对生活的激情，她在素色的衣裳外开始点缀艳色的腰带，发髻有了变化，花钿也重回额际。她看着元稹，总是想到被自己辜负的邻家少年，那样纯真又执着的爱恋。而元稹，并没有因为两人的年纪心存避讳，他常来浣花溪，与薛涛谈论诗词，兴致起时，还会写诗让薛涛唱和，元稹的感情没有少年那样清澈无害，他的情意里也有成熟男人的占有与欲望，但是薛涛没有拒绝，她的心孤独了十七年，需要有一个人来温暖，何况这个人仰慕自己的才情，对她甚为尊重。

"双栖绿池上，朝暮共飞还。更忙将趋日，同心莲叶间。"薛涛的心愿跃然纸上，她将情意绵绵的彩笺送给元稹，而元稹也没有让她失望，接到信笺的当日，元稹开始了与薛涛长达三个月的同居缠绵。

"我即将调任，不过，我一定会回来接你走。"这是元稹对薛涛说的最后一句话。自此之后，他只用"锦江滑腻峨眉秀，幻出文君与薛涛"的诗词来安慰苦等自己归去的妇人。

薛涛在浣花溪里翘首盼望，元稹终究不是那个痴情的白衣少年，他的情感甚至不及炽烈强势的韦皋，就在与薛涛浓情蜜意的时候，他除却巫山不是云的娇妻韦丛，尚在人间。所以，薛涛的心愿从一开始就是泡影，只是她被迟迟萌生的爱情蒙蔽了双眼，依然痴心期待着，这世间能有个纯真的少年为自己带来真正的爱情。

薛涛寄出的彩笺换回了元稹的诗句，却不见其人，因为此时，另一个年轻的女子已经代替新故的韦丛温暖了元稹的被窝。薛涛等来了一个又一个关于元稹的消息，却没有一桩是关于自己的。

许多年后的某一天，浣花溪的人们发现一处旧宅已经人去楼空，在庭院中的梧桐树上，挂满了桃红的彩笺。

　　大和六年，一生未嫁的薛涛，在自己的吟诗楼上永远地闭上了双眼。没有人知道她临死前记挂着哪个男子，或许，她谁也没有记住，因为那些人，辜负她，或被她辜负，都没有美满的结局，徒剩凄清的回忆。

苏小小

红衣脱尽芳心苦

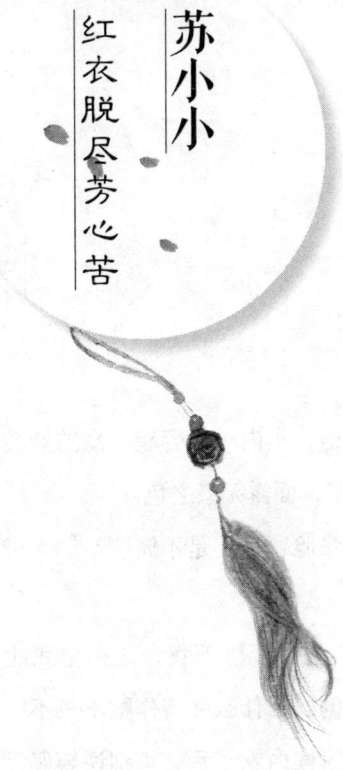

苏小小，南齐时钱塘第一名妓，出身商贾，少年时父母双亡，靠祖产生活，居住在西泠桥边松柏林，为人豪爽，常与文人雅士结交。因久病早夭，埋于西泠桥畔。

第一章／星如雨

黄昏时分，一辆油壁香车缓缓驶上街道，车内一位容貌出众的妙龄女子正掩口而笑，一旁仆妇模样的老妇看着女子，面露无奈之色。

"姨妈，自打我们出门，你就垮着一张脸，是不是不痛快？"女子止住笑，撅起嘴来，一双眼顾盼生辉。

"我哪里能痛快，小祖宗，你父母亲把你托付于我，是指望我能看着你，让你清清白白，将来许个好人家。你倒好，什么吟诗作赋不三不四的浪荡子都往家里带，市井流言毁人清白，到时候白吃了亏，可别说姨妈没提醒你。"仆妇转过头，掀开车帘看着热闹的街市。

"人多才热闹，别人愿意来那是我人缘好，我不爱冷冷清清。"女子也别过头，叹了一口气，"早前那小楼里除了你，就我一个，说话的人都没有。"

"小小，你已过了十六，若是怕冷清，姨妈托人给你说媒，许个知冷热心疼人的公子，如何？"贾姨妈试探地问道。

"那媒人都是嘴上抹了蜜的，说得天花乱坠，好似大街上一个个都是青年才俊，人间绝色，姨妈你也信？哼，除非自己愿意，不然谁说的我都不嫁。"被叫作小小的女子抿了抿唇，颊边两个梨涡若隐若现。

"哎哟，真是个折腾人的祖宗，硬生生要磨掉老身一层皮呢，这个不行，那个不肯，没个姑娘家如你一样淘气，不坐在阁楼里专心女红，一天到晚满街乱转，跟那些臭男人混在一起嘻嘻哈哈，没个正经。”贾姨妈叹口气，回头看看身旁的女子，碧绿的衫子衬着白皙的肤色，一袭同色曳地长裙掩住了精致的云霞丝履，随意挽弄的发髻上斜簪了一只碧玉钗，钗上坠下的细细流苏正巧坠在耳侧，随着车辆的移动轻微晃动着，显得娇俏柔美。

“姨妈，干吗盯着我看，我脸上脏了吗？”苏小小感觉到贾姨妈的注视，回头问道。

“干净得很，今日不许回去太晚，那些浪荡子都是有家不归的，你可是清清白白的女儿家。”想到那群放肆的少年，贾姨妈很生气，“要是让人以为你跟那风尘女子一般，日后怎好嫁人。”

“不过是喝酒吟诗，作曲唱和，怎么就成了迎来送往了，人家说闲话，姨妈也不信我？”苏小小生气地别过头。

“苏姑娘，苏姑娘。”香车后几个青年男子挥舞着衣袖，边跑边喊。

“看看，没家教的东西，满大街地嚷嚷，这才多大的地方，传来传去还不要了你的命！”贾姨妈掀开车帘，将头探出去，“不知羞耻的东西，滚回家去，我家姑娘岂是你们能见的，再嚷嚷就报官了。”

“下次别跟我一块儿出来了，坐在你的小楼里吃吃喝喝便是，我爹娘的积蓄够你使了，至于我的事情，可不用你管。”苏小小拽了一把贾姨妈的衣袖，“他们何错之有，谁人不爱美，不过是更大胆些。若我是男子，遇到心仪的佳人，只怕比这更疯呢。”

“不知好歹，当我白疼了你，倒数落起我来了。”贾姨妈一脸气恼，背对着苏小小靠坐在车上。

“姨妈快看！”看到贾姨妈生气，苏小小并不以为意，她看着车外的热闹，欢喜不已，“元宵不是过了吗，怎么还有人放纸灯？等我们过去了，我也放几盏，好姨妈别生气，跟你闹着玩儿呢。”她嘻嘻笑着，靠在贾姨妈的肩头撒起娇来。

“龙二！”贾姨妈叫车夫，“把车赶快些，姑娘等着去湖边放纸灯。把

苏
小
小

后头那几个丢下，别让这群活鬼跟着号了，料不准姑娘今儿能碰到个才貌俱佳的公子，嫁了去呢。"看着苏小小撅嘴撒娇，小孩一般样子，贾姨妈忍不住戏弄道。

苏小小嘻嘻笑着，不理会姨妈的玩笑，她伸手撩了前面的车帘，看不远处的景致，香车渐渐加快速度，跟着马蹄不断跃动的，是苏小小那颗年轻热切的心。

今日并非过节，但是西湖边上的男男女女们都像是约好了似的，拿着五颜六色的彩灯，等着夜幕降临。苏小小站在湖堤边，一旁有提着纸灯的老者叫卖，贾姨妈付了钱，将几盏莲花灯买下递给苏小小。

"放灯许愿，记得问父母安好，给自己求个姻缘。"贾姨妈叮嘱道，"别只顾着嘻哈玩闹，不当正经事。"

"知道了，我哪回没记住！"苏小小扁了扁嘴，"姨妈在原地等我，我去上头放。"她指了指桥上，那里站了许多人，挨挨挤挤热闹不已。

贾姨妈从口袋里取了零嘴儿，在一旁的石凳上坐下，过路的人不时碰了她的脚，她怕脏了鞋，干脆站上石凳，看着自家的姑娘往桥上跑去。

"让一让！"苏小小系紧了面上的轻纱，在人群里穿梭，她个子娇小，来去并不费力气，眼看着到了栏杆处，手上的纸灯就要放下湖去，却听得一声怪叫，吓得苏小小猛然转过头。

面前站着一个举止轻佻的中年男子，只见他方头大耳，模样倒不算太丑，就是浑身上下透着一股浓浓的铜臭味。

"姑娘好生面熟啊！"男子拨开众人，靠上前来。

"公子认错人了吧，我可不是你的旧相识。"苏小小冷冷地说道，她虽然喜欢热闹，也爱同那些才俊们交好玩笑，可是，对于轻浮的陌生人，她是敬谢不敏的。

"哎，多交道不就熟识了？"男子怪腔怪调地说道，话音刚落，就伸手来拽姑娘的衣袖。

"公子请自重，寻花问柳觅知音，恐怕是来错地方了。"苏小小躲开男子的骚扰，正色道。

"姑娘你独身前来，定是寻知音，我也独身啊，多巧呢。"男子不知羞耻，步步紧逼。

"放肆！"苏小小往后连退几步，正要呼叫贾姨妈，却不知细腰抵上栏杆，眼看就要落入水中。

"啪！"几盏纸灯落水，激起微小的涟漪，一双有力的臂膀横在苏小小的后背，将她扶正站好，苏小小睁开因为害怕而紧闭的双眼，只见一个年轻男子挡在自己与中年男子之间。

"人家姑娘不愿意，公子请自重。"仗义相助的男子低声说道。

"哎呀，别挤了，想找姑娘去青楼吧，挡着别人了。"人群里有人说道。

"就是，欺负小姑娘独身一人呢。"不敢出头的胆小者见有人英雄救美，也跟着帮腔。

见众人纷纷指责，中年男子不好逗留，只能悻悻离去。

"多谢公子搭救。"苏小小与年轻男子走下桥，本想多说几句表达谢意，却见贾姨妈急匆匆赶来。

"小小，没事吧？"贾姨妈慌慌张张，生怕苏小小受到伤害。

"就此告辞，姑娘保重。"在忽明忽暗的亮光下，男子简单别过，只留给苏小小一个模糊的背影。

第二章／好事近

　　西泠桥畔的小楼里，贾姨妈看着面前所剩无几的财物，不停地叹气。

　　"恼什么，也不是扔了掉了，都是咱们娘俩儿花销的。"苏小小靠在一旁的桌子上，"搬来松柏林，这一年置办房屋家具，劳什子的东西，哪样不花钱？"

　　"我倒不是舍不得，只是，这往后的日子怎么办呢？"贾姨妈瞟了瞟厅堂桌子上的礼盒，"要不，先收了那些？"

　　"呸，不入流的草包送来的东西我岂会要，姨妈不是穷糊涂了吧，没见人家是涎着脸送来的，那都是要讨了更多好处去才算罢了，若是接下，往后还有我回绝的机会？"苏小小心中十分明白。

　　"还有县衙里的老爷送来的。"贾姨妈偷眼看看红绸包裹的礼盒，"要是用上，日子还算过得。"

　　"姨妈要卖我，趁早标了价。"苏小小柳眉一竖，甩袖走出房间。

　　"我要有那主意，天打五雷轰。"贾姨妈在背后赌咒发誓，"我是你苏家乳母，又不是娼门鸨母。"

　　苏小小坐在楼中，看着不远处翠色的堤岸，父母尚在时，家境殷实，那时她是垂髫小儿，在双亲膝下承欢，可惜，往日一家三口尽享天伦的日子已一去不返。

“咳咳……”苏小小心中一紧，忍不住连声咳嗽起来。

“哎哟，小祖宗，快进屋吧，你这毛病是经不得风的。”贾姨妈在房中收拾家底，听到苏小小的咳嗽声，赶紧奔了出来，将她一把拽进房中。

“没事，看您慌的，跟抢了您银子差不多。”苏小小不动声色，将喉中一口腥甜吞咽下去。

“我让龙二把东西都还回去。”贾姨妈冲着厅堂的礼盒努努嘴。

“姨妈切莫担心，若日子真过不下去，小小就操琴谋生，不过和他们弹琴说笑而已，并不用迎来送往毁了名节，算不得丑事。”苏小小环臂看着贾姨妈，“至少这样，比入商贾富户家当小妾要来得自在。”

“若是别人闲话……”贾姨妈欲言又止。

“我又不嫁那闲话的人，大不了陪着姨妈过一辈子。”苏小小淡淡说道，“早些把东西送回吧，别让人以为，松柏林里的苏小小，是个千金卖笑的娼妇。”

贾姨妈叫来龙二，将礼盒搬到车上，苏小小觉得心中烦闷，干脆随着龙二一道出门，一路上只坐在车内发呆，并不出声。

天色渐渐暗了，龙二送还了所有的礼盒，驾了车回转，刚到西泠桥边，车内的苏小小就被剧烈的颠簸给吓得瞪大眼睛，好在，这颠簸只持续了一阵。

“龙二，怎么回事？”待到车停，苏小小揪着车中的扶手，询问道。

“姑娘，咱们的车惊了对面公子的马，我去看看，不知道那年轻公子伤得怎么样。”苏小小听见龙二从车上跳下地的声音。

“伤了人？”苏小小心慌地拨开帘子，只见车前站着一匹焦躁不安的青骢马，在马的前蹄附近，一个年轻男子正趴伏在地，轻声呻吟着。

“公子伤得严重吗？”苏小小顾不得轻纱遮面，跳下车去，跑到男子旁边，“龙二，把公子的马牵走，免得踏伤。”

“还好，只是扭了脚。”年轻男子抬起头，看到苏小小的容颜，一时忘了疼痛，只怔怔望着。

"我家就在附近，既是我的车马惊吓了公子，自然要在家中养好伤才行。"苏小小扶起男子，"我姓苏，名小小，就住在西泠桥边的松柏林。"

"那就有劳苏姑娘了，我叫阮郁，从金陵来。"阮郁拱手行礼，英俊的脸上写满惊艳，他看着苏小小，嘴角慢慢扬起笑容，因为，他看见在那张清丽绝色的面孔上，也写满了爱慕与情意。

香车油壁轻，青骢不忍行。一场艳遇，让期待爱情的苏小小彻底地沦陷，对于门前喧闹的青年们，她总是观望，因为不满意故而装出不在乎的样子，其实，她从未停止过寻觅，因为她害怕孤独，不爱冷清。老天眷顾，爱情，就这样毫无征兆地来了。当青骢马扬起前蹄，阮郁就像是天神送来的厚礼，重重地跌在了苏小小的面前。

西泠桥边，自此便有了一对相偎的璧人。阮郁是官家子弟，饱读诗书，颇有才情，而苏小小琴棋书画，也是无不精通。两人情投意合，一个遗忘了归家的日期，一个谢绝了异性的友人，整日只在醉人的山水间流连。

"妾乘油壁车，郎骑青骢马。何处结同心？西泠松柏下。阮郎，还记得我们相遇的时候吗？"依偎在阮郁宽厚的肩膀上，苏小小看着面前迷蒙的春色，"时间过得真快，转眼已一年了。"

"是啊，父亲托人捎口信给我，却未细说，我心中有些不安。"阮郁一脸愁容，他抚摸着苏小小白玉似的耳垂，"可能是催我归家，小小，我不愿离开，想一直这样，和你相伴。"

"我能随你同去吗？"苏小小抬起头，看着阮郁的脸庞，第一次，她在情郎的脸上看到了犹疑不决，这让她的心有些许失落。

"父亲并不知道我在这边的事情，我也未曾想好如何回他。"阮郁叹了口气，其实，他不是未曾想好，而是不敢开口。阮郁的父亲，正是当朝宰相阮道，以父亲的性格和自家门第，绝不可能容许苏小小这样身份的女子进门，即便她才貌倾城。

阮道托人送来的并不只是口信，还有一封接一封的家书，最近的一封书信，在阮郁的手中轻颤，他愁眉不展，在他的榻下，还有厚厚一叠与此类似的文字，而这些，都不曾让苏小小见过。阮郁不舍，想到一年时间里，与苏小小缠绵床榻时的柔情蜜意，两人吟诗抚琴的默契，世间女子，再不能找出任何一人与之相媲美，可是父亲的家书，字字皆是严厉呵斥，迫使阮郁不得不将两人的情分生生撇离。

终有一日，心思敏捷的苏小小，在阮郁惊慌藏起家书时，主动开口解围，让阮郁为自己的离去找到了合适的理由。

"信上说什么？"苏小小并不强求情郎将信示与自己，她要做的只是像一个贤惠的妻妾那样，不让心爱的人因自己为难。

"父亲说身体抱恙，催我速归。"阮郁将信放到桌上，满面愁容，"先前几封也是差不多言语，不过没有此次焦急。"

"出门在外，家书抵万金，难怪你收藏得严实。"苏小小故作轻松地笑道，"阮郎，算来，此趟游学已有一年，是该回去看看，尽尽孝道了，儿女情长终有一别，再说，你也不是一去不返。"她转身去柜中替阮郁收拾行装。

第三章／西城柳

"小小，对不起，父亲严厉，实在不敢抗命。"阮郁心中内疚。

"阮郎，不要说这样的话，我既是真心待你，自然不会让你为难。"苏小小尽管不舍，却还是通情达理。

"待我回家见了父母，一定将我们的事情如实告知，我要让他们知道你的才情和贤淑，小小，你等着我早日来迎娶。"阮郁激动地承诺。

"有你这句话足矣，小小不奢望，只愿阮郎勿忘我们往日情分，他日接我同去，小小不在乎名分，只愿与君长相厮守。"苏小小眼中含泪，殷切地嘱咐。

三日后，阮郁骑着青骢马，离开了承载无数恩爱与情意的地方一个月后，苏小小等来了一封书信，内容对痴情的苏小小而言，不啻一个晴天霹雳。

信誓旦旦的阮郁并没有遵守承诺，为自己珍贵的爱情做最有力的争取。他在父母的逼迫下，娶了一个门当户对的大家闺秀，在阮郁看来，这个女子自然不如苏小小出色，然而他无能为力，诀别信上写满相思与不舍，唯独缺了苏小小期盼的承诺。

"看开些吧，世间男子也不止他一人。"贾姨妈看着三日泪痕未干的苏小小，听着一阵紧过一阵的咳嗽，心疼地安慰。

"我伤心并不是因为他辜负我，我是气恼我自己，以为千挑万选，觅了有情有义的郎君，却不料，同那些登徒浪子并无差别。"苏小小哀叹。

"我早说让你和他在这里结了秦晋之好，你偏不依我，不过是枕上贪欢，日后找去，也不会认账的。"贾姨妈忍不住埋怨。

"我岂是那种没脸没皮的，下半辈子就是常伴青灯古佛也不会去找他。"苏小小气恼地撕扯着手中的丝绢，"弃了我是他福薄。"

"能这样想自然好，咱们与这种身世显赫的官家公子本就不该来往，说来说去，都是一桩孽缘，兜兜转转，偏就你的香车惊了他的青骢马。唉，小小，若是你心里不好过，姨妈托人去金陵打探打探，料不准是他父母的主意，禁锢了他，脱不得身。"贾姨妈试图宽慰道。

"有手有脚，谁能逼得了，他家中只有他一个独子，若是寻死觅活，只愿与我，父母能绑了手脚，别人家姑娘也不肯嫁呀。"苏小小冷笑着站起身，"罢了，落泪三日，还君情意，他既忘情于我，我又何苦守贞于他，姨妈，明日我依旧操琴待客，如从前一般，他背信弃义，我何苦用他的错来惩罚自己。"

春去秋来，苏小小在没有阮郁相伴的日子里，热闹地过了半载，越来越多的青年才俊涌到松柏林里，为了一睹苏小小的风采，从前冰清冷傲的姑娘，如今整日春风拂面，艳若桃李，与来往宾客推杯问盏，好不快活。

这是苏小小期盼的热闹，但是热闹里却没有苏小小真心期望的生活。

"咳咳……"秋夜渐凉，苏小小坐在房中，把玩着宾客们送的礼物，手边一只白玉盏，盛满了浓郁的酒液。

"小祖宗，别喝了，对你身体不好。"贾姨妈要将白玉盏拿走，却被苏小小一把夺过。

"不饮如何睡得着？"苏小小惨然一笑，话中皆是辛酸。

"都大半年了，还未放下那个负心人吗？以为你整日欢喜快活，其实都是自欺欺人。"贾姨妈一针见血。

"一载恩爱，如何能说放就放，姨妈，我真是恨，想不到那样清澈俊朗的男子，竟同那粗莽俗流之辈无异，此生若想托付，还能交与何人？"苏小小将杯中美酒一口饮尽，带着满脸的绝望大笑起来。

"总会有那么一个人，你是个好姑娘，老天爷会看着的。"贾姨妈回头偷偷抹泪。

为了排遣越来越浓的忧伤，苏小小决定趁天色晴好，乘车四处走走，龙二驾着香车在城郊的草地中缓缓向前，车内，传来苏小小哀怨的琴声。

"姑娘，远处有石匠造佛像，遇佛是缘，我想去拜拜，姑娘去吗？"龙二实在受不了车内的断肠曲，忍不住打断道。

"好啊，你等我一道。"苏小小搁下古琴，从车内走出，随着龙二往前走。

"这姑娘真好看。"离两人最近的一个石匠停下手中的活儿，感叹道。

"是啊，我还未见过这等模样的女子呢。"另一个石匠也站起身，看着苏小小。

"大叔，这佛像能否让我拜拜？"苏小小走上前，"我佛慈悲，定能照拂信女。"

"行啊，不过这些还在雕凿，你去那边吧。"石匠指了指对面，"那几十尊佛像已经完工了。"

苏小小道了谢，正要往前走，却见一个青年石匠裸着上身，颇为费劲地敲打着坚硬的石头，那人肩膀处裂着伤口，正不断渗血。

"师傅。"苏小小将手中干净的丝绢递过去，"有伤在身，做这些重活可不好。"

"不做完就没有工钱。"男子抬起头，见一个女子站在身前，赶紧将一旁破旧的衣衫扯来遮蔽。

苏小小并非拘谨的女子，也不是没有见过世面的深阁闺秀，她一双如星子的眼睛望着对方的伤口，并不躲避。

"姑娘，多谢，不过我此时仪容见姑娘有失礼节，请姑娘回避。"男子虽做着粗重的活，说话却是彬彬有礼，同阮郁相似。

阮郁？苏小小心中一酸，抬起头，冲对方歉意地笑笑，这一见不打紧，苏小小只觉分外熟悉。

"公子，我们可曾见过？"苏小小走上前，"我想起来了，你的眼睛，你是那个在桥上替我解围的年轻人，对吧？我是苏小小！"

"苏小小，啊，我记得当时走得急，确是听见有妇人叫了这个名字。"男子挠挠头，憨厚地笑道，"没想到从前光景，姑娘还记得，如今我狼狈至此，让姑娘见笑了。

"看你该是书生模样，怎么做起了石匠？"苏小小上下打量，男子一身褴褛，看样子日子过得很不如意。

"我本是上京赶考的学子，上一次未能金榜高中，来此处投奔亲戚，打算等下一次机会进京赶考，没想到途中被同乡骗了盘缠，亲戚又搬往他乡，无从寻找，没了赶考的路费，只得在此谋生。"男子低下头，叹了一口气。

"公子既没有去处，便是小小报恩的时候了，若不嫌弃，公子可来松柏林，小小愿赠纹银百两，助公子进京。"苏小小豪爽地说道。

"小生鲍仁多谢姑娘再造之恩，他日高中，定当重谢。"男子说完拜倒，被苏小小一把拉起。

"小小先回去，准备银两，公子收拾妥当，随时可以前来。"她说完，转身离去。

苏小小的心境，因为这一趟出行，有了巨大的转变，她突然就从阮郁留下的浓郁悲伤里醒来，忘却了无尽相思和梦中枕上的两行清泪，这归功于鲍仁的出现。苏小小在他的眼睛里看到了与阮郁一样的清澈，无论是之前的玉树临风，还是如今的窘迫狼狈，那双眼睛从未变过，而最让苏小小宽慰的是，鲍仁的眼睛里还有阮郁没有的坚毅，那双能让人莫名生出依赖感的眼睛，是苏小小此时最需要的。

第四章／恨浮生

为了赴松柏林之约，鲍仁特意将自己破旧的衣裳洗净，穿戴整齐来见苏小小，贾姨妈见他寒酸，起初甚为不满，后来得知那日正是鲍仁在桥上解围，这才换了脸色，给鲍仁端上茶盏。

"公子不必谢我，凡事都有因果，正是公子当日仗义，免了小小灾难，所以今日小小才能尽绵薄之力，实在是公子自己积来的善德。"苏小小将一匣银两递给贾姨妈，示意她放至鲍仁身旁的木几上。

"无论如何，还是要多谢苏姑娘，此番无论高中与否，都要前来拜谢。"鲍仁感激不已。

"何来不中呢，我见公子宽厚仁慈，必是高中之相。"苏小小真心祝福道。

"蒙姑娘吉言，此番进京须数月才能得还，若金榜题名，一定重金酬谢。"鲍仁站起身来，拱手作揖。

"我既借得起，又哪是看重你的重金，公子日后若能回到西泠桥，能来松柏林见小小，便是信守承诺了。"苏小小转过身，不再言语。

"公子，请吧。"贾姨妈将鲍仁让到屋外，"我家姑娘伤神，数月前吃了辜负的苦，今日相助，不图公子钱财名利，只为公子是敦厚守信之人，我求公子数月后，一定要来松柏林，当是许我家姑娘一个承诺吧。"

"小生只怕唐突了姑娘，若名落孙山，自当前来答谢，若能高中，一定备好彩礼，前来迎娶。"鲍仁从容说出一番话来，惊得贾姨妈喜不自胜。

"公子可当真？"贾姨妈失态地拽住鲍仁的手。

"此心日月可鉴，姑娘恩情深重，此生不负。"鲍仁指天发誓。

"老天爷总算开眼，公子，姨妈信你，今日留下吃顿便饭，明日再走。"贾姨妈转身去收拾客房，鲍仁站在楼外，听着苏小小房中传来的琴音，不似那日在郊外听到的哀伤，他脸上渐渐露出欣慰之色。

次日即将赴京，贾姨妈因着鲍仁的承诺，准备了丰盛的晚宴，苏小小看着鲍仁，依旧是大方亲切，她让贾姨妈准备了路上的干粮，精心妥当让鲍仁十分感动。

"今日不要饮酒，别误了行程，这可是公子的大事。"贾姨妈取了三只酒杯，却只在其中盛满茶水，"以茶代酒，祝公子一路顺风，高中得还。"

鲍仁一饮而尽，接过装满干粮的布囊，看着苏小小的眼神渐渐有了不同以往的情意。

再一次送君远行，苏小小少了牵绊，多了坦然。她并不知晓贾姨妈与鲍仁的誓约，只是看着鲍仁离去时泛红的眼眶，心里涌起一丝不舍。

这一次的送别，没有肝肠寸断，没有望眼欲穿，当鲍仁日夜兼程在前往京城的路途上时，松柏林里再次清静下来，苏小小闭门谢客，只在楼中轻抚琴弦，似是为了遵守一个未许的承诺。

往日的宾客吃了数次闭门羹，大多悻悻而归，当然，这些人中并不包括一个叫孟浪的观察使。他久闻苏小小艳名，此次到来正想一亲芳泽，却不料派去请客的下人回了他不想听到的话。

"小小，孟大人来请了数次，你都不肯，咱们总是在此处过活，还是要给人几分薄面吧。"贾姨妈见多识广，知道继续这样下去对苏小小并无好处，"咱们若是被人找碴撵到别处，公子回来又往何处寻呢？"

这最后一句触动了苏小小，尽管与鲍仁并无盟誓，可是她想到与鲍仁错过便心生不安，为了不致将来横生枝节，她只得穿了藕色衫裙，出门去见孟浪。

"姑娘好大的架子，区区一个抚琴唱曲的歌伎，不过会吟诗几句，就清高傲慢了。"孟浪见到面前娇小动人的苏小小，虽然嘴上不饶，心里却已经倾慕得一塌糊涂，那淡施脂粉的佳人，尽管只穿了素色的衣裳，单单戴了一支碧玉步摇，可是举手投足之间皆是风情万种，让人不愿侧目。

"既然上不得台面，大人何必劳师动众，数次派人前往。"苏小小也不怯懦，反而笑着讥讽。

"咳，咳。"孟浪用咳嗽掩饰自己的尴尬，"听闻姑娘略有才学，不如此刻作诗一首，让本大人见识见识。"

苏小小并未点头，也不拒绝，只用一双星目淡淡看着孟浪，苏小小的大方倒让孟浪红了脸，他赶紧侧过身，随意地指着两人面前一株梅树，想要给苏小小难堪。

"梅花虽傲骨，怎敢敌春寒？若更分红白，还须青眼看。"苏小小脱口而出。

孟浪佩服不已，原以为艳名远播的苏小小只是个唱曲博笑的风尘女子，却不料竟是才貌双全。孟浪自己也是读书人，见到这样有才情的女子，又得知苏小小的悲凉身世，便生出许多怜爱，不再为难。

从孟浪的府第回到松柏林，苏小小站在自家楼下，突然停下脚步，不再前行，她揉了揉眼睛，看到前方有一个熟悉的背影。

阮郁就在楼下临湖的栏杆边等着苏小小，他此番前来，百感交集，既想见，又怕见，如此犹豫半天，不料却在楼下遇见佳人。

"多日不见，稀客呀。"苏小小冷冷一笑，"我今日出门匆忙，未备好热茶点心，就不招待阮公子了，多有得罪。"苏小小说完，就要推门进去。

"小小。"阮郁出声叫住苏小小，"我想看看你好不好，见你一面就安心了。"

"哼，我的死活与你何干，从你寄来诀别书信的那一刻起，我们已是陌路人。"苏小小背对着阮郁，声音冷漠。

"是我负了你，我愿意补偿，父亲说，虽不能娶你为妻，但若我纳你为妾，他便不会阻挠。"阮郁急忙说道。

"妾？这就是你的补偿，你的承诺？想当时我们山盟海誓，有松柏林里的青葱树木为证，今日你出此言，不是侮辱我，是侮辱你自己。看看你，背信弃义却要装成情深义重，这一副道貌岸然的模样啊，只怕松柏都羞于见了。"苏小小进得楼中，返身将门牢牢关上，透过窗棂，她看见阮郁羞愤地离开，再也忍不住大笑起来。

拒绝了阮郁，苏小小心中舒坦，不过想到当日错付终身，不免伤怀。

"翩翩公子，原来也不过是生就一副空皮囊，好在没有误我一生，从前那样看不开，真是不该。"苏小小心中痛快，为了从心里彻底抹掉阮郁，她决定煮酒一壶，开怀痛饮。在冰冷的栏杆边，苏小小喝着美酒，且歌且舞，尽兴至极。

科考的日子已经过了，苏小小却没能等到鲍仁的消息，赶走阮郁的那一晚，她的尽情与放肆差点要了她的命，温热的美酒温暖了她的心，却没能驱走寒湿，这直接导致她咳血的毛病复发，在小楼里，开始弥漫药草的苦香。

"等他的消息，真是折磨人。"苏小小偎在被中，看着贾姨妈扇着小炉煎药。

"我说把炉拿出去，你偏不让，这刺鼻的味道有什么好闻？"贾姨妈一面扇，一面捂着鼻子，"祖宗，吃了药快些好起来，让公子见到你病恹恹的，可不好，人家临走定了盟誓，高中就来迎娶，那时的诚意你是没见，你不能让人欢喜跑来，见到一个黄脸憔悴的姑娘呀。"

苏小小喝下了数不尽的药草，当贾姨妈的药炉碎裂的时候，鲍仁依旧没有消息。这是个沉重的打击，对于苏小小而言，不仅仅是再一次的希望落空，她从此对爱情变得绝望，这种绝望直接影响了她的生命。

这个冬天，成为了苏小小人生中最后一个寒冷的季节，不知道从哪一天开始，她咳嗽不止，丝绢上的血迹越来越大。贾姨妈的安慰显得苍白无力，鲍仁归期未归是残酷的事实。

"姨妈，我真舍不得这如花的日子，还有热闹的地方。"苏小小靠在贾姨妈的肩头，微微喘着气，"我愿意相信鲍仁并不是负心的男子，只是无论是什么原因，他就是没有任何的消息，终是有缘无分，我已经等不到见面的那一天了。"一气说完，苏小小喉头不时涌起腥热，她喘着粗气，浑身感觉如堕冰窟。

"不会的，老天垂怜，你们有缘分才能一次又一次相遇，小小，坚强些，至少也听听公子亲口的承诺，他高中之日必来迎娶。"贾姨妈看着苏小小渐渐垂下的眼睫，泣不成声。

"可惜了。"她轻轻抖动睫毛，"我真想听听，真想。"

苏堤春晓，在翠绿的江南岸边，一个不爱冷清，渴望爱情的女子，在等待中，永远闭上了自己的眼睛。她的记忆里，经历过风流才子的无情诀别，却无缘得见翩翩公子抚棺大哭。鲍仁高中，做了滑州刺史，因为事务耽搁，误了与小小承诺的日期，尽管披星戴月赶了回来，却只见到葬礼上无缘相守的佳人。造化弄人，不外如此。苏小小坚强地挥别往昔的伤痕，却无缘得到近在咫尺的幸福，可怜，可叹。

"妾乘油壁车，郎骑青骢马。何处结同心？西泠松柏下。"生于西泠，死于西泠，埋首西泠，世人都说苏小小是爱恋西泠的山水，有谁知道，她不过是在等待一段举案齐眉的简单爱情。

柳如是

且向花间留晚照

柳如是，明末清初女诗人，秦淮名妓，为「秦淮八艳」之一。工于书法，才貌出众。少年时被拐卖到吴江为婢，后堕入娼门，与南明复社领袖陈子龙情投意合，因陈妻不能相容，无奈离开，后嫁与年过半百的东林领袖钱谦益。柳如是有强烈的民族爱国气节，崇祯自缢，清军南下，柳如是劝钱谦益投河殉国未果，暗中资助义士抗清。钱谦益病逝后，被钱氏族人逼迫，投缳自尽，年四十六岁。

第一章／叹芳草

明崇祯五年，苏州吴江一座宅院后门处，被人从里扔出一个用破布捆绑的女子，女子蓬头垢面，伤痕累累，年纪不过十五六岁。

"救我，救救我。"年轻女子微弱地喘息着，一双清亮的眼眸看着不远处的巷子尽头，那里是集市，她期望有人来解救自己，这个几乎送命的狼狈女人，就是前任大学士周道登的侍妾杨爱，许多年后，这个女子改名柳隐，字如是，成为秦淮八艳之一。

柳如是本是浙江嘉兴人，自幼聪慧好学，年幼家贫，被卖给名妓徐拂做了养女，到十四岁，被大学士周道登看中，买回家给自己母亲做侍婢。柳如是机灵貌美，很讨老夫人喜欢，周道登本是愚蠢谦和之徒，在朝为官碌碌无为，后厌倦官场，干脆向皇帝请辞，回到吴江闲散度日。周道登常去母亲处问安，一来二去，看上了母亲身旁的侍婢，此时柳如是不过十五岁，尽管不情愿，但是身不由己，被周道登强行纳入做了侍妾。不到一年，因为其他妾室争风吃醋，她被人陷害殴打，差点送了性命，好在命不该绝，在周府后门的窄巷内呼救时，被人所救，自此了断了与周道登的一段孽缘。

"姑娘，陈公子来了，可要请他上来？"侍女在门口轻声说道，将陷入沉思的柳如是唤回现实。

"陈公子？"柳如是心中一喜，上次分别不到三日，他竟又来了，"快快有请，告诉妈妈，今日不再迎别的客了。"趁着侍女下楼迎客的时候，柳如是赶紧奔到梳妆镜前，发间的珊瑚簪衬得面如芙蓉，碧绿的翠烟衫下穿了水仙花色的百褶裙，行动起来婀娜多姿。她满意地别过头，静静等待着陈子龙推门而入。

"柳姑娘，此处可还有好酒？"陈子龙一脸愁容，进门后坐在桌前，只问了一句便不再多言。

"公子有心事？"柳如是想到在镜前忐忑半晌，心中暗自笑自己多情，那陈子龙进门后可是正眼都未曾看过自己，不过，她并不在意，她心仪面前的男子正是因为他的愁绪，他的怅惘，这恰恰说明他有抱负，而这些并不是寻花问柳的凡俗之辈所具备的。

"你一介女流，说出来也无力替我排遣，拿酒来吧，陪我痛饮几杯。"陈子龙豪气地端起面前的杯盏。

"搁下吧，未饮先醉吗？那壶里是茶。"柳如是摇摇头，走到门边唤侍女取酒来。

"千金能买一醉否？"陈子龙看着柳如是将自己面前的酒杯斟满，"还是姑娘知人心意。"他端起酒杯饮尽。

"我哪里能知道你的心思，不过见公子愁容满面，想着无法宽解，若能借酒浇愁，倒不失为一件好事，取来美酒顶多算是成人之美。"柳如是殷殷笑道，见到陈子龙又连饮两杯，忍不住按住酒壶娇嗔道，"公子，酒虽好，切莫贪杯呀，若是借酒浇愁愁更愁，岂不适得其反？"

"适得其反？我只求长醉不醒呢，哪有心情理会反或不反。"陈子龙抚额长叹。

"公子，我虽弱质女流，却也并非不知世事，公子的遭遇我略知一二，不过是怀才不遇，何须沉醉酒乡？听闻公子少年成才，前年高中举人，又娶了县太爷家的小姐，如此顺畅的人生，何来这么多伤怀？"柳如是看着陈子龙面色微醺，甚为不解。

"呵，少年成才？再如何也不过是换个落归故里的结局，家中悍妇叨扰，如今连个静心研习诗书的清静地方都没有了。"陈子龙苦笑。

"原来如此！"陈子龙一席话让柳如是不免生出同病相怜之感，她不再阻止陈子龙豪饮，而是陪在一旁，静静听对方倾诉。

原本温文儒雅的陈子龙，今日烦恼，皆是因为意外落举后，作书数万言，论朝政得失，想要呈给朝廷显示自己出仕的决心和才气，却被松江名士阻止，虽然知道对方一番好意，不想让自己惹祸上身，但是却也断了陈子龙入仕的大好时机。

"公子博览群书，满腹才华，入仕不过是时间问题，今日饮酒抒发愁怀，并不妨碍公子报国大志。"柳如是面露钦佩之色。

陈子龙闻听此言，颇为欣慰，想到家中妻子泼辣蛮横，见到柳如是如花解语，不禁对这名才见第二次的青楼女子生出许多好感来。

"我来此地不过是图个心里快活，找个清静处饮酒作乐，没想到无意间觅了一个红颜知己。今日前来，收获颇多，听姑娘吴侬软语，胜过借酒浇愁。"陈子龙站起身，对柳如是抱拳谢礼，"姑娘一席话，让子龙如醍醐灌顶，人生不如意事多矣，若是如女子一般，整日哀怨嗟叹，何以成就伟丈夫之业？"

"公子能这样想，自然最好。"柳如是收好酒盏，"既然公子打算离开，我送公子到门口吧。"她陪着陈子龙往外走。

两人到了楼外，送别陈子龙，柳如是转身离去，却不知陈子龙并未走远，他回头看着纤细婀娜的背影，竟有些依依不舍。

次日，陈子龙再次前来，让柳如是意外的是，他送了自己收藏的一些书籍。

"听闻姑娘才情不输饱读诗书的男子，为答谢姑娘昨日宽慰之情，以书答谢。"陈子龙仍是一贯的温文儒雅，他将珍贵的书籍放在柳如是房间的案头。

"照公子这样做法，我又要寻了礼物还你，如此一来，岂不无休无止？"柳如是浅笑，"公子来饮酒畅谈，是付了银两与妈妈的，我宽解慰藉本就应该，看着这些珍贵的书本，倒叫我不安，实在没有合适公子的物件相送。"

　　"误会，误会。"陈子龙一改昨日的烦恼，轻松大笑，"姑娘能收下礼物便好，若是喜欢，我再去寻来，人生觅一知音足矣，昨日听姑娘谈吐，甚觉投缘。"陈子龙并不隐瞒自己对柳如是的好感。

　　柳如是站在原地收起笑容："公子，我虽是青楼女子，却也不是随意玩笑的，公子这些话，若只是说说而已，今日说罢便算了。"

　　"肺腑之言，如何玩笑？"陈子龙也正色道，两人隔桌相望，眼中渐渐有了别样情意。

第二章／怅平生

"姑娘，今日门口来了个女子，与妈妈吵闹，我听到些事情，和你有关。"侍女在一旁替柳如是盘发髻，见到她春风拂面，知道陈子龙今日肯定会来。

"说了什么？是不是哪家的妒妇，管不住夫君，跑来哭闹了？"柳如是不经意地摆摆手，"寻花问柳，寻常男子都会做，并不是我们女人的罪过。何况我堕入青楼，本就是迫于无奈，若我能选择，又何须和哪家妇人的夫君陪酒周旋。"想到自己从吴江被人救下，一路落魄来到松江，几乎要沦落到沿街乞讨。在乱世之中，壮年男子尚不易活，何况一个娇滴滴的女子，为了免受无妄之灾，她一路男装打扮，最终为了生计，不得不再次堕入青楼卖笑。那段经历每每想起，都让柳如是呼吸不畅，那实在是她记忆里最不愿想起的部分。

"如是，你出来一下。"老鸨站在房门边，神神秘秘地说道。

"什么事情？"柳如是冲侍女挥挥手，散下才梳一半的发髻，"妈妈，有话进来说吧。"

"还不是楼外那个恶妇，拽着我要死要活的。"妈妈摸了摸鬓上的珠翠，"刚刚才打发走，折腾了快一炷香的时间，你看我，发髻散了没？"她紧张自己失了财物。

"妈妈，直说吧，与我有关？"柳如是转身走到书案边，拿过陈子龙之前送来的书籍，细细翻看。

"那个正是陈公子家的妇人，你说我们打开门做生意，那些风流哥哥们都是自己走进来的，人家长着两条腿呢，我们也不曾拖过拽过，凭我们这儿的姑娘，用得着？"老鸨满腹牢骚。

"行了，妈妈，你出去吧，我想歇息半日，今日不待客了。"柳如是站起身，难怪陈子龙过了约定的时间却未前来，再浓的情意也经不起正妻的撒泼，谁叫自己不是大家闺秀，不能风光出嫁，不能选择自己所爱呢，她苦笑着将头发披散，钻进被中闭上双眼。

松江城中远近闻名的大才子陈子龙，最近成了街头巷尾谈论的对象，他的千金正妻哭闹不休，在家中誓要绞了头发出家做道姑，陈子龙无奈，尽管是媒妁之言，但是他知道男人应该背负责任，于是写了书信，托人交与柳如是，自此了断两人情分。

柳如是蕙质兰心，通情达理，虽然失了珍贵的爱情，却并不恼恨陈子龙，因为她很清楚，这个男人辜负了自己，却没有失掉信义。柳如是的房间里，不时会多出许多古籍，都是她平素喜好却未能寻到的珍品，陪酒宴客过后，这些古籍成了陪伴柳如是的朋友，夜深人静的时候，她无数次翻看那些礼物，回忆与陈子龙谈笑风生的场景，除了苦涩，还剩心酸。

两年后，陈子龙再次进京，依旧是不得志，最终抑郁而归，他几度生出远离仕途的想法，却在崇祯末年意外获得了保家卫国的机会。当然，无论是什么时候，柳如是都是他的知音，她懂他的理想，支持他的决定，甚至在他投水殉节后继续完成他反清复明的梦想，只是，这一世，两个有着同样理想惺惺相惜的人却无缘相守，仿佛上天注定。

柳如是依旧在青楼中过着陪酒卖笑的生活，如此又过了七年，直到她遇见比自己年长三十六岁的礼部侍郎钱谦益。此时的钱谦益新近丧偶，在友人家中见到柳如是的诗作，诗中"桃花得气美人中"的佳句让他赞叹不已，于是，经朋友引见，他得以见到名倾松江的佳人柳如是，两人泛舟同游，吟诗作赋，相谈甚欢，数月后，钱谦益以正妻之礼下聘，迎娶了二十三岁的柳如是。

柳如是的决定让松江城里的才俊们大呼不妥，这个才貌双全的女子就算嫁不了陈子龙，松江不是还有大把的青年吗？再者，在松江数年，柳如是的才情人尽皆知，许多名流儒士皆以与柳如是相谈交往为荣，无论做何选择，都不至于用这样青春蓬勃的生命陪伴一个年近花甲的老者，何况，此时的钱谦益早因排挤，远离朝政，成了一个比陈子龙更不得志的人，陈子龙至少还有等待机会的时间，钱谦益已经垂垂老矣。

然而，对于众人的不解，柳如是并不多言，她心里很清楚，纵有再多才情，终是要寻个依靠，而钱谦益，正是让自己觉得踏实可靠的人，在各种不解、嫉妒、愤恨的眼神中，柳如是与钱谦益在一艘画舫上举办了婚礼。他们的新婚之夜，前半夜，伴着宾客笑语，扰事者的瓦片石块；后半夜，则伴着暖暖烛光，依偎着促膝长谈。

对于年轻的娇妻，钱谦益十分礼遇，他带着柳如是游历山水，看尽江山美景，又见两人皆爱读书，便费重金修绛云楼，重金购书，所藏书卷能与皇室内府相比。柳如是整日流连在书卷中，与无官一身轻的钱谦益琴瑟和鸣，举案齐眉。

若时间停留在此时，生活对于柳如是来说还是美满的，尽管少年时经历了不堪的一段，又在青楼无奈数年，但是女人一辈子最重要的不就是寻个归宿吗？她有疼爱自己的夫君，又有览不尽的珍贵藏书，生活惬意无比，然而，上天似乎一定要在柳如是的人生里加上浓墨重彩的一笔，让这个明末女子的生命更显珍贵。

这一天的到来十分残酷，它打破了柳如是的安宁生活，李自成军攻破北京，无力回天的崇祯皇帝砍杀家眷数人后，自缢于煤山。朝廷的更替，让正直坚强的柳如是悲切不已，她主张以身殉国，而这股豪气也感染了文人钱谦益，两人在一个月夜备好酒菜，痛饮中许下同死的誓言。然而，酒醒过后，当柳如是站在荷花池畔，看着冰冷池水时，身为明朝重臣的夫君钱谦益，此时却站在几步之遥的地方，面露犹疑，这让她心寒至极。

"夫君，妾身与君相识数年，相守五载，今日诀别而去，不同生但同死，妾身此生无憾了。"柳如是端起一旁石凳上的酒杯，一饮而尽。

"如是巾帼不让须眉，只是，只是……"钱谦益停顿了许久，才不安地说道，"今夜水凉，不如改日再来。"

"夫君？"柳如是错愕地看着钱谦益，这个她引以为傲博学多才的谦谦老者，如今满脸恐慌，若不是身后墙壁，几乎要夺路而逃了。

"老夫体弱，不堪寒凉。"钱谦益不敢正眼看柳如是。

"夫君既难舍，那妾身只有先去了。"柳如是摔下酒杯，跨步向前，就要一跃而下。

"如是，如是吾妻！"钱谦益突然伸手拽住柳如是的衣衫，"你若离去，我活着还有何意思？只要我不入仕清廷，便是为故朝守节，你我若去，家中亲眷如何安置，还有这绛云楼千万书册，难道你要将之抛尽？"

"不过是夫君不舍性命，何来守节一说。"柳如是几度欲挣开。

"我已年迈，难道你要为了未曾谋面的故朝君王，抛弃相守的丈夫家眷？国破家未亡啊。"钱谦益老泪纵横，可怜至极。

看到白发老者痛哭如婴孩，柳如是终究不忍："罢了，我且厚颜留下性命，夫君不要忘了承诺，活着为故朝守节。"

"那是自然，不然外人知晓必定笑话。"钱谦益这才松开手。

"夫君，如是但有一言，夫君牢记。"柳如是哀戚说道，"夫君是前朝礼部侍郎，今日国亡却不追随皇帝而去，只怕将来闲言碎语，说夫君的不是，若是旁人问起，就说今日之事实乃柳如是所为，妾身苟且，保全性命，连累大君不能守节。"

"自当牢记。"钱谦益垂着头，松了一口气。

第三章／叹别离

钱谦益的承诺并未兑现，就如同他当日在荷花池畔看着池水心生悔意一样，他一面答应柳如是的叮嘱，一面又对再次出仕充满期待。

机会终于来了，钱谦益得到了朝廷的垂青，只是这个朝廷并不是他应当效忠的故朝，而是清廷，失节的钱谦益欣然接受了命运给他的安排。

某日，当柳如是深居绛云楼内，翻阅书卷时，她听到了不同于以往的脚步声，这声音来自于自己的夫君，但是不似往常的沉重拖沓，而是轻快急促。

柳如是合上古籍，走到门口，门外的场景让她羞愤交加，钱谦益满面悦色，头上花白的发已经被青色的头皮取代。

"真真是没想到，夫君此举，着实让如是汗颜啊。"柳如是面色赤红，冷笑地看着钱谦益脸色由红转白，"难怪世人要奔前程，仕途果真是好东西，竟能让堂堂男子抛了气节！"

"我若送命，何来机会报效故朝？"钱谦益为自己正名。

"如此说来，夫君倒是在从长计议？"柳如是看着钱谦益的眼睛，那双浑浊的眼睛里写满闪烁，"夫君今日岂止是为保命，看看你那可笑的发辫，简直有辱读书人的名号。"

"好了，夫人，都过去了，夫人何必总与我计较，削了这头发倒也凉快。"他赧然笑道，"去收拾金银细软，我们要北上了，家中留两个仆人看守就行。"

"北上？哼，是要入朝效力了吗，钱大人？"柳如是讥讽道，"实在忠义啊！"她转过身，不屑地冷哼一声。

柳如是将家中钱物一分为二，收拾了两个包裹，让人拎进厅堂，此举让钱谦益费解。

"收在一起便是，何必分成两个？"钱谦益并不知道柳如是的心意。

"夫君北上，我南下，收在一起如何使得？"柳如是的言语冰冷绝望。

"南下做什么，你不随我同行？我此去可是入朝为官，你要独自一人南下吃苦？听说奔往那里的人饥寒交迫，难以度日啊。"钱谦益看着柳如是换上的一身男装，"你早有打算了？"

"北上自有同行之人，缺了如是并不妨碍夫君仕途，夫君只管安心去过你的好日子便是。那日荷花池畔苟且偷生，已难心安，若是今日随君北上，如是实在对不住自己的良心。如是身为女子，不能征战沙场，保家卫国，但守气节，不与敌人共存，这点还是做得到的。"柳如是面色严峻，拒绝了钱谦益的苦苦挽留，拂袖而去。

在南京一处简陋的寓所内，柳如是暂且停下脚步，她带着反清复明的理想，为自己的未来进行着周密的规划。她深知，一个女子，即使身着男装，也是诸多不便，四处都是难民，若盲目往南走，危险重重，于是，她在南京停顿，四处打听消息。

功夫不负有心人，就在柳如是几乎散尽自己所带的钱财时，邻里有人传消息给她，南京城外正有一支义军的队伍，募兵抗清，正往溆滨方向而去，柳如是闻听，不敢耽搁，立刻收拾细软赶往城外。

"陈公子？"柳如是风尘仆仆赶上义军，在见到一身青衣的义军首领时，她又惊又喜，因为此人不是别人，正是十三年前与自己情投意合的松江陈子龙。

"姑娘是孤身前来？"陈子龙环顾四周，并不见柳如是的家人，"为何不随家人一起？"陈子龙见到柳如是，尽管心中欢喜，却又不免惆怅，想不到两人十余年不见，此次相逢竟是国破家衰之时，不胜唏嘘。

"夫君降清，已剃发北上。"柳如是淡淡说道，"我决意南下，所以未能一起。"

"为何不同去，男子都失了气节，一介女流想要如何？"陈子龙感叹。

"如何？公子能做的事情，如是也可以。"柳如是指指身上的男装，"一路上行程奔波，并没有人认出我，如是不会给公子添麻烦，只要让我随军，洗衣煮饭，为义士们做一些事情，如是便感激不尽。"

"怎能让你这才华横溢的女诗人，做那些粗活呢。"陈子龙笑道，"既然同行，我便保证你平安，不用刻意做什么，能有如此气节已属不易。"

本以为久别重逢，两人又共赴国难，该是有再续前缘的时机，可是柳如是在军中并未待多久，因为陈子龙集结的义军，虽然人数上千，但是军中缺衣少粮，而且大多数义兵都是泖滨当地的渔夫，生活难熬这才加入队伍，平素不曾上过战场，也不知纪律，根本没有作战能力。带着这样的队伍，就算陈子龙有布阵良计，也无法与清兵抗衡。眼见进攻苏州困难重重，陈子龙决定将柳如是送回松江，他一直内疚自己从前未信守承诺，迎娶柳如是归家，故今日绝不允许柳如是涉险，他们相见时，他便说要保她平安。

"与君一别，再见何时？"柳如是满眼是泪，这个与自己有缘相遇却无缘携手的男子，是自己年少时做的一个最美的梦，可惜梦中醒来，徒剩凄清。

"我也不知，或许明日就能得见，或许，此生都……"陈子龙沉重地开口，话未说完，就被柳如是捂住嘴。

"公子切莫自弃，如是相信能有再见的一日。"柳如是止住泪，"但愿来世能与公子长聚不离，相守一生。"

两人虽然说着平安一类的话语，不过心中都清楚明白，若想再聚只怕难矣，因此忍不住抱头痛哭，恼恨苍天未给得成眷属的机会。

陈子龙趁夜送别柳如是，在天色微白的时候，快马加鞭而去。柳如是洒泪别过，再次回到松江。

　　"夫人，您可算是回来了。"留守在绛云楼的仆人见了柳如是，分外高兴，"老爷托人从北方捎来书信，询问夫人近况。"

　　"他有了高官厚禄，还记得我？"柳如是想到钱谦益那日剃发归家的情景，仍气愤难平。

　　"夫人不知，老爷在朝里日子不好过。"仆人近前来，将一封书信交给柳如是。

　　尽管降清积极，但是在清廷里，钱谦益却并没过上好日子，顺治帝数次在朝堂上出言讽刺，对他诸多猜忌，不仅如此，就在寄出书信不久，他还因受人牵连而入狱。此时的钱谦益已是年近七十的老者，数次折腾加上不得志，状况可想而知。

　　见到钱谦益的书信，柳如是尽管气恼，却还是担心不已，想到两人新婚时，钱谦益重金修建绛云楼，又替自己四处搜罗珍贵古籍，若是没有国难，两人此时或许正泛舟湖上，吟诗抚琴好不快活。钱谦益降清虽辱没名节，可是蝼蚁尚且偷生，他只是为求活命，又何错之有？

第四章／休回首

"老爷如今可有消息？"柳如是站起身，将信纸紧紧揪在手中。

"已经托人去打探了，听说在刑部大牢里，老爷信上并未提及，也不知道是真是假。"仆人低声说道。

"我知道了，替我准备些钱财，我得北上一趟。"柳如是忧心忡忡。

次日清早，柳如是再次踏上路途，不过此番，她前往的却是自己痛恨的方向。此时已过立冬，天气寒冷，柳如是一路困顿，还未到京城，便感染风寒，到了钱谦益在京城的寓所，疲惫不堪，几乎卧榻不起。

"夫人，不如歇息一段时间，养好身体再谋划如何救老爷，老爷的一位旧友捎了消息，老爷在狱中不算为难，只是天寒，让我们送了过冬的棉被去。"跟随钱谦益进京的侍女站在柳如是的床榻前，手中捧着盛满药汁的瓷碗，安慰着憔悴的夫人。

"他这样大的年纪，哪里经得起折腾？眼看着就要到天寒地冻的时候了，若是出了意外怎么办？时间越久，老爷就越难熬。"柳如是挣扎着坐起来，披了外衫，慢慢挪到床边，"替我打盆洗脸水来，我梳妆好就去见老爷。"

拖着病体，虚弱的柳如是见到了牢狱之中蓬头垢面的钱谦益，她的眼泪夺眶而出，钱谦益抬起头，见到近在咫尺的柳如是，就像在黑夜中看到了光亮，整个人立刻精神许多。

"老爷，怎么不跟人说实话，这哪里熬得？"柳如是看着冰冷的墙壁，大牢中充斥着腐烂木材的味道。

"说了也没用，我打算等案子审完，出去慢慢说，也不算难熬，你看，他们备了纸笔，我在狱中还写了一些诗作。"钱谦益伸出枯瘦的手，将身旁一叠粗糙的纸张递给柳如是。

"老爷。"柳如是紧握住钱谦益的手，"你辛苦几日，我马上想办法救你出去，我们夫妻分别不久，想不到相聚却是这等模样，如是不会让老爷受苦了。"

柳如是说到做到，她上书陈情，情愿代钱谦益一死，若钱谦益不能脱了干系，她愿从死，陪伴夫君。好在，上天并没有再给她更多磨难，钱谦益被释放归家，两人过了一段平静的生活，但是好景不长，不久后，钱谦益又受门生牵连，被羁押南京。南京此时春暖花开，但是柳如是的心情分外沉重，为了请托斡旋，她用尽家财，四方奔走，终于在这一年的初夏，将钱谦益接出了南京大牢，只管制于苏州，寓居拙政园。

"恸哭临江无孝子，从行赴难有贤妻。如是，老夫愧对你啊，当日弃你北上，不听你劝阻，以至于受新君欺辱，牢中每日回想，悔不当初！"钱谦益长叹不已。

"罢了，能平安归来最好，安安静静待在拙政园里，过平凡生活，也不失为人生一大乐事，尽管这些清闲痛快来得迟了些。"柳如是看着窗外的几株枯树，淡淡说道。

当年九月，柳如是诞下一女，钱谦益老来得女，欢喜异常。不久，钱谦益又被免了管制，得以从苏州回到常熟。一家人居于红豆山庄，钱谦益不再出仕，表面上只深居绛云楼中做一些著述检校的事情，暗里则让柳如是通过故交，联络反清复明的势力。夫妻二人经过重重磨难，终于志同道合，相濡以沫。

"夫人，义军如今在何处抗敌？"钱谦益抱着女儿，手拿书卷，看着从外面回来的柳如是。

柳如是沉默不语，微微摇了摇头，便坐在桌前发呆，钱谦益细看其神色不对，又见脸上泪痕未干，不知所为何事。

"我一位故友，当时南下曾对我照顾有加，今日听闻，我归家不久，他就投水殉节了。"坚毅如男子的柳如是，再也抑制不住内心的伤感，伏案恸哭起来。

柳如是所说故友正是陈子龙，送归柳如是不久，陈子龙便因举兵之事泄露而被捕，在押往南京的途中，途经松江境内跨塘桥时，陈子龙趁守者不备，投水而死。想到听人说起陈子龙的尸身被清军凌迟斩首，柳如是心中一阵阵绞痛，此生虽然无缘携手，总是有深厚情义，那日两人分离，不想竟是永别。

"他虽死无憾，你也不要伤心。"钱谦益安慰着妻子，他看着柳如是，想到族中晚辈说的那些闲言碎语，欲言又止。

"夫人，这几日，老爷同族的侄孙总来找老爷，神神秘秘说一些什么，老爷看上去很生气。"侍女替柳如是梳头，轻声说着闲话。

"既然生气怎么还见他？"柳如是疑惑，"那个人我知道，总是打听我们家的财物，他看着偌大的一个山庄，以为有多少钱财，却不知老爷花费重金，买了那些孤本藏书，说万贯家财也是有的，只是在那些草包眼里什么都不值了。"

"我偶尔听个一两句，仿佛是与夫人有关呢。"侍女顿了一顿，才开口道。

"与我？他的侄孙素来不与我交道，怎会谈及？"柳如是心中隐隐有不好的预感，她急忙遣退了侍女，来到绛云楼，找到正检校古籍的钱谦益。

"老爷，钱曾来了数次，怎不知会于我，我虽是长辈，但来者是客，若不接待岂不失了礼仪？"柳如是取过钱谦益手中的笔。

"说那些混账话，叫人生气，若不是念及和他曾祖父的情义，定叫人赶他出去。"钱谦益面红耳赤，将手中书卷重重合上。

"说吧，是不是讲了是非？听闻与我有关，那必定与一个情字瓜葛了。"柳如是也不拐弯抹角，"我生性坦荡，老爷也知我身份，年少堕入青楼，承蒙老爷不弃，只是，自认做了钱家妇，并无不轨行为。"

"不用理他，你猜得没错，说的正是此事，我将他骂了回去，来来去去几次，我都烦了。"钱谦益气恼不过，"国难当头，士大夫尚不能守节，何来资格痛斥女子，即便女子不能守身，又岂是罪过？"

"说来说去，夫君还是介意了。"柳如是抚摸着手中的笔，"我南下数月，是他照料我的，在未遇夫君之前，我与他也是有情，只因家中正妻不容，才未成正果。只是，十多年过去，我已为人妻，他也有报国鸿志，彼此只剩情义，若要期许，只寄望来生了。"柳如是想到陈子龙，眼眶一红，几乎落下泪来。

"如是，我并未怪你。"钱谦益清楚，在柳如是心里，终究是给那个人留了位置，他虽然羡慕，却很欣慰，那样一个伟男子，自己也是敬佩不已的。

"夫君，如是既嫁，此生绝不负你，生同衾死同穴。"柳如是握住钱谦益的手，"夫君若有话，只管直说无妨，不要等到别人来挑唆。"

两人当夜挑灯阅籍，自此感情更浓。

第五章／芳草无

　　清康熙三年，自入春以来，钱谦益的身体每况愈下，柳如是忧心不已，家中购书消耗甚大，经济日渐窘迫，看着钱谦益日渐衰老，几乎每一日都能感觉他生命的流逝，柳如是无比心酸。

　　这些年以来，两人所有收入除了全力资助和慰劳抗清义军，其他都用来购买书籍，然而，前些年因下人剪烛不慎，导致绛云楼大火，数以万计辛苦分类编目的珍贵藏书付之一炬。为了弥补损失，钱谦益数年来只专心追录《绛云楼书目》，可谓殚精竭虑。眼下钱谦益不久于人世，夫妻二人盘算一番，竟连丧葬费都无法凑足。

　　"如是，不要操心那些身后的事情了，若能有一方薄棺足矣，总要为你和女儿留些财物度日。"钱谦益躺在床上，瘦骨嶙峋的模样让柳如是分外难受。

　　"你一介名士，怎能如此草率？夫君不用担心，如是一定会想到办法的。"柳如是看着简陋的房间，安慰着钱谦益。

　　天气渐渐转热，钱谦益身体突然好转了许多，有几日竟能下地走动，到绛云楼想继续追录书目，无奈体力不支，又由柳如是搀扶着回到了房间。

　　"如是，可有眉目了？不如卖了房间那些古董吧，留着也是要让他们分了去。"钱谦益说的"他们"正是眼红自己财产的族中晚辈，"所卖的钱财你好好收着，你还年轻，还有很长一段路要走呢。"

"那都是你的心爱之物，我不会卖的，到临走的时候都放你身边陪着。"柳如是抹抹眼泪，"夫君，我们相守近二十载，眼看这缘分要尽了，想起来心里难受。"

"别难受，我现在闭上眼睛，想的都是相逢那时候的场景。"钱谦益喘了口气说道，"垂杨小宛绣帘东，莺花残枝蝶趁风；最是西泠寒食路，桃花得气美人中。如是，你诗笺上写的，我从来都没忘记过。"

"清樽细雨不知愁，鹤引遥空凤下楼；红烛恍如花月夜，绿窗还似木兰舟。曲中杨柳齐舒眼，诗里芙蓉亦并头；今夕梅魂共谁语？任他疏影蘸寒流。夫君，如是也未曾忘，这一世有夫君知遇之恩，如是不算白度。"柳如是紧攥着钱谦益冰凉的手，泣不成声。

就算万般不舍，钱谦益还是离开了深爱的妻子，他用自己最后赚的一千两润笔费为自己安排了丧葬事宜，将所有物品房产留给了柳如是和女儿。在钱氏祖坟里，钱谦益在自己的墓旁留下一块空地，历经了无数磨难，生同衾死同穴，这是夫妻二人最后的誓言。可是，当他等来了柳如是，两人墓穴却相隔百步，孤零零的一块荒地成了柳如是的埋骨之所，钱谦益身旁的空地，埋葬了他死去数年的正妻。

钱谦益逝后第三十四天，在家徒四壁的住所内，柳如是见到了一群不速之客，他们为了夺走房产，逼迫柳如是拿出数百金银以及大量田产换取，这对几乎身无分文的柳如是而言，是根本不可能做到的事情。

"你们不用逼我，老爷故去之时，我心已死，当日去或者今日去，并无分别，我留下不过是要照看女儿和老爷的遗留。"柳如是当着众人的面，咬破自己的手指，取来白绢写下遗嘱，"银两田产不是我不给，你们亲眼见到绛云楼付之一炬，那就是老爷的万金所在，已经灰飞烟灭了。现在家中尚有几卷画轴，我得留给我的女儿，谁人都不能夺。"

"你既然不肯将家产交给我们，又没有贵重财物交换，总要给个交代我们才能罢休。"一个侄孙从人群中站出来，冲着柳如是吼道。

"我能给的都给，不过今日已晚……"柳如是满脸凄凉，"明日来取吧。"轰走众人，柳如是一脸疲惫，她在房中仔细收拾，留了些还算有价值的书画首饰给女儿，又将滴血写就的遗嘱交给家中老仆人，这才换了崭新的一袭衣裳，梳好发髻，带着三尺白绫走进厅堂。

"此门不要再开，明日待他们来了，让他们亲眼见到，才会死心。"柳如是含泪告别府中仆人，亲手掩上了厅堂正门，这些人，不见到自己送命是不会罢休的。

夜半无人私语时，柳如是对着厅堂里钱谦益的画像泣血哭诉，但是哭诉没有任何意义，因为钱谦益留下的终究只是一张画像，他不能像从前那样，以正妻之礼将她赎出青楼，更不能和她泛舟湖上相谈甚欢，甚至不能替她叫一声冤屈。

正直聪慧的柳如是，一生刚毅果敢，为人称赞，最终却惨遭逼迫，不得不用三尺白绫，将自己的生命与尊严永远地停止在四十六岁。不仅如此，她死后不但未能与钱谦益合葬，还被逐出钱家坟地，生同衾死同穴的承诺，也永远成为空谈。

鱼玄机

放船千里凌波去

鱼玄机，晚唐武宗时期的女诗人，天性聪慧，才思敏捷，年少时曾跟随温庭筠学习，十四岁遇状元李亿，经温庭筠撮合，嫁其为妾，因李妻不容，被李亿送入长安城外咸宜观做女道士。几年后李亿带着家小离开长安，将其抛弃，鱼玄机遂于观中结交名流，往来酬唱，后因情感纠葛，鞭杀婢女，二十六岁时下狱伏法。

第一章／惊离思

　　一叶孤舟，载着一个妩媚动人却满脸凄惶的女子，顺江而下，在冰凉的
秋雨中停靠于一处荒凉之地。女子幽怨地看着自己将要前去的方向，慢慢踏
上泥地前行。

　　"绿翘，我来看你了，合该是咱们主仆命薄，今日难得寻了这时间，我
只怕来日相逢已无期了。"这女子不过二十五六光景，虽未施脂粉，却也是
明艳动人，此刻面带戚戚之色，让人见了甚为怜惜。她一身素服，身上的斗
篷沾了雨水，垂于脚踝的布料更是溅满了泥点，因为没有纸伞遮蔽，她将装
满了香烛和纸扎的竹篮掩藏在自己的斗篷之下。

　　一路哀哀戚戚说着，如此往前走了一炷香的时间，终于在阴森的小树林
里见到了一处新砌的土堆。

　　"绿翘，我总算能在有生之年见你一面，他们竟把你埋骨在这样荒凉的
地方。"女子看着低矮的坟墓，落下泪来，"你原本是最爱干净的，我却不
能为你找个好点去处。"她对着坟墓作揖，然后将附近的杂草拔掉，又捡
了碎石块砌在坟前，做了插香烛的台子。

　　手中的纸扎被点燃，随着缕缕青烟飘荡在眼前，女子的表情更显悲戚，
"我们在咸宜观相依四年，你今日先我而去，尽管受尽冤枉，我终究还是被
保出狱，得以为你焚香一炷，只是不知，他日谁人为我鱼幼微燃这纸扎，送

行一程。"

这个自称鱼幼微的女子，正是长安城外咸宜观中为人倾慕的女道士鱼玄机，当然，此时，她已经失了风流妩媚的性情，只剩满心的绝望。点燃纸扎的双手上，布满刑罚的伤痕，这双手的主人曾经名噪京城，咸宜观也因为有了鱼玄机的存在，成了文人骚客争相前来酬唱之所。

纸扎的灰烬在鱼玄机的叹息声中扬起，下一秒又被薄雾般的雨丝覆盖坠地，透过迷茫的泪眼，鱼玄机有一瞬间的错觉，时光仿佛回到了二十年前。那时的鱼玄机，并没有预见自己会有在道观中风流浪荡的人生，她的父亲也未曾预见过，因为，他聪慧敏捷的女儿，乖巧可爱，只会日日趴伏在他的肩头，学习诗作，让他骄傲。

二十年前的鱼玄机，只有一个叫鱼幼微的名字，那是父亲为她所取，鱼幼微的父亲是一个落魄秀才，仕途无望，于是这个读书人将自己的满腹才华教习给了年幼的女儿。五岁的鱼幼微并未让父亲失望，她继承了父亲的优点，喜好诗文，并且才思敏捷，七岁时，就在当地小有名气。可惜，这个时候，落魄的父亲病逝，失去依靠的鱼幼微母女，不得不来到烟花之地，替风月女子洗涤衣物，以此换取微薄的薪资度日，鱼幼微的人生，就此改写。

"母亲，我们要替人清洗衣物到何时？"年幼的鱼幼微看着自己冻裂的双手，满脸不情愿。

"我们想活多久，就要辛劳多久。"饱受生活摧残的母亲拂开自己额前的乱发，没好气地说道，"你父亲什么都没能留下，除了那几卷残破不堪的书卷，不做这些又累又脏的活儿，孤儿寡母的，能指望谁呢？"

"父亲生前不是还有朋友吗，我们为什么要在这种花街柳巷做低贱的活儿？去找那些人帮忙吧，母亲。"鱼幼微扬起脸，看着头顶昏暗的天。

"如果可以，我何苦如此。"母亲叹气，想到自己在丈夫死后受到的冷眼与刻薄，泪水盈满眼眶，"你若不想跟那些风尘女子一样，就好好清洗衣服，再苦都是苦在手上，至少心里是干净的。"

鱼幼微将手再次浸入冰冷的水中，此时她并不知道做一个风尘女子有何不妥，她们光鲜亮丽，整日无所事事，不过是陪人谈笑饮酒，应付而已，不必伤筋动骨，不必寒天暑日四处奔波，为什么母亲要用这种类似于诅咒的话语来恐吓自己呢？许多年后她才懂这其中的艰辛，只是为时已晚，抽身太难。

在青楼的后巷里，与母亲清洗了五年的衣物，鱼幼微终于等来了父亲的一个故人，其实，故人也算不上，不过是与父亲结交过几次，这个人就是温庭筠。

此时的温庭筠，已过不惑之年，尽管在当时的文人才子中颇有名气，但是因为恃才不羁，得罪权贵，故屡试不第，郁郁不得志。他四处游历，有时也在花街柳巷出没，为那些艳丽的女人们写一些精致缠绵的诗文，换取赞誉与美酒。在清冷的后巷里，温庭筠看到了容貌出众，已经出落成少女的鱼幼微，那双清澈热情的眼睛让他看到了这个女孩子的才情和期望。

"先生，您能再教我一些吗？我母亲说，您是饱学之士，我能从您这里学到比我父亲更多的东西。"鱼幼微看着憔悴焦虑的温庭筠，他的皱纹里写满落寞，这让年少的她心中生出些许怜惜。

"我不过是颠沛流离，四处游历，你母亲太抬举我了，幼微啊，我在这里就任的时间不会太长，过一段时间就要离开了。"时任方山尉的温庭筠看着面前乖巧可爱的女孩，她的小脸让温庭筠想起自己远在家乡的孩子。

"先生，你要走吗？这里不好吗？"鱼幼微仰着脸，自从她知道温庭筠与父亲相识，就仿佛抓住了一根救命稻草，听到温庭筠说起离开的话，不免心急。

"我家中也有孩子，与你年纪差不多，我外出数年，都没有时间回去看顾他们，看着你，就想到他们，分外想念啊。"温庭筠有些伤感。

"先生满腹才华，有先生这样的父亲，实是幸事。"鱼幼微感叹道，"真羡慕您的家人，还有您可以依靠，我母亲本分老实，日后只能靠我，所以，趁着先生在，我要多学些知识，或许将来能多个讨生活的本事。"

"幼微，什么本事，小小年纪，怎么说出这样世故的话，孩子就应该像个孩子。"温庭筠看着鱼幼微，那张脸上此刻写满倔强与早熟，温庭筠有些心酸，他知道鱼家的情况，也知道鱼幼微的近况，出于同情，自从与鱼幼微结识，他就待她如自己女儿一般，教习开导，不过自己的能力有限，并不能帮助更多。

"若是先生在，我会好过得多。"鱼幼微可怜地说道，"可是先生终究要走，我也只能靠自己，先生，我昨日按您的要求作了一首《早秋》，您看看吧。"她将自己手中的诗作递给温庭筠。

"嫩菊含新彩，远山闲夕烟。凉风惊绿树，清韵入朱弦。思妇机中锦，征人塞外天。雁飞鱼在水，书信若为传？"

温庭筠见到鱼幼微的诗作，赞不绝口："幼微，你小小年纪便有此造诣，实属不易，可惜你是女子，若为男儿，才学必在我之上呢。"

"先生过奖了，都是先生教导有方。"鱼幼微露出难得的笑容，她走过来斜靠在温庭筠身侧，"先生，请先生和诗一首送给幼微吧，好吗？"

温庭筠并未推辞，他沉吟片刻，接过鱼幼微送上的笔墨，写道：

> 山近觉寒早，草堂霜气晴。
>
> 树凋窗有日，池满水无声。
>
> 果落见猿过，叶干闻鹿行。
>
> 素琴机虑静，空伴夜泉清。

鱼幼微朗声读完，忍不住感叹："先生，还是您才学高，这诗多妙啊，我真喜欢。先生，如果有一天，幼微不能见到您，我们就书信往来，好不好？您就如我父亲一般，幼微已经失去了父亲，不想再失去您。"

温庭筠摸摸鱼幼微的脑袋，点头答应："有幼微这样的学生，那是我做先生的福气，日后幼微有了出息，我还想借着幼微的光，吃上几杯美酒呢。"

"那是应该的，幼微请先生天天吃酒。"鱼幼微开心地将温庭筠的诗作抱在胸口。

第二章／愁人哭

数日后，温庭筠启程回乡，这次离别并没有带给鱼幼微太多的悲伤，因为不久以后，温庭筠带着妻儿回到了任地，他们的寓所在离鱼幼微家不远的地方。鱼幼微一有闲暇就往温家跑，她母亲知道温庭筠的为人，因此放心让女儿前去，眼看着鱼幼微到了十四五岁的年纪，出落得愈发美丽，居处四周倾慕的年轻男子渐渐多了，人们都听说鱼家有个才艺双全的女孩子，一些人托请了媒婆来说和，鱼幼微正眼也不瞧人，只顾着埋首于温庭筠送她的书卷中。

母亲将别人的情意转达，其中不乏门第显赫的男子，可是鱼幼微丝毫不动心，这让母亲焦虑之余渐渐生出了疑虑，女儿的心思有些怪异，这种怪异让她担心，和鱼家母亲有着同样顾虑的，还有温家的主母，那个在鱼幼微眼中和蔼的温夫人。

"幼微，这一晃眼，你就十四了，眼看着快到及笄之年，可有中意的人了？"温夫人看着坐在温家书房里的鱼幼微，脸色稍显不悦，这个家仿佛就是她的，来来去去比自己还熟络。

"幼微只想跟着先生学习，那些事情从未想过。"鱼幼微有些生硬地回答。

"年纪到了，也该想想，你先生有个旧相识，年少有为，听说才中了状元，正要回乡省亲，让先生安排看看？"温夫人说得不动声色。

"我还小呢，不劳师母费心。"鱼幼微站起身，合上书卷，"先生今日不在，幼微先回去了。"

"去吧，跟你母亲也说说，这可是桩好姻缘，我和你先生都拿你当自己孩子，你们孤儿寡母着实可怜，指望着你能过好呢。"温夫人的话说得贴心，听在鱼幼微的耳朵里却十分刺耳，因为她的心中已经有了心仪的对象，鱼家母亲与温夫人的担心不是多余，鱼幼微对温庭筠已经有了男女之间的情意。

"母亲，不要再说那些话了，我已经有了心仪的人。"十四岁的鱼幼微，在瘦弱疲惫的母亲面前，毫不客气地顶撞道。

"我知道你的心思，我告诉你，别说你师母不会同意，就是我这做母亲的，也不会答应。"母亲满脸通红，"早知道先生品行不端，我就不该让你受他教导，我只有你这一个女儿，不能让他误了你的终身。"

"您知道？那更好，母亲，我是非先生不嫁的，就算没有名分也不要紧，这世间的男子，我们母女在花街柳巷看得还不够吗？没有一个同先生一般的。"鱼幼微生气地嚷道，"您若是说他品行不端，那您说一个品行端正的人来，先生不过是恃才不羁，郁郁不得志，你们根本不了解他。"

"真是要丢死人了，我辛苦这数年，就为了让你清白做人，将来能有一桩好姻缘，不让你像我一样命苦。"母亲老泪纵横，"你说要识字作诗，要去温先生家，我也允了，却没想到，你竟生出这些见不得人的念头。"

"我喜欢上一个人，这也见不得人了？"鱼幼微气愤地看着母亲，"从小到大，我可没有做过让母亲丢脸的事情。那些寻欢作乐的浪荡子，好多次扔了珠钗金银在我衣裙上，我答应过吗？我做过苟且的事情吗？母亲觉得丢脸，我就自己去跟先生说，为奴为婢，我鱼幼微跟定了温庭筠。"鱼幼微甩手走出家门。

"夫人你的意思是……"就在鱼幼微再次来到温家之前，温夫人将少女的心思和盘托出，她的话让温庭筠登时红了脸，"不可能，是夫人误会了，我当幼微同自己孩子一般。"

"你如此，她却不是。小姑娘的心思，夫君哪里懂了？"温夫人正色道，"看她的样子，是执意要进咱们家，夫君若是同意，娶妻纳妾，我一个妇道人家，也不会多说什么，如何安排，就看夫君的了。"

"夫人不要误会，我对幼微只有父女之情。再者，我一个糟老头子，怎能辜负了幼微的大好年华，从我教导她识字念书开始，我对她就只有身为父辈的责任了，夫人，替她物色一个好的人家，我来跟她说。"温庭筠思量一番，决定亲自捅破窗户纸。其实，在温庭筠的内心里，自从知道了鱼幼微的心思，他不是没有丁点动心的，只是，他自认年老貌丑，平生又不得意，与年轻貌美的鱼幼微实在不相配，在大家都没有说明白之前，他打算以挚友、叔伯、先生的身份，继续相处，可是，若说破，自己也只能斩断这段不被人接受的情缘。

"先生也觉得那个人和幼微般配？"鱼幼微看着面前略显尴尬的温庭筠，强忍泪水问道。

"你师母去打听过，实在是很好的人家，比你年长六七岁，年纪也合适。"温庭筠有些不自在，他别过头，不敢看鱼幼微的眼睛。

"我是问先生呢。"鱼幼微眨了眨眼睛，将快要流出的眼泪逼了回去，"先生觉得和幼微般配吗？若是先生相中了，幼微一定听先生的安排。"

"与我有一面之缘，才貌品行俱佳，家境也殷实，不过家中先前纳了一位正妻，他听人说过你的名字，对你的才情颇为仰慕，愿结同心。"温庭筠抹掉额头上细密的汗珠，微微侧头看着一旁的木几。

"先生相中的，幼微自当认同，烦请先生为幼微引见，我敬先生如同父亲，终身大事就交给您了。"鱼幼微说完，眼泪如同断了线的珠子，终究还是掉了下来。

一个月后，十四岁的鱼幼微嫁入了李家，她的夫君李亿，是温庭筠的门生，也是新科状元，此时不过二十出头年纪，生得风度翩翩，俊朗非凡。原本闷闷不乐的鱼幼微，见李亿确是翩翩佳公子，虽吟诗作赋，才情不及温庭筠，与寻常男子相较，人品文采却也实在难得，如此便定下心来，只将师生情谊留给温庭筠，而将男女之情都付给了夫君李亿。

　　李亿容貌俊朗，渐渐占据了鱼幼微全部的心思，她依旧会写书信诗词寄给温庭筠，只是当中少了少女的情思，多了敬仰与尊敬之意。温庭筠对于鱼幼微的归宿十分满意，却不想，这样美好的光景并未持续多久，在李亿为鱼幼微构筑的别院里，突然闯入了一个凶狠蛮横的女子，此女姓裴，正是李亿的正妻。

　　"我道夫君是为了谁呢，原来是个乳臭未干的小丫头。"裴氏一脸凌厉，看着面前屈膝跪下的鱼幼微，"怎么，过了几天好日子吧，不知道接下来打算如何过下去？"

　　"幼微愿服侍夫人。"鱼幼微低垂着头，她素来有胆识，但是此刻却如见了猫的老鼠，她深知自己的地位在裴氏之下，将来还要仰仗裴氏过活。

　　"我怎么敢用你这样水灵的小丫头。"裴氏伸出手来，细长的指甲划过鱼幼微的小脸，"还不到及笄之年吧，怎么就急急地嫁了出来？是家中穷困还是不堪寂寞啊？"她的话带着羞辱，刺痛了鱼幼微的心。

　　"妾与夫君相遇，颇为投缘，因有旧识说媒，遂得圆满。"鱼幼微小心地说出自己与李亿的事情，"家母病重，指望家中喜事能替她减灾求福，所以仓促行事，来不及向夫人说明。"

　　"来不及？哼！"裴氏冷笑，"金屋藏娇罢了，多少时日过去了，到今日说起来不及，真是可笑，原本听说你的年纪，我还以为夫君玩笑一场，今日见了你，长得极好，却不像十四岁年纪，倒像是十六七的姑娘，细细端详，这模样和身段，勾引男人，倒也够了。"裴氏似乎并不理会鱼幼微的低声下气，她说了许多不中听的话语，脸上也现出轻佻之色，就在鱼幼微无措之时，裴氏突然变脸，厉声呵斥道，"今日就随我回去，你年纪尚轻，还需要我替夫君好好调教，入府以后别给我耍花样，若是让我看见听到你的不是，得到一纸休书的日子可就不远了。"

　　鱼幼微战战兢兢收拾行装，结束了与李亿举案齐眉、琴瑟和鸣的美好时光，随裴氏一道回到李府，名为妾侍，实际则成了裴氏身边的粗使婢女。裴氏对付情敌的手段并不高明，非打即骂，这让年轻的鱼幼微叫苦不迭，李亿品行虽端正，在裴氏面前却是一个懦弱不堪的人，虽然心疼情投意合的鱼幼微，面对裴氏的盛怒，永远都只会选择退让与逃避。鱼幼微在李府待了些时日，受不了裴氏的指责与刁难，以探亲为由，请求离府出行，裴氏趁此让李亿写下休书，想要将鱼幼微彻底赶出李府，但李亿终究不舍，推搪了几次，才耽搁下来。

无奈之下，鱼幼微写信向温庭筠求助，虽只有只言片语，但满腹心酸，让相识数年的温庭筠心中不忍，后温庭筠托人写信，借故鱼母病重，请求与女儿相见，这才让鱼幼微得以离开牢笼一般的李府，回到了故居。此时鱼幼微虽不过十六岁年纪，却尝尽生活艰辛，性格相较于从前的大胆热烈，已大不同。

"先生，近年过得可好？"鱼幼微看着憔悴衰老的温庭筠，心中伤感。

"幼微，那裴氏待你不好吗？"温庭筠原以为自己替学生定了一门好姻缘，想到李亿年轻有为，将来鱼幼微的日子自然好过，却不料跳出这悍妇来，"你若难过尽可对李亿讲，他也算是个有情有义的人。"

"我能指望的，只有我自己，那李亿虽于我有情，却没有担当，家中大小事情，皆是裴氏说了算，裴氏怨我受宠，肆意辱骂，多少事情，即便与我无关，只要裴氏指责，我便得委屈应承下来，李亿在旁，一句话也不说，先生，我的好日子算是到头了。"鱼幼微说到伤心处，忍不住捂脸恸哭。

"我原以为是上乘姻缘，这样说来，倒是先生误了你。"温庭筠后悔不已，"如何是好啊？"

"裴氏逼着夫君写了数次休书，被夫君推搪到今日，尚未给我，我每日在府中如履薄冰，不知哪一日会被赶出家门，这是幼微的命，怨不得先生，先生当日本是好意。"鱼幼微抹掉泪水，"幼微如今只有寻亲一说，才能讨得些许清净日子，只是，孤身在外，想与夫君团圆都属奢望。日后若有书信，想请先生代为转交。"

"放心吧，自当为你送到。"温庭筠郑重地承诺。

第三章／两依依

　　鱼幼微在故居待了些时日，裴氏使人来催，不得已再次回到李府，免不了受无数奚落与责难，如此反复借故离家，两地奔波了一两年，裴氏见她的时间少，也没有了机会予她休书，李亿不用两头为难，倒也自在，有时见到幼微孤身出行，实在可怜，也借故探亲访友，实为携幼微同行，两人仿若一对落难鸳鸯，有家不归，只在山水间流连。

　　难得的快活日子，对李亿而言，是轻松愉悦的，对鱼幼微而言，更是弥足珍贵，因了生活的摧残，十六七岁的女子竟生出六七十岁年纪的心态。"枫叶千枝复万枝，江桥掩映暮帆迟。忆君心似西江水，日夜东流无歇时。"不见李亿时写就的情诗，早已没有了少年夫妻的甜蜜，只剩凄清与落寞。

　　没有李亿同行的时候，孤独的鱼幼微只得写诗给温庭筠：

　　　　阶砌乱蛩鸣，庭柯烟露清。
　　　　月中邻乐响，楼上远山明。
　　　　珍簟凉风著，瑶琴寄恨生。
　　　　嵇君懒书札，底物慰秋情。

　　她的言语中，尽失了初遇温庭筠时的单纯炽烈，满纸不能言说的惆怅与哀怨，她希望在无人依附的时候，深深信赖的先生能给自己些许安慰，可是，鱼幼微并不知道，在她艰难求生的时刻，温庭筠也落魄至极，年到五十还在为不得意的仕途奔波，他虽有不羁的性子，却有一大家子需要养活的人，出仕还是隐退，这种犹豫与难堪与鱼幼微去留两难的境地是如此相同。

靠着与温庭筠的书信来往，以及李亿偶尔偷偷的探视，鱼幼微挨过了三年，但是此时的李亿却没有坚持住，他在裴氏的吵闹中写下一纸休书，从此在夫妻情分上抛弃了鱼幼微。此时鱼母已故，孤立无援的鱼幼微没有去处，李亿虽然惧内，倒也不算没有良心，加上心中实在不舍年轻貌美的鱼幼微，于是便寻了一处道观，将鱼幼微安置其中，名为清修，实为金屋藏娇。鱼幼微没有别的去路，尽管怨恨李亿对自己的决绝，却不得不接受李亿为自己所做的安排。

初入道观，鱼幼微倒真把自己当了清修的女道士，除了等待李亿，并不与外人交道，观中的日子虽然单调清苦，却胜于裴氏给予的毒打和恐惧，鱼幼微的心情好了许多，闲时吟诗作赋，偶尔也写些闺阁相思赠予李亿。

时间在鱼幼微的挥墨中渐渐流逝，她一直相信李亿能接走自己，毕竟在孤立无援的时候，承诺变得分外可信，就为着李亿一句没有期限的诺言，鱼幼微艰难地盼望着，然而，命运在三年后如期发生了改变，却不是她想要的结果。信誓旦旦的李亿，在与鱼幼微缠绵离别后，竟带着家小启程去了扬州，当鱼幼微得到消息，赶去李府，已是人去楼空。李亿带走了一切，那空空的宅院里，几乎没有留下李家人生活过的痕迹。

"姑娘，这宅院已经换了主人，过几日新主人就要搬来了，你守在这里也不是办法。"被主人请来看护宅院的老者，劝解府门前呆坐的女子，那绝望的神情，让老者觉得不忍。

"他说假以时日，一定来接我，今日却为何独独抛下我一人呢？"鱼幼微神情恍惚。

"听说旧主人是去扬州的任上了，家小都同去了，怎会落了姑娘呢？"

老者不认识鱼幼微，见她一脸哀戚，以为是依附于李亿的烟花女子。

"什么盟誓，都是谎话。李亿，你终究还是负了我。"鱼玄机站起身，哀戚之色全无，只剩了冷漠与决绝，"易求无价宝，难得有情郎。我真傻，世间哪有那样的男子啊！"

"姑娘，不是说去投奔亲戚吗，怎么返身回来了？"婢女绿翘开门见是鱼幼微，有些吃惊，"是不是落了东西？"

"绿翘，把我的细软收好，从此以后，就我们主仆二人相伴，我哪里也不去了。"鱼幼微散开发髻，冷笑着走向内室。

此时绿翘十一二岁年纪，对感情只算一知半解，并不懂鱼幼微的举动，加上见鱼幼微神情有异，又不敢多问，便只依着鱼幼微的话将她的物品收进内室的箱柜中，鱼幼微的物件并不多，只有常读的几份书卷，以及李亿赠予的两支珠钗。

"绿翘，明日把那些灰色的布帘都扔到屋外烧了吧，"鱼玄机从自己的木箱中取出从前在李府穿过的衣裳，对绿翘叫道，"都扔了，这坟墓一般的地方，我受够了，他既弃了我，我便成了无主的魂，日后随我怎样，与他不相干，我鱼幼微大好的韶华不能埋葬于此，痛快，痛快，从今日起，我只会找了痛快日子过下去。"她凌乱的发丝散落在脸侧，美艳的脸上布满狰狞。

鱼幼微说到做到，次日清晨，她的居处变成了另一番光景，昏暗压抑的厚重布帘被除去，换上轻薄明艳的纱，为了置办这些光鲜的物件，鱼玄机甚至变卖了李亿赠送的珠钗，那样珍贵的礼物，是绿翘都未曾碰触的。

"姑娘，您这样穿，可比穿那道服好看多了，晃得我都快睁不开眼了。"看着面前身着艳红衣衫，额贴金钿的鱼幼微，绿翘忍不住赞叹，"若绿翘为男儿，定要娶了姑娘，结百年之好呢。"

"你以为世间男子，真同你一样想法？"鱼幼微抹上绯红的胭脂，冷笑道，"即便有美貌才情，只要他不顾，便是弃如敝屣了，我在你这般年纪，就开始寻找依靠，原以为美貌留人，才情动人，学了那样多的诗歌词赋，做了诗一般性情的如水女子，最终还只落得这样的结局。"鱼玄机叹了一口气，"绿翘，我看开了，女人还是要靠自己，那些臭男人，视女子为玩物，他们能如此，我们为何不能，我也要用他们的臭皮囊来取乐，以填我数十年的郁愤。"

"姑娘，这样做只怕会毁了名节。"绿翘虽然年幼，但是这些还是知道的，她有些可惜，"我陪伴你也有数月光景，在这之前，您日日吃斋清修，今日何苦为了薄情男子，伤害自己呢？"

"就是因为他们薄情，我才不愿做一纸被辜负的那个人，你且放心，我断不会伤了好人，日后来饮酒玩笑的人，不过是浪荡之人，他们的感情都当不得真，也不算对不住。都是老天无眼，害我鱼幼微苦守多年却不得善果，虚度多少年光阴，我不如也学他们做一回恶人，他日下了地狱才算值得。"鱼幼微取出纸笔，挥就一行大字，让绿翘张贴于居处门上。

"鱼玄机诗文候教？"绿翘念了一遍，不解其意，但次日，她就从一众宾客的神情举止中读懂了意思。她的主人鱼幼微从此改名鱼玄机，在长安城外的咸宜观正式出家做了女道士，不过她在道观中过的却是艳帜高挂、陪酒卖笑的风月生活。这一年，鱼玄机二十二岁。

第四章／陌上尘

鱼玄机的才情与美貌皆属上乘，不久，长安城的名士们接踵而至，消息传入李亿的耳中，他无能为力，尽管满心愧疚，但是只要裴氏在，他就无法按照自己内心的想法，与鱼玄机做成眷属。

自此，咸宜观成了长安名士的寻欢之所，风头劲时，甚至盖过城内最有名的青楼。鱼玄机整日都挽着蓬松的发髻，斜插了赤金的钗子，酥胸半掩，罗裙曳地，以慵懒迷人的模样在一众男人间周旋。富有的，她收取钱财，俊秀的，她留其夜宿，生活极尽奢靡，荒诞无比。

街坊邻里有人指责，她也不顾，兀自过着纸醉金迷的生活。寻欢的男子，没有一个不尽兴而归的，唯有一人，曾被鱼玄机拒之门外，两人从前并无过节，只因此人姓裴，与那裴氏同姓，鱼玄机恼恨，便不与他结交，这人失了颜面，此后也没来打扰，这番不愉快在鱼玄机看来，不过是再小不过的插曲，因为几日就忘了个干净，却未曾料到，几年后，这人竟决定了她的生死。当然，这都是后话，此时的鱼玄机，潇洒快活，饮酒作诗，无拘无束，她曾与婢女绿翘说起自己的改变，她是庆幸的，庆幸自己挑了一条正确的路。

与她一道庆幸的，还有她头回的婢女绿翘，从十来岁年纪进咸宜观，绿翘跟在鱼玄机身边，见证了主人最奢靡也最丰富的生活，这个女孩子的心气同鱼玄机一样，只是此时年纪尚小，性情上学了鱼玄机一些皮毛，才情上却远远不及。

看着鱼玄机拨弄面前的金银珠玉，绿翘好生羡慕："姑娘，有些人在我跟前打听，说姑娘是否愿意离观？看他们个个出手阔绰，要是随他们任何一人，所得都不会少呢。"

"逢场作戏罢了，我是吃过亏的，又岂会再上一次当？倒是你，可不要贪心，切勿有那非分之想。"鱼玄机警告道。

"我是为姑娘筹划，哪里是我贪心。"绿翘心虚地低下头，鱼玄机迎客这几年，绿翘的箱底也攒了不少好处，看着那些达官贵人，再看看自己身处的破旧道观，说她没有离去之心，那都是假的。

"你那些心思，不说我也知道，只是你千万不要做那忘恩负义的人，好米好粮地养活着，临到你翅膀硬了，倒要把我撇在一边，我岂会依你。"鱼玄机冷笑道，"再者，你有那随人出去的心思，只不过是一厢情愿，那些男人有几个能信得，你若出去，他日被人让在门前，我可是连口水都不会施舍给你的。"

绿翘涨红了脸，鱼玄机的话刻薄伤人，但她毕竟只是个婢女，在咸宜观也是寄人篱下，尽管心里怨恨，却没有顶撞的本事。想到这些年鱼玄机带给她衣食无忧的生活，忍一忍，也就别过头去，自顾做着手中的活儿。

鱼玄机冷眼看着绿翘，想到近日来，那些宾客的神情举止，对这贴身的婢女不觉又多了几分厌恶。她如今唇红齿白，让那些不安分的男人分了心，到自己年老色衰之时，只怕还要被她抢了一切。她心里暗暗打算，日后须提防着绿翘，遇事多约束，陪酒作乐的时候也避开她去。

正在想时，门外有人通传，说外地寄了书信来，绿翘赶紧去取，交予鱼玄机时，发现对方的眼神一下明亮了许多。鱼玄机心急地拆开信封，寄信的人是远在扬州的李亿。对于简单的几句慰问，鱼玄机虽然怨恨，却总是不由得想到年少时，两人谈笑亲昵的光景，恍如昨日，思来想去，心中的酸楚和思念渐渐就冲淡了怨气。

收信那几日，鱼玄机温和随意，就算亲眼见到宾客触碰了绿翘的手臂，也不当一回事，更没有讥讽酸刻的话语，但是，信笺毕竟只是薄纸一张，再连绵的思念，再贴心的宽慰，都不及真实的人前来探望，所以，过不了几日，鱼玄机就会将书信锁进箱底，又重新回到放肆浪荡的生活中。于是，绿翘的日子也就开始艰难，好在，宾客们带来的新友中，出现了一个能挽救绿翘的男子，此人是一名乐师，因为与李亿相像，很得鱼玄机的欢心，不过见了几次，就时常夜宿在咸宜观里。这个人儒雅帅气，对绿翘也很和善，主仆二人都甚为喜欢。

鱼玄机名声大噪，咸宜观成了名士们消遣的不二之选，大家口耳相传，听说有这样一个香艳之地，都甚为欢喜，但有一个人却愁眉不展，此人正是温庭筠。他暂停了自己的求仕之路，风尘仆仆来见鱼玄机，意图规劝其结束这种污浊的生活。温庭筠的到来，让鱼玄机很意外，她清楚对方的来意，因此并没有表现出久别重逢的喜悦，只在咸宜观附近一处简陋的茶肆里，接待了一脸忧虑的温庭筠。

"幼微，你何苦如此，为了一个李亿，实在是不值得啊。"温庭筠语重心长，他看着学生浓妆艳抹，满脸风尘，甚为痛心。

"先生不知吗？我如今已改了名字了，还是请先生叫我玄机，这世上，早没了幼微这个人。"鱼玄机试图用脸上的平静掩盖内心的激动与不满。

"好吧，玄机，若你敬我为先生，能否听先生一句劝呢？你才华横溢，若要结交名流，可以诗会友，如今让自己声名狼藉，实在不妥。"面对鱼玄机的疏远，温庭筠心中更加难过。

"劝？先生今日是来劝玄机的？只怕要让先生失望了，因为玄机实在不知道，现今的日子哪里不好。声名狼藉？不过是那些善妒的夫人嚼的舌根子，先生也信？"鱼玄机淡然说道，"再者，先生如今的境况，算是潦倒不堪的吧，还要来规劝玄机，是不是应该先规劝规劝自己才对呢？"她的言语轻慢刻薄，让温庭筠分外难堪。

"你……"温庭筠的脸一阵红一阵白，鱼玄机的话击中了他的要害，他确实没有资格来规劝对方，可是，自己终归是一番好意啊。

"先生对玄机有恩，本不该说这样难听的话，只是，先生没有想过，玄机走到今天，是因为没有别的选择。"鱼玄机凄楚地说道，"当日被李亿所弃，万念俱灰，先生当时也自身难保，我无路可走。咸宜观招来这些人，一来图个热闹，二来换取费用，不然，先生以为，我孑然一身，又如何能撑到今天？玄机的命已经够苦了，先生不要再枉费唇舌，就让玄机按照自己的路走下去吧，起码能得个暂时的快活，对于一个将要渴死的人，即便是鸩酒也会毫不犹豫地饮下去，玄机就是那个人。"

温庭筠摇摇头，他原以为自己说那番话被鱼玄机反驳是自取其辱，却不料只是另一种生活的心酸。是的，鱼玄机的生存之道自己不能苟同，可是那又如何，他并不能解救她，也不能为她寻一条新的路。温庭筠站起身，沉默着往外走。

"先生，千里而来，并不只备了凉茶一杯，之后还有几样饭菜，请先生吃完再走。"鱼玄机看着温庭筠憔悴落魄的背影，心中不忍。

"不必了，免得扰了你的清修。"温庭筠强忍着内心的苦楚，头也不回地离开了。

"此生，再无人怜幼微了。"鱼玄机站在门口，看着温庭筠愈行愈远，颓然坐倒在一旁的竹椅上，"先生，玄机多想重回少年时，那样纯真的时候，没有李亿的抛弃，也没有先生的逃避，可是，现实真实地存在着，一切都回不去了。"

第五章／堤边絮

温庭筠回去后，忙于生计，断了给鱼玄机的书信，没有心灵的寄托，鱼玄机的性情更加怪异。在不用迎来送往的时候，她的眼睛开始紧盯着绿翘，这个自己看着长大的婢女已经过了十五岁，正是如花的年纪，懂了男女之事，也学会了和人眉目传情，绿翘学了自己的手段，也许会抢了宾客，又或者，她仗着年轻貌美，会选个中意的人赎身，离开道观，留下自己孤单一人，鱼玄机静下来时，总会想到这些可怕的后果，为此，她开始感到前所未有的恐慌。

终有一日，恐慌变成了事实。鱼玄机应了诗友之邀，出去一趟，鱼玄机临出门时，交代绿翘："我今日出去，你守着家门，乐师若来了，叫他等我，我不多时便会回来的。"那个乐师正是与李亿相像的男子，如今与鱼玄机几乎形影不离。

"姑娘放心吧，奴婢知道。"绿翘垂首应道。

这是主婢之间最后一次心平气和地谈话，四年多的相伴，在不久之后，变成了惨痛的结局。

当鱼玄机从友人处提前归来时，内室中等待的男子却不见踪影。她只看到面若桃花、髻松发散的怀春少女绿翘。

"贱婢，还不如实告诉我。"鱼玄机盛怒，她心中的愤恨与得知夫君养了情人的裴氏应是一样的，只是从前夫君恩宠的鱼玄机，受着裴氏的鞭刑，生不如死，此时偷了情人的绿翘，却昂首挺胸，矢口否认。

"奴婢没有。"绿翘扯着衣角，试图用谎言骗过鱼玄机。

"没有？"鱼玄机猛地站起身，撕开绿翘胸口的布料，在少女光洁白皙的皮肤上，赫然有几道浅红的指甲痕迹，"果然是个下贱胚子，我一应吃喝，把你养得唇红齿白，就是让你来偷我东西的吗？"

"我偷了什么，男欢女爱本就是人之常情，姑娘平素不也这样吗？"绿翘忍不住出言讥讽，"姑娘有本事让男人神魂颠倒，绿翘也是年轻轻的女子，有一个两个喜欢的，哪里奇怪？我这样的年纪，结交一个有心人，有何不可？姑娘今日怎么霸道了，绿翘是婢，可不是姑娘养的畜生。"

"你喜欢谁我管不着，你要和谁打情骂俏我也随你，只是乐师不行，绝对不行。"随着狂乱的动作，鱼玄机的金钗坠落在地，她一脚将金钗踩在脚底，"若是我不要的，你不说我也给，若是我独爱的，你若抢我便不依。"

"什么要或不要，男女情意，哪由外人主宰，姑娘不要的，我就看得起？绿翘也不是路边的乞丐，不过受了姑娘几年恩惠，倒不至于这样可怜，若姑娘不愿再见绿翘，我走便是。"绿翘跟着鱼玄机身边，数年来耳濡目染，对于情感的争取并不逊于鱼玄机，她想到先前男子给自己的承诺，底气甚足，"他钟情的是我，也说了要带我离开，姑娘身边男人不是多吗？少一个有什么所谓？姑娘说要还是不要，也不算主要，话还是他说了算，姑娘强留，也算不得意思！"

"贱婢，果真是我白养了你！"鱼玄机冲上前，扇了绿翘一耳光，"偷用我的胭脂水粉，窃取我的金银珠玉，我都忍了，你竟然妄想偷走我喜欢的男人，痴心妄想，你敢踏出咸宜观试试看？"

"有何不敢！"绿翘想到自己箱底的那些银钱，知道没有后顾之忧，今日和鱼玄机既然撕破脸，就算不走也没有好日子过，于是愤然起身，往门口走去。

"贱婢！"鱼玄机想也不想，将绿翘一把推撞在厅中的柱子上，绿翘撞破了头，忍痛与鱼玄机拉扯，无奈，盛怒之下的鱼玄机力道大得惊人，她推搡了两下，就瘫软在地，只是口中喋喋不休地骂着难听的话。

鱼玄机红了眼，冲到一旁的墙壁边，取了道观平日用来惩戒的鞭子，狠狠地抽打着绿翘的身体，直到对方皮开肉绽，血肉模糊，她这才扔了鞭子，愤然走回内室去。

"这个贱婢，不让她吃些苦头，她真不知道自己什么身份了。"鱼玄机在内室中依旧郁愤难平，想当初自己买回绿翘时，她面黄肌瘦，一副要死不活的模样，自己心中不忍才拿钱换了她来，这些年自己有的也从不会缺了绿翘的，平日说是婢女，也只是让她做了一些轻松干净的活儿，后来迎客，不少客人给的赏赐和首饰也尽数送与了她，想不到四年过去，她靠着自己的给予就生出二心来，"我从前乖巧听话，还不是挨了无数次鞭子，她今日忤逆我，吃一顿苦头也是应该，明日起来，挑水砍柴，都让她做去，我且不会再有半分怜惜了。"眼看着夜色渐浓，鱼玄机铺了被，上床休息，因为生气，也懒得管绿翘的伤势。

次日醒来，鱼玄机走出内室，见绿翘仍在柱子旁，一动不动，她没好气地伸脚踢了踢："去挑水砍柴，权当惩戒，看你再敢顶撞。"

绿翘依旧没有反应，鱼玄机愣了半晌，觉得不妙，她蹲下身，拂开绿翘面上的发丝，惨白的面孔吓住了鱼玄机，她慢慢伸手至绿翘的人中处，手指触及的地方一片冰凉——绿翘，已经没有了气息。

"啊？"鱼玄机瞪大眼睛，捂住嘴巴，她担心自己随时会尖叫起来，"怎么办？绿翘死了，怎么会死了呢？"她站起身，在厅堂里手足无措。

不管绿翘的死因为何，她的死是事实，鱼玄机咬咬牙，将绿翘的尸首拖到后院，挖坑掩埋，因为体力有限，只刨了浅浅一层浮土，鱼玄机顾不得许多，将绿翘放进坑中，将四周的枯草树叶扔入土上，这才重新回到房中洗漱。

绿翘的失踪并没有引起大家的怀疑，因为鱼玄机告诉他们，绿翘有了心上人，偷了自己的钱财欲和人私奔，被自己撵了出去，宾客们平日玩笑，也不过是见绿翘青春可爱，并没有几个动了真情的，因此也不再多问。那个乐师享了鱼水之欢，一时兴起说要带绿翘离开之类的话，也没有几分诚意，听鱼玄机说绿翘偷了她钱财，怕自己细问会惹祸上身，也只当不知，此事，就此遮瞒了下来。可是天有不测风云，数月后，一个醉酒的宾客闯入后院小解，一泡尿下去，脚底下竟然飞起了数只苍蝇，恶心至极。他觉得奇怪，酒也醒了大半，于是告知同来的人，鱼玄机来不及阻止，那两人已经用一旁的竹枝挥赶苍蝇，并且拂开了浮土，接下来的一幕让众人狂奔不止，那浮土下正是失踪数月的绿翘，面目栩栩如生，诡异不已。

鱼玄机惹了人命官司，一副枷锁，被羁押至狱中，关押数月后，得知消息的温庭筠，告知李亿，带了钱财将其赎出，在狱中受了刑罚的鱼玄机，出狱后神情恍惚，与从前风流明媚的样子完全不同，她甚至忘了自己鞭杀绿翘的过程，还央求温庭筠租了渔船，带她到绿翘埋骨的荒地去祭拜，温庭筠知道她精神不济，也不阻止，按照她的要求，一一做到，于是，便有了之前在绿翘坟前，哭泣哀诉的那一幕。

"幼微，走吧，绿翘你也见过了，今日下着雨，你身体虚弱，还是尽快回去的好。"温庭筠从不远处走来，静静立在鱼玄机身后。

"先生，我昨天又做了梦，梦到绿翘来找我了，她哭哭啼啼好不伤心。"鱼玄机蹲在一旁，呆呆地望着远处，"自从绿翘死后，我就没睡过一天好觉，整晚做梦，她总是在哭。"

"是你多想了，绿翘已经入土为安，说不定都已转世为人，怎会入梦呢？"温庭筠安抚道。

"是不是没有抓到杀她的人，所以她心有不甘，托梦于我？"鱼玄机站起身，紧了紧斗篷，"她肯定是怨我，怨我没有尽主仆的情义，替她伸冤，先生，您是知道的，我是自身难保无能为力呀，那些不分是非的人，冤枉我杀了人，看吧，红颜薄命，死的死了，冤的冤了，可怜绿翘，与我在咸宜观相依为命好些年，说没就没了。”她愁眉不展，一脸哀戚。

温庭筠看着沉浸在自己世界中的鱼玄机，表情凝重：“来世她会好命的，这一世为奴，早早去了也是好事，少受许多苦。”

“我受了几月的冤枉，如今总算出了头，我相信，总有一天，他们会抓到杀死绿翘的凶手，到那时候，即便不杀，我也要替绿翘咒骂，让那人不得活命。”鱼玄机眼露凶光，兀自诅咒着。

“好了好了，我们走吧，船家等不及了，趁着天色还早，快些回去。”温庭筠听不得鱼玄机胡言乱语，拽了她往来时的路走去。

第六章／泪空流

　　温庭筠向李亿取了些许钱财，将鱼玄机依旧安顿在咸宜观中，请了一个老妪照顾衣食起居，李亿在保鱼玄机出狱时见了一面，鱼玄机已经不认得他，除了落魄的先生和早逝的绿翘，她谁也不记得，李亿见她这副模样，心中愧疚不安，隔几日便寄些钱物来，只是再不见面。

　　鱼玄机过着清淡日子，情况渐渐好转，有时也取笔作诗，见到温庭筠来探望，还会背数年前温庭筠寄来的诗文给他听，从前来观里的宾客，大多数因为听说了绿翘被杀的事情，不再踏足，少数几个确实仰慕鱼玄机才华的，偶尔也来看望，却被鱼玄机逐出门去，只因为她一个也不认识。外界传言，咸宜观的鱼玄机装疯卖傻，想把从前荒诞的日子尽数抹去，人们有理有据，这个胆大热烈的女子，断不会因为杀了个奴婢就患了失心疯。再者，杀死自己买来的奴婢，在当时并不算多大的罪，费些银钱，找找关系，用不了多久就能放出来，但就是在那个人命如草芥的时代，过失杀死奴婢的鱼玄机，却真的疯了。

　　或许绿翘的死只是一个引子，说鱼玄机因为害怕而疯，倒不如说是绿翘的死压断了她心中最后一根救命稻草。不管怎样，疯掉的鱼玄机比之前任何一个时候都要幸福，她有先生的陪伴，有为绿翘申诉的理想，有李亿从扬州寄来的财物，她不必面对生活的艰辛和残忍，温庭筠希望日子就这样继续下去，他的生活状况渐渐好转，夫人也同意他照顾鱼玄机，这个失去记忆却又温柔可人如女儿一样的人。只是，命运多舛，生活总是充满未知，鱼玄机在绿翘的坟头前，曾说过一句红颜薄命，这句话竟成了她的判词。在安静度过两年以后，鱼玄机被官差带离了咸宜观，再次陷入昏暗脏臭的牢狱里。

鱼玄机无措地看着昏暗的牢房，她不知道自己被带来的缘由，直到见了那个陌生的男人，那个叫裴澄的男人。站在牢门外的裴澄，脸上带着残酷的笑容，因为被鱼玄机拒之门外，他受到了长安名士们的嘲笑，这让他怨恨至今，看着鱼玄机惊慌地缩在角落，他心中很是痛快。

听到裴澄说出自己的名字，鱼玄机开始颤抖，她的记忆断断续续，有些被她刻意忘却了，有些却成为梦魇，烙印在她的脑子里，比如，那个裴的姓氏。她想起了裴氏狰狞的面孔，扬起的鞭子，还有绿翘破碎的衣衫，散乱的头发，她刻意忘记的一切被裴澄找了回来，一次次猛烈地撞击着她脆弱的神经。

"名倾长安的艳妓鱼玄机，有人用钱财左右律法，让你少受刑罚，那我就用权力左右一切，让你为当日的傲慢付出代价。"这是裴澄走出大牢时，心里发出的变态的声音。公元871年，鱼玄机在牢房里得到了一杯鸩酒。她没有做任何的挣扎，牢狱外，温庭筠徒劳地为学生奔走求助，可是这一切都无法挽回鱼玄机的生命。因为一个荒诞的原因，她经历了无数坎坷，却还是在二十七岁的大好年华中，停下了生命的脚步。

在阴暗的牢房中，鱼玄机回忆着从前的一切，幸福的，心酸的，甜蜜的，悲苦的。数不尽的往事，被一饮而尽的酒水凝固，温庭筠在奔走的路途中得知了鱼玄机的死讯，他瞬间苍老了许多，想到最后一次见面，在牢中见到消瘦的女子，眼里满是用绝望堆砌的平静。

"幼微曾经怨过先生，幼微总想，若没有先生的逃避，我不会嫁给李亿，若没有李亿的怯懦，我不会被裴氏鞭打，若没有裴氏逼迫，我不会与绿翘相伴，若没有绿翘夺我所爱，我又怎会深陷囹圄？说来说去，怨在先生啊！十五年前，先生若与我同去，又怎会有今日的结局？不过，如今不怨了，人之将死，看透的东西太多。多谢先生在十五年前为幼微画了一个美丽的梦，幼微时时都想沉醉在梦里，也不愿醒来。若有来世，还请先生为我画个同样的梦，不过先生请记得，不要再留幼微一人在梦里，那种孤单和恐惧，我这一世已经尝够了。来世再有离别，先生记得挽留幼微，一定要挽留幼微。"

"临风兴叹落花频，芳意潜消又一春。应为价高人不问，却缘香甚蝶难亲。红英只称生宫里，翠叶那堪染路尘。及至移根上林苑，王孙方恨买无因。"许多年后，温庭筠依旧记得，年少的鱼幼微站在狭窄的后巷里，对着自己微笑，那时，暮春刚过，一切晴好。

李香君

罗带同心结未成

李香君，又名李香，明末名妓，「秦淮八艳」之一，居住在南京秦淮河畔的媚香楼，十六岁时遇到复社领袖侯方域，一见倾心，嫁与其做妾，后被阉党阮大铖强逼嫁给漕抚田仰做妾，李香君以死抗争，伤愈后不久，侯方域被捕入狱，李香君再次被阮大铖强逼送入宫中，清军南下，侯方域降顺清朝，李香君不知所踪。

第一章／城南路

画舫凌波，桨声灯影，入夜的秦淮河畔，热闹胜过白昼时，在河畔林立的楼馆中，许多姿色出众的女子站在栏杆处，或眺望风景，或弹琴说话，也有的大方风流，指了不远处的俊俏男子说笑。在这群女子中，有一个样貌姿态尤为突出的女子，却不似其他人，她只静静立在栏杆边，把玩着手中的一把白扇，神情漠然。

"香君，楼下客人催促了几次，我叫丫头来请，你倒装作不知道，总是要我亲自来吗？"李贞丽佯装生气，冲拿着白扇的女子嚷道。

"您一开口，方圆十里便能听到声响，哪里需要亲自来请，楼下叫唤一声我能不知？只怕又是来了我不愿招呼的人吧。"李香君皱了皱眉头，"义母，那些人你都替我打发出去，不行吗？"

"哎哟，我的乖乖，若是能轰走我岂会不愿意，我们媚香楼不缺生意，只是今日来的人，你必须得见一见。"李贞丽见义女不挪步，心急地上前，就要拽过李香君的手。

"为何？难不成又是那姓阮的？"李香君抽出手来，别过脸去，"斯文败类，我见不得他一脸谄媚的样子，上次陪了人来寻风流，逼着我饮酒陪笑，我几时受过这样的委屈，不是中意的客人，多看一眼我都不乐意。"

"我叫你一声祖宗行不行？"李贞丽无可奈何地说道，"撇开人品不谈，也算是个文人，吟诗抚琴，不见得会扫了你的兴，再说，我们开着门做生意，多少要看人一些脸色，秦淮河畔的姑娘，哪里还顾得上委屈？这些年我替你挡了多少，你也不是不知道。"听李贞丽这话，不得不见的客人真是那阮大铖没错。

"知道知道，若不是义母向来仗义，为香君打算，这客人我可是真不会见了。"李香君冲李贞丽撇撇嘴，放下扇子往楼下走去。

阮大铖正陪着一名中年男子谈笑，见到李香君，立刻让出自己所坐的位置，招呼李香君与男子同坐。

"大人不必客气，我有自己的去处。"李香君客气一声，转身走到一楼中央的位置，"今日香君为各位抚琴一曲，聊表谢意。"李香君的琴艺在秦淮河畔很有名气，常来的宾客们听说她今日亲自抚琴助兴，都围拢到台前，等着看表演，要知道，冷傲如李香君，平日想要与她饮酒一杯还得看她的心情。

"老鸨！"阮大铖不满李香君的冷淡，挥挥手，将李贞丽叫了过来，"这香君姑娘是有意避开我们吧？"

"怎么会呢？阮大人是贵客，香君平日可是很难下楼的，今日亲自抚琴，正是因为大人来的缘故，大人若是还不高兴，贞丽陪酒三杯，如何？"李贞丽给自己斟满酒水，端到阮大铖跟前。

"你倒是识趣，罢了，一个小姑娘，我也不愿意与她一般见识。"阮大铖一副大度的样子，"不过老鸨，这手底下的姑娘可是要调教好了再请出来，媚香楼若是多几个这样冷性子的人，生意还能继续？"他含沙射影地说道。

"大人说得是，都是贞丽不周全。"李贞丽一饮而尽，"回头贞丽一定好好调教调教。"

曲毕，李香君对着众人盈盈拜了一拜，取琴上楼，李贞丽瞅准了机会，快步跟上去。

"你尽知道使性子，也不看看场合，刚才多难堪，那阮大铖的脸都拉得老长了。"见到香君在一旁偷笑，李贞丽没好气地瞪了她一眼，"我如今酒量还能凑合，到哪天我撑不住了，你就知道苦有多难吃！"

"有义母在，哪个敢动我分毫。"李香君嬉笑着搂过李贞丽的肩膀，两人年纪相差不过九岁，名为母女，实为姐妹，李香君九岁便入了媚香楼，一直由李贞丽抚养照顾，两人感情深厚，李香君任性放肆，惹了客人不痛快都由李贞丽出面解决。

"从前你是年幼，可怜巴巴的，我心软，可我总不能照顾你一辈子，如今都十六了。"李贞丽拨开香君的手，笑道，"我得寻个凶狠的，把你嫁出去，省得费胭脂水粉，还让我怄气。"

"您才不会呢。"香君复又伸手过来，笑闹着，"香君若是看不上，义母怎会看得起？这中意男子，还不知要多少年才寻得，只怕胭脂水粉，还是要多费些时日了。"

"你倒等着。"李贞丽取了头上的珠钗，笑道，"咱们以此钗为注，若是有了中意的人，你就取百钱与我饮酒，若是过了十六无人问津，这珠钗就赠予你了。"

李香君接过珠钗，眨了眨眼："香君先留着，免得义母不认账，过了十六定当送还。"

事情总是充满戏剧性，就在李香君的十七岁生辰临近时，媚香楼里来了一个慕名前来的翩翩公子，此人姓侯，名方域，官宦子弟，少年有才，十五岁应童子试便是第一名。这样一个才貌双全的公子，乱世之中并未有多少机会施展抱负，只得在京城侍奉做官的父亲。十六岁时娶了亲，随遇而安过了五年，到二十一岁时候，为了应乡试南归金陵，本想大展拳脚，却不料少年公子本性风流多情，到了胭脂味浓的秦淮河畔，竟陷入温柔乡忘了初衷，只顾邀志同道合的朋友说诗论词，狎妓玩乐。

侯方域的友人中，有一个最为投缘者，叫作陈贞慧，此人比侯方域年长十四岁，文章风采与侯方域不相上下，陈贞慧与李贞丽相熟多年，两人极为亲密。此次侯方域南归，陈贞慧便带他来媚香楼，饮酒听曲。听说陈贞慧前来，李贞丽特意打扮一番，早早便闭门谢客，只等情郎。

"义母是等那陈公子吗？如此殷勤，该是只有他了。"香君看着翘首以盼的李贞丽，玩笑道，"自我记事，只要他来，您便要浓墨重彩一番，看看那脸上的脂粉，都能去戏台上唱一曲了。"

"多事。"李贞丽红了脸，转身啐道，"我哪日不梳妆！"她回身走到镜前，又上下仔细看了看。

"闭门谢客，我倒是清静，只是不做生意，看不了众生相，不免无聊。"李香君又把玩起白扇来，"陈公子到来，义母自然要独处温存，我该做什么打发时间呢？"

"听说同来的还有一位年轻公子，与贞慧相熟的当是性情中人，你便与他抚琴对诗，我也放心。"李贞丽莞尔一笑，在腰间挂了香囊。

掌灯时分，陈贞慧携了侯方域同来，李香君就是在这样的场景中，与两人结识，后又与侯方域结缘。与先前阮大铖来时的情形相反，李香君在楼上见到两人，不等李贞丽催促，便简单梳妆走下楼来。只因陈贞慧是她熟悉的人，而侯方域，是她远远见到便心仪的男子。

李贞丽自然不会看不出李香君的心思，备下酒菜，趁陈贞慧两人痛饮之时，将香君拉到一旁，也不言语，只嬉笑着伸出手来，轻轻晃动。

"少不了您的百两银子，我敢做便敢认，这侯公子确实是香君中意的人。不过，义母先不要开口，若是他无意，倒失了我的颜面，须得确定他有情，我才答应。"李香君悄悄说道，"梳拢之时还请义母不要太为难。"

"哟，这时候就想到多久之后的事儿了。"李贞丽笑起来，"知道了，你且专心留意他的人品才情，别误了自己，其余的事情交给我了。"

李贞丽一番试探，几杯酒水下去，侯方域将心意和盘托出，他只担心香君无意，自己唐突了佳人。香君在酒席之上听到侯方域的话，立刻红了脸，借口说衣衫洒了酒水，转身上楼去。李贞丽心中暗喜，面上却不动声色，趁着侯方域发呆的时候，对陈贞慧使了使眼色。

"你是说，朝宗对香君有意，香君也有那样的心思？"陈贞慧挑起眉，饶有兴味地说道。

"就你榆木脑袋，不解风情，没见他们推杯问盏之时，情意绵绵吗？"李贞丽娇羞地轻捶陈贞慧的肩膀，"香君是我的义女，自小就在我身边，如同亲生，她本是聪敏乖巧的女子，出身也好，可惜家道中落，糟蹋了她的才情。我这一世过了不少不情愿的日子，可不想她也同我一般受委屈，贞慧，朝宗人品如何？若是值得托付，将香君许了他，倒是一桩好姻缘。"

"朝宗为人我最了解，你大可放心，不过他在京中已有正妻，听说不问世事，是个贤良妇人，日后断不会为难香君，所以，若是香君愿意为妾，我便能开口说合。"陈贞慧沉思片刻，对李贞丽据实相告。

"这样很好啊，媚香楼出去的女子，即便是清倌，也做不了正妻，就算是小家小户也不可能接受的。"李贞丽苦笑，"为人妾室，若有夫君疼爱，正妻不为难，便是上上之选，香君是懂情理的人，做正妻是妄想，她心里清楚。我替她做主吧，你说与侯公子，若是决意盟誓，留下一个信物，我也好回了其他对香君有念想的人，从今以后，她就只在媚香楼中安心等侯公子来接。"李贞丽做了决定，想到香君将来能过幸福安宁的日子，甚感欣慰。

第二章／蝴蝶梦

"侯公子对我家香君有意，香君对公子也有情，两情相悦自是人世间再好不过的事，此事就这样定下来，我与贞慧做见证。"李贞丽把桌上的四只酒杯倒满酒水，"公子备好信物，我去楼上叫香君下来。她如今还是清倌，虽然在媚香楼待了数年，面皮总是薄的。"说完，款款走上楼去。

侯方域此番是应陈贞慧之约，所以身上并未带多少财物，没想初次见面便与香君投缘，他一心想送个珍贵的物件做信物，以此表明自己的真挚，如此思量了半天，没个好些的主意。

"不如，用我身上的玉挂件吧。"陈贞慧很是大方，低头要取，却被侯方域制止。

"不，不，既是我与香君定情的物品，自当用我的随身之物。"侯方域皱了皱眉，谢绝陈贞慧的好意，"不然我明日再送来，待香君下楼了，我解释清楚。"

"这样一说，倒显得你不诚心，媚香楼人来人往，说得最多的都是些玩笑话，香君姑娘是傲慢的性子，你这一走，倒像不愿与她结缘，她明日哪里还会应你。"陈贞慧摇摇头。

"不是有个扇坠挂在腰间吗？"站在楼梯上的李香君，扬了扬下巴，"我就中意那个。"

"这个算不得好东西，不过是买来玩儿的。"侯方域有些为难，"本想回去取了珍贵的信物来交给姑娘，以示朝宗的诚意。"

"那些贵重物件，媚香楼里见得还少吗？"李香君慢慢走下楼来，"就算价值连城，若是别人送，我还不要呢。"话一说完，她红了一张俏脸，直直立在侯方域面前，不再言语。

侯方域在青楼中放纵，早已是浪荡不羁的性子，却没想到李香君说话更胆大热烈，一时间愣在原地，直到陈贞慧悄悄碰了碰他的胳膊，这才回过神来，赶紧取下自己腰间的扇坠，奉与李香君。

李香君仰起脸，看着侯方域，浅浅一笑，将扇坠挂在绢扇的扇柄上，转身坐在桌前。

李贞丽也走下楼来，手中托了些精致的糕点："这定礼的酒还没有喝呢，我房间有些上好的糕点，光饮酒可不好，所以取了来，大好的日子咱们吃喝着，图个痛快。"

四人碰了酒杯，一饮而尽。"此事就这样成了，我与贞慧是见证，侯公子定了盟誓，我家香君便不会再许别人，公子切莫辜负。"李贞丽认真说道，"公子可回去准备聘礼，其余的事情，我自会安排妥帖，不用担心。"

酒席散尽，李香君亲自送侯方域出门，她并非不知矜持，而是有话要与侯方域说。

"公子可有足够的钱财备聘礼？我义母的数字可不小。"李香君站在媚香楼的灯影下。

"不知多少为好？"侯方域此时手中并不宽裕，他南归本是为了乡试，以此挽救颓败的侯家，与香君相遇实在是桩美丽的意外，不过他对香君确实是真情实意，若是让他此时放弃佳人，他也不愿意，侯方域现在只期望李贞丽能看在陈贞慧的面子上，少收聘礼，让自己与香君终成眷属。

"百金之礼，并不为过。"香君说出一个数来，她看到侯方域的眉头皱了起来，"怎么，公子觉得不合适？这并不是义母有意为难，而是我讨来让义母归隐田园的。"

"这话怎么说？"侯方域不解香君的意思。

"我九岁入媚香楼，义母待我如同亲生，这番恩情千金难换，义母与陈先生情意深厚，两人相识多年，义母早有随其归隐之心，可惜她向来豪爽，积攒的金银多数都用来交朋结友，我近年得罪了不少权贵，也是她打点妥当，少不得费她许多体己钱，原本指望我迎客挣钱，今日她见我与公子投缘，将我这摇钱树订与公子，我若离去，媚香楼便没有了头牌姑娘，今后如何来钱财供养她？"李香君有些感伤，"义母既是为了我，将来或许潦倒，我岂能做无义的人，只顾自己过好日子，却不管她的死活？"

"你说的也有道理，若是媚香楼闭门谢客，你义母就没有了外来之财，我那朋友也是侠义之士，手头闲钱无几，两人将来同去，日子必定难过。"侯方域顿悟，"就冲义母这份情意，我是该赠那百金之礼，虽然此次南归，并无多少钱财，但我在金陵有几个好友，香君且放心，我回去便四处筹借，一定不负你的情意。"侯方域信誓旦旦，与李香君说定再见之期，两人这才依依不舍地道别。

三日后，侯方域不违誓言，真带了百金的聘礼来媚香楼，李香君欢喜不已，但李贞丽却疑窦丛生，她从陈贞慧处得知，侯方域并没有多少钱财，不过三天时间，如何筹借？又是向何人筹借？不等她开口询问，侯方域就大方坦白了自己的聘礼由来，原来这百金是友人杨龙友所借，得知他梳拢香君需要不菲的银钱，便慷慨资助。

香君将百金交予李贞丽，与侯方域欢欢喜喜入了媚香楼上的新房，一连三日，侯方域都留在媚香楼中。李贞丽豪气，闭门谢客，在楼中摆了宴席，请自己相好的姐妹，以及与李香君相熟的姑娘畅饮美酒，只为庆贺侯李二人百年之好。

李贞丽做事极周全，当时侯方域南归没有固定居所，借住在多位朋友家，李贞丽知道他手头不宽裕，也不要求他买楼与香君另居，早早收拾了二楼的厢房，用作两人住处，侯方域分外感激，自觉那百金赠予仗义豪爽的义母，实在应当。

快活日子过了几日，李香君突然想到借聘礼的友人，之前摆酒媚香楼，请来的客人都是秦淮河畔的姐妹们，侯方域的友人并没有前来的，故而决定买了礼物，与侯方域一道前往杨龙友家中，当面道谢，侯方域也觉应该，选了晴好的日子，携李香君坐车前去，两人到了杨龙友家门前，说明来意，杨龙友让下人看茶备饭，却不肯受两人的谢礼，这让李香君很意外。

"杨公子大义相助，百金并非小钱，一点谢礼只怕怠慢了，请您一定要收下。"李香君言辞诚恳，"若是礼物轻薄，杨公子只管直言，我们二人还有余钱，定当准备妥当再送来感谢，所借百金，待夫君回到京城，一定如数奉还。"

"姑娘误会了，我与朝宗兄弟相称，怎会嫌弃礼物呢？"杨龙友这才和盘托出，"其实我不受不是因为礼薄，而是这百金不过是借我之手助了两位，真正大义相助的，另有其人啊。"

"助人还要借他人之手？"李香君想来想去，不明原委，"请杨公子如实相告，此人是谁？我与夫君须要酬谢才是。"

"这个人，也是媚香楼的常客。"杨龙友说出了一个名字，此人与他其实并不熟识，几天前，那人让下人送来百金，说待侯方域来家中借钱时，将百金转赠于他，杨龙友早从其他友人那儿得知了侯的窘迫，也乐得帮忙，便应承了下来，人家本意是想不留名，但今日新婚夫妇谢上门来，自己不说倒不厚道了。

侯方域闻听此人名字，表情严肃了许多，他还来不及说什么，身旁的李香君却猛然站起身来，拂袖而去，两人面面相觑，不知所谓。

"香君，那阮大铖与我父亲同朝为官，从前见过几次，我真没想到赠钱财的是他。"侯方域有些疑惑，"我与他并不熟，他又如何得知我们的事？"

"你与他不熟，我却熟得生厌。"李香君生气地说道，"他从前来媚香楼，还打我的主意呢，这个人，不可结交，你趁早把钱还了他，免得日后横生枝节。"

"我先去见见他，若要还，也不是一时半会儿的事情，那些钱已经给了你义母，我又从何处筹那么多钱来？"侯方域安抚香君道，"放心，不管如何，我会处理好一切。"

侯方域的话说得为时过早，他确实处理了，却没能处理好。阮大铖素来与复社成员势不两立，这次出手相助，不过是想拉拢侯方域，让他成为自己的同党，侯方域此时家中不复往日风光，阮大铖在朝中却是风生水起，若与他交好，前途自不必说，侯方域面对这样的条件，免不了犹豫，可是他又想到李香君斩钉截铁的话语，以及对阮大铖深恶痛绝的表情，究竟做何决定，他十分为难。

就在侯方域犹豫的时候，阮大铖派人催促，迫使他尽快做决定。侯方域遮遮掩掩的模样引起了李香君的怀疑，她盘问再三，得知侯方域竟打算入僚，与阮大铖同流合污，不禁怒火中烧。李香君是个烈性子，她顾不得此举会伤及两人感情，伸手拽下头上玉簪，将之狠掷于地，玉簪立时碎成几段。

"夫君若与那人品低下的人同流合污，我们夫妻情意如同此簪。"她也不多说，冷着脸转身走出厢房。

侯方域实在不愿失去李香君，于是硬着头皮回了阮大铖，表明自己不愿入僚的决心，阮大铖见此计不成，便露出泼皮的嘴脸，让侯方域三日内还出百金来，侯方域里外不是人，快快回到媚香楼，愁眉不展。

"那阮大铖是逼你要钱吧？"李香君一改往日的温柔，没好气地说道，"这种人，如何值得交往？我说了你便不信，今日也亲眼见了，你也不用忧心，我自有办法可想，不会让你为难。"

"如何想，百金可不是小数目，义母待我们殷勤，我也无脸面去寻她要。"侯方域很沮丧，想不到自己为了香君竟惹出这样多事情来。

"我早已告知了熟识的姐妹，她们入夜前会送自己的私房钱来，都是陪酒卖笑辛苦所得，他日积攒了金银要尽数归还。"李香君叹了一口气，"夫君，我们二人得此情缘不容易，要珍惜才是，助过我们的人，恩情千年记，那些虚伪矫情的小人，要时时提防，不可交道。"

侯方域连连点头，当天夜里，他带了香君的姐妹们积攒的私房钱，叩响了阮大铖的房门，阮大铖阴沉着脸，收下财物，怒气冲冲地看着侯方域消失在夜色中。

所谓宁得罪君子，不得罪小人，李香君说得没错，阮大铖的人品果真低下无比，没过多久，阮大铖给侯方域安了个罪名，逼着侯方域凄凄切切离开心爱的人，一路逃亡，与李香君失了联系。

李香君是个烈性女子，知道阮大铖存心为难，却咬牙不肯屈服，送别了慌乱离开的情郎，她一不做二不休，彻底结束了陪酒抚琴、身不由己的风尘日子，让李贞丽为她寻了些糊口的活计，虽仍旧住在媚香楼，却洗尽铅华，当了值钱的首饰衣裳，只过粗茶淡饭的日子。

第三章／人千里

侯方域一去数月没有消息，李香君苦苦熬着，幸好有李贞丽在旁宽慰，还不时拿出些财物来帮其度日，有时也托人打听侯方域的消息，却总是无功而返，时间久了，李香君自没了寻找的力气，只是靠着那柄扇坠，寄托相思，等待侯方域的归期，眼看着竟熬过了三年时光。

阮大铖自从逼走了侯方域，就时刻惦念着弄出李香君来，以此讨好自己要巴结的人。他近年仕途不顺，被免了官职，时刻都想着依托关系再次入仕，试图东山再起，寻觅许久，一个叫田仰的人进入了阮大铖的视线。田仰总督漕运军务，在金陵一带势力雄厚，阮大铖于是四处巴结，他不知从何处听说田仰对李香君有意，便带了迎亲的花轿，吹吹打打到了秦淮河畔，打算逼出李香君来，送给田仰为妾。

"今日外头怎的这般热闹，乱世之中，人心惶惶，哪里还有心思嫁娶啊？"李贞丽原本陪着李香君坐在二楼临街的桌边饮茶，听到鼓乐声，不觉好奇，便探出头来观望，"哟，很是排场啊，迎亲的花轿都快到咱们这儿了，合该是哪家的姑娘从良，找了个非富即贵的人家。"

"与我们何干，这些时日我清静惯了，听那吵吵嚷嚷的，觉着烦闷。"李香君摩挲着手中的扇坠，想到昔日与侯方域恩爱的时日，不免怅惘。

"好生奇怪，我明明闭门谢客的，怎么那花轿停在楼下不走了？"李贞丽突然觉出不妥，赶紧离了栏杆，转身跑下楼去看个究竟。

李香君听义母这样一说，也有些好奇，便站在李贞丽先前的地方，探出头去张望，这一看不要紧，她登时煞白了粉脸，楼下坐在高头大马上扬扬得意的，不是阮大铖还有谁。她慌慌张张缩回头来，却已来不及，阮大铖早知她日日守在二楼，坐在马上高喊香君的名字。

李贞丽开了门，无事一般笑着迎向阮大铖，打算说些好听的话，让他回去，她心知阮大铖是为香君而来，但是侯方域走时再三托付她照顾香君，且香君与她相依为命十多年，她断不会为了巴结权贵送出女儿去，只是阮大铖如今吹吹打打，带了众多的人来，她不免担心自己应付不了，以致香君被强行带出去。

阮大铖见了李贞丽，面色一凛，跃下马来。

"大人稀客呀，许久不来，或许不知，我媚香楼都闭门多日了。"李贞丽貌似亲昵，实则将阮大铖挡在门口。

"叫那李香君出来，今日有一桩好事，要说与她。"阮大铖开门见山，看到李贞丽不识趣，便要伸手推搡。

"大人，香君若是在，我岂会不做生意？我这楼里还有好几个姑娘，都等着吃喝呢，实在是头牌没了，开了门怕宾客们笑话。"李贞丽嘻嘻笑着，扯住阮大铖的衣袖，"我也是见钱眼开的，但凡有一丁点办法都不会不做大人的生意呢。"

"少在那里遮瞒，我都看见了，她就在楼上呢，适才探出头来张望，不是她能是谁？"阮大铖气恼地将李贞丽一把推开，伸手便要强行推门。

"住手！"李香君听到楼下的声响，不想让义母为难，她再次走到栏杆处，看着楼下的阮大铖，"为何事而来？我李香君已为人妇，吹吹打打接的该是新娘子，此等美事无福消受！"

"一个青楼妓女，给你脸称你一声姑娘，你倒自抬身价，不可一世了。"阮大铖冷笑道，"侯方域四处逃难，说不定早已暴尸荒野，你们并无媒妁之言，不过是烟花地苟合男女，今日漕抚大人抬举，纳你做妾，你且梳洗下楼来，随我的花轿去田府，若是不然，我将你卖去做军妓，让你千人枕万人尝，生不如死！"

"我与侯方域相好，是两情相悦，虽无媒妁之言，却有盟誓见证，梳拢的聘礼也给了义母，已算从良，大人说我是烟花女子，不免失当。我夫君逃亡在外，生死尚未知，大人今日此举，逼妇再嫁，于理不容。"李香君振振有词，"当日逼走侯方域，今日逼死李香君，不过都是大人用尽的手段，若定要为难，不过舍却一条贱命罢了。"

"多日不见，嘴依旧利得很。"阮大铖挥挥手，"我倒要看看，若是用强，你今日能奈何！"花轿附近几个壮年男子随着阮大铖的手势，破门而入，眼看着就要上得楼来，李贞丽爬起身阻止，无奈已来不及。

"狗仗人势，我岂会遂了你的愿！"李香君冷笑一声，竟抱着绢扇从二楼跃下，直直落在阮大铖面前的石砖上。

"香君！"李贞丽见到面前坠下的女子，痛哭着扑了上去，"我的儿啊，何苦以死相搏。"

看着李香君躺在血泊中，原本还神气活现的阮大铖，也慌了手脚，他哪里见过这样的场面，活生生一条人命，死在面前，他巴结田仰，是要替他纳李香君为妾，田仰若是得知李香君被他逼死，岂不遭一顿臭骂，当下该是赶紧离开才好，若田仰问起，便说意外坠楼，反正不能与自己扯上干系。阮大铖手忙脚乱上了马，带着迎亲的队伍慌慌张张离开，媚香楼一时冷清下来，周遭围拢来的姐妹，帮着李贞丽将香君抬进楼中，又请了附近的大夫，费了不少银两，李贞丽衣带不解悉心照顾，总算把李香君从阎王殿拽了回来。

"义母何苦救我，费了银子不说，他日那阮大铖必会再来，岂不给媚香楼添麻烦。"李香君躺在床上，面色苍白，气息微弱，她闭上眼忍住泪，喘了口气轻轻说道，"我与侯公子已结百年之好，本不该赖在义母这里吃喝花销，只可惜他一去三载没有消息，义母仗义，收留我这无处可去的人，阮大铖若是不罢休，今日逼我，明日祸害的只怕就是义母和众姐妹，我死也就罢了，连累义母实在不该。"

"快别说这样的话，你如同我亲生，何必分彼此。"李贞丽陪着垂泪，"那侯公子原是我属意寻给你的，你若不好，我又怎能心安。侯公子数年没有音讯，我见你看重这段缘分，不想伤你，所以隐瞒至今，其实，他早回了扬州，避世不出，一句盟誓让你苦等三载，我早不指望他接你同去了，可怜你年轻，白白浪费了时光，香君，听义母一句劝，忘了他，我们避开阮大铖，寻个清静的地方去吧。"李贞丽想到自己手头也无余钱，如今世道不太平，喝酒玩闹的人少了许多，她打算携了香君回乡下老家，侍弄几亩薄田，恬淡度日。

"我若走了，他寻回来，该往何处找我？"李香君凄楚地说道，"他不来自有他的原因，我不等就是无情无义了。"

"你怎么死心眼呢，他不来就是畏缩了，若看重自当不顾一切才是。"李贞丽气恼地说道，"你若是为他，白白送了命哪里值得？"

"我并不信他是背信弃义的人，义母，等我伤愈，我便启程去扬州，一来避开阮大铖，二来也不给大家再添麻烦，若是此番能寻到侯公子，便是老天垂怜，如若无功而返，我自当寻一处清净地，出家了事。"李香君听到义母所言侯方域现状，心里难受，嘴上却依旧坚持。

"你铁了心，我也不拦你，我本是孑然一身，了无牵挂，世道不太平，过不了几日，我便也要遣散了姑娘们，回乡下老家去了，我们从前的住处，你是知道的，无处落脚就去那里找我。"李贞丽感伤道，"你若出了家，我可是连养老的人都没有了，好没良心的东西，绝不可不回来见我。"

李贞丽替香君备了盘缠，又去寻了经商的朋友，打算托付友人，带香君平安上路，可就在成行的前日，阴魂不散的阮大铖带着圣谕来到了媚香楼。原来那阮大铖在崇祯帝时，被免了官职，此后用尽手段都未能再次入仕，没想到崇祯皇帝煤山自缢，从前的主子没了，倒让阮大铖抓住了机会。南明皇朝弘光皇帝看中他的文采，让他亲自执笔撰写歌词剧本，阮大铖趁此出主意，请弘光皇帝下旨，纳才貌俱佳的女子入宫做歌女，头一个名字便是媚香楼的李香君。

事到如此，李香君没了办法，明知自己刚烈，阮大铖却还是逼上门来，只怕此次一死都不能让他罢休，还会连累了义母和众姐妹。她将行囊中所带钗幻细软送还给李贞丽，与大家依依惜别，随着宫里的车马而去，宫门一入深似海，李香君整日在宫中凄凄切切抚琴弹唱，心如死灰，本以为会在宫中老死，不想过了没多久，清军攻下扬州，直逼南京，弘光皇帝闻风而逃，李香君趁乱逃出皇宫，因为无处可依，无法打听侯方域的消息，只得黯然踏上回程，打算会合了李贞丽，再做前往扬州的打算。

李香君随着逃难的人到了李贞丽的老宅，宅院残破，空无一人，可见李贞丽并未归家，她无法，只得前往媚香楼，却也是人去楼空，她四处打听，得知自己被送进宫不久，阮大铖逼了李贞丽，代替香君去田仰的府中伺候，李贞丽心中只有陈贞慧，自然不肯，阮大铖一怒之下，使计将其卖给了一个退伍老兵，李香君入宫不过数月，想不到物是人非，她站在媚香楼的栏杆边，想到义母与自己相依为命的光景，恸哭不已。

第四章／归未得

"姑娘可是香君？"就在李香君万念俱灰之时，一个熟悉的声音在耳旁响起，她回头看去，竟是陈贞慧。

"先生！"李香君见到陈贞慧，不免思及义母，更加悲痛，"先生可知我义母去了何处？"

"我新近才从狱中出来，听说贞丽出了事，我四处打听，终是没有结果。"陈贞慧瘦弱不堪，一脸胡楂，狼狈不已。

"想不到我入宫数月，竟出了这样多的事情，义母还说关了媚香楼，会在乡下老宅等我同住，要我侍奉养老，那阮大铖，我若见了一定千刀万剐。"李香君号啕大哭，"我见不着义母，原指望是先生接了她去，不料结局如此，如今天下都换成了别家，先生打算如何？"

"我早做了打算，如今改朝换代，我自然不会入仕为官，为清狗卖命，身为先朝的臣子，本该追随先帝，以死明志，无奈可怜家中妻儿，终究舍不下性命，避世归隐算是唯一的出路了。你义母曾说归隐时携她一道，不料她如今音讯全无，往后没有贞丽弹琴唱和，日子也没了意思。"陈贞慧红着眼眶，叹了一口气，"终究是你们好命一些，朝宗在你入宫不久，带着家眷来金陵避祸，因为阉党陷害，在牢中关了数日，出来后还向你义母打听过你的消息。说起来实在是造化弄人，之前他回家去侍奉父母，父命难违，无法接你同去，此番来了金陵，寻你时你又被逼入宫，二人近在咫尺却未能相见，好在缘分不浅，万难之后总算相聚。你若心中有他，我且送你去侯府，你义母知道你圆满，定然欣慰。”

“携了家眷同来？”李香君虽然知道侯方域有正妻，却未曾见面，想到自己的身份，不免忐忑。

“切莫担心，那女子与我家熟识，确是贤良之人，朝宗也同她说起过你，她并无不愿。先前他一家在我府中避祸，我们结了儿女亲家，即便那夫人不乐意，我也会说通了去的。”陈贞慧宽慰香君道，“你且收拾一番，今日便能与朝宗相见。”

香君又惊又喜，想到那夫人好相处，又想到侯方域从未忘记过自己，从前的哀怨烦恼抛了个干净。她心中一面哀戚，义母未能与自己一样幸运，一面又雀跃不已，恨不能生了双翅，顷刻间便与侯方域相见，陈贞慧看出她心思，叫了车马，往侯府奔去。

“香君！”侯方域见到思念数年却不得见的佳人，瞬时热泪盈眶，顾不得夫人在场，大步走到李香君面前，将其一把拥入怀中。

“公子可好？”香君一双泪眼看着侯方域，“算来已有四五年光景不曾见了，香君还以为公子已经忘了当初的盟誓。”

“我怎么会忘呢？”侯方域感慨道，“当初扇坠之约，便是此生也不会忘的。”

“说起来惭愧，那扇坠已经碎了。”李香君从身后的包裹中掏出绢扇，只见白色的绢上绘着一幅鲜红的桃花图。

“这图案真是好看，不知用了何种染料，那桃花栩栩如生，鲜艳无比呢。”原本站在侯方域身后的正妻，见到绢扇忍不住说道。

“哪里是染料，是那日阮大铖来媚香楼相逼，让香君嫁与田仰为妾，她从媚香楼上跃下，血溅绢扇，后来杨龙友前来探望，说毁了信物不好，便就着血渍绘了这幅桃花图。”见李香君想到往事，一脸哀伤，陈贞慧便代她说出了实情。

"想不到妹妹如此真性情，夫君实在命好，能得此有情有义的佳人。"侯夫人出身书香门第，也是通情达理的人，虽然之前见到丈夫与别的女子情意深厚，心中有些不悦，此刻听说了李香君以死守贞的事情，暗自叹服，又见香君并非狐媚妖艳之人，心中更多了几分喜欢，不等侯方域开口，已接纳了香君。

苦等数年，终于与侯方域团聚，李香君心中自叹老天垂怜，她与侯方域送别了陈贞慧，回府途中说起李贞丽的事情，免不了唏嘘流泪。

"我今日寻到夫君，三生有幸，可惜义母与陈先生，相识数年却不能相守。"李香君叹息道，"陈先生决意归隐田园，不知夫君做何打算？"

"朝中友人已经游说多次，让我应试入仕……"侯方域欲言又止，"陈兄年过不惑，我却是正值盛年，归隐不免可惜。"

"听夫君的意思，是要去奔前程了。"李香君如被当头浇了一盆冷水，满心的欢喜全无，"女子尚知守节，夫君是先朝臣子，怎就忘了前朝的恩典？"

"我若归隐，一家老小如何安置？归隐只是逃避的做法，皇天后土，哪一寸不是天子的地方？我们能隐往何处？"侯方域被李香君说得有些难堪，"我若能入仕，为百姓做些实事，才算不枉此生，难道在乡间茅舍中虚度光阴，便是守节了？"

"原来夫君早有主意。"李香君叹了一口气，轻声说道，"不说那些不高兴的事了，我们今日团聚，并不容易，从前已经浪费了数年光阴，今后相知相守才算应该。"她舒展原本紧蹙的蛾眉，伸手挽了侯方域，将头轻靠在他的胸口。

侯方域以为李香君被自己说服，见她主动说和，也温和了许多，两人回到府中，侯夫人已经备好饭菜，三人说笑着，饮酒谈笑，其乐融融。当夜，侯方域宿于李香君的房中，两人多年不见，自然恩爱非常，夜半时仍旧舍不得入睡，相拥着诉说思念之情，到了天色将白的时候，侯方域才沉沉睡去。

　　次日清晨，侯方域醒来，不见枕边佳人，他以为香君早起梳洗，并未在意，到了厅堂，见到正妻一人坐在厅中做针线，顿时狐疑，问起香君去处，侯夫人只说早起并未见到，侯方域此时才知不妙，四处找寻，不见香君踪影。正午时分，他怏怏回到房中，才发现梳妆盒下压了一封辞别信，另有定情绢扇放在盒中，看着扇上血染的桃花，侯方域痛心疾首，却无力挽回已经离去的佳人，他知道，此次离别，便是永远。李香君再也不会回到他的身边，她心心念念苦候数年的男子，是那个一心抗清、胸怀抱负的伟丈夫，而非看重名利、苟且偷生的侯方域。

　　十年后，仕途不得意的侯方域，辞官回乡，想到依旧不知所踪的李香君，他悔恨不已，不久染病身故，那柄桃花扇上的鲜血，成为这段乱世爱情中最悲伤的色彩。

董小宛

杜鹃声里斜阳暮

董小宛，名白，号青莲，明末时期苏州歌妓，才艺出众，能诗善画，尤其擅长抚琴，十六岁时声名鹊起，成为「秦淮八艳」之一。董小宛十五岁认识复社名士冒辟疆，一见倾心，后嫁与冒辟疆为妾，明亡后随冒家逃难，与冒辟疆同甘共苦，后因病离世。

第一章／江城春

河水轻缓的半塘河边，一栋别致典雅的小楼掩映在青山绿水中，此处风景秀丽，四周并无其他人家，显得分外幽静。在这样悠闲的去处，一名身量娇小粉面红唇的女子却愁眉不展，托腮望着不远处的半塘河，女子穿着粉紫的锦缎棉袄，发髻上插了一只素白的玉钗，看上去不过十五六岁的年纪，脸上却有与年纪并不相符的神情。

"姑娘，夫人醒了，让你进屋去，说是有话要问。"就在女子沉思之际，一名仆妇从她身后的房间走出来，站在一旁轻声说道。

"我就去，夫人要饮的汤水，你去炖上，先前已经熬好，炖到温热就端到房中来。"女子吩咐了仆妇，转过身走进房间，在她身后的屋子中，一名姿色秀丽却面容憔悴的中年妇人，正偎在厚实的被褥里，轻轻地喘息着，看她的样子，似是被病痛折磨了许久。

"母亲，睡好了吗？"女子心疼地看着母亲的脸，"我叫林嫂去炖了汤水，是你爱喝的甜汤，等等就能喝了。"

"女儿！"妇人从被褥中慢慢伸出一只枯槁的手来，女子赶紧伸手握住，交叠着靠放在被褥上。

"母亲，你才大病了一场，能有多少气力说话，只管好好歇着，您想说什么我心里清楚，我自己的日子自有安排。"女子挑起眉，安抚着妇人，脸上有着一抹坚毅。

"我病了许久，家中一应用度，都是你从外头带来的，你一个弱质女流，何来这些财物？"妇人露出倔强的神色，"我做母亲的，怎能不问清楚，若是母亲拖累了你，不如为你寻个好人家嫁了，自己趁早做个了断。"

"母亲休得胡说。"女子伸手捂住妇人的嘴，"我直说便是，我是寻了一个落脚的地方，做些饮酒陪游的事情，母亲先莫急，听我细说，我带回的财物都是客人真心赠予，女儿并没有做出不得体的事情，他们怜我天真，对我很是客气，我只想攒够钱财，替母亲治好了病，再与母亲清净度日。"

"是母亲拖累了你，清白的女儿家，都到了婚嫁的年纪，却还要抛头露面，日后能否寻到好人家尚且未知。"妇人抽泣不止，忍不住自责地捶打着自己的额头。

"母亲，你若这样，怎么对得起女儿所做的一切？"女子扑在母亲身侧，紧紧拥着她的肩膀，"您不要多想，好生养着身体，女儿不是糊涂的人，即便身处风尘，也断不会做了错事。"女子好容易安抚了妇人，仆妇正巧端了温热的甜汤进来，她将母亲扶靠在床头，接过甜汤，一勺一勺喂给母亲。

从小楼中出来，女子的脸上满是不舍，她回头看看窗边被林嫂搀扶的母亲，忍住眼中的泪水，转身往前走去。行了半日多的路程，在半塘一处妓院，女子停下了脚步，她沉吟片刻，踏进了院门。从此，在半塘，便有了一个超尘脱俗的名妓董小宛。

小宛自从进了半塘的妓院，便与从前大不一样，先前在南京，她清高傲气，得罪了不少寻欢的人，因此让老鸨不痛快，当时小宛并未卖身与老鸨，只是寄人篱下，赚取些钱财替母亲治病，老鸨见她得罪客人，自然没有好脸色，指桑骂槐，说一些难听的话，小宛受不得气，借着探望母亲，回到了苏州。本不愿再去过那身不由己的日子，可看到母亲命悬一线，她又不得不再次离家，只是这回，没再打算去秦淮河畔谋生，只在半塘陪酒卖笑，离家稍近，也好照顾。

"小宛，去前边招呼吧。"老鸨走来牵了牵小宛的衣袖，"那是贵客，不要怠慢了。"

"小宛知道。"董小宛娇笑着走到客人面前，正要说话，却眼睛一亮，捂住了嘴，"如是姐姐？"她欢喜地坐在客人面前。

"还有钱先生，你不曾招呼呢。"柳如是拖过董小宛的手，指了指对面须发花白的老者。

"钱先生，小宛见了姐姐兀自欢喜，没想到先生也同来了，刚才没看见，真是对不住，小宛给先生赔罪了。"董小宛浅笑着站起身，给钱谦益道了个安。

"哎哟，还当真了。"柳如是托起小宛的手臂，将她拉到身旁坐下，"与你玩笑呢，我们几月不见，姐姐分外想你，打听到你回了半塘，也不知身在何处，前日听人说起半塘出了个妩媚可爱的董小宛，抚得一手好琴，我猜也只有妹妹你了。"柳如是看着董小宛，宠爱地摸了摸她的头发。

"当日受了老鸨的气，都来不及跟姐姐告别，就回了半塘，回家见了母亲，病恹恹的模样，小宛实在心疼，也不知她能挨过多少时日，本想陪在母亲身旁，可是药费昂贵，我迫不得已，才又来到此处，想着找个近些的地方，总要好些。"董小宛泪盈于睫，握紧了柳如是的手，"今日见到姐姐实在意外，姐姐换了男装，着实英气逼人呢。"

"小嘴还是那么会说话，来这个地方，我一身女装总是不妥。"柳如是拉了拉身上的布衫，对着小宛耳语，"穿了先生的，还算合身。"

"姐姐与先生，来多少时日？"董小宛挥手叫来送酒菜的人，"这几杯薄酒，小宛多谢先生与姐姐探望，花销由小宛来。"

"这怎么行，就算我不与你计较，钱先生又哪里会让女流之辈请客。"柳如是笑了笑，"我们四处游玩，才到了苏州，先来半塘见了你，不过小住几日，再往别处游历。"

"姐姐真是命好，有钱先生相伴，我从前还能随了先生四处游玩，吟诗唱曲，想起来仍觉有意思，只可惜如今不能如愿了。"董小宛叹了一口气，眼神黯淡下去，"从前不懂事，随了自己的性子，其实那时老鸨也算客气，南京名流雅士多，做事多有分寸，懂得尊重，小宛时不时还能受人之邀，游山逛水。半塘比不得秦淮河，尽是凡夫俗子，来这里都是寻欢作乐的，再者，我当日急着赚取母亲所需的费用，不得已入了乐籍，如今凡事都得依从老鸨，来去都由不得我了。"

"你也不要伤心，我今日来见你，正好有一件好事相告。"柳如是见小宛不解，干脆开门见山，"在你离开不久，有一位姓冒的公子慕名前来，可惜他不知道你在半塘的住处，所以未能相见，只得回去了。"

"冒公子？那是何人？"小宛想了想，记忆里并没有这么一个人。

"这位公子叫冒辟疆，出身官宦，与钱先生也相识，人品才气都好，应是你喜欢的男子。"柳如是点了鸳鸯谱。

董小宛闻听此言红了脸："妹妹如今哪有心思想这些儿女情长，照顾母亲才是最重要的。"她摇了摇头，"他寻来，我却已经离开了，定是两人没有缘分才会如此。"

"冒公子是个值得托付的人，妹妹若有心，告知姐姐便是。"柳如是说完，将杯中的酒水饮尽，从腕上褪了一只玉镯，塞到董小宛手中，"你如今日子难过，姐姐心里也不好受，想到我们初见的时候，你十三四岁，清秀娇俏，脸上尽是纯真懵懂，让我忍不住念起自己少年时。小宛，日子若不好过，记得托人传信给我，钱先生与我已经结了百年之好，我们的居处就在离秦淮河畔不远的地方，只要你来，姐姐定会为你安排往后的生活。"

"不知道姐姐的喜讯，小宛在这里恭贺了。"董小宛羡慕不已，"姐姐若方便，这几日能否携了小宛同游，只怕姐姐走了以后，小宛再没机会游山玩水。"

"这有何不妥，先生前几日说起来，还对你的画作赞不绝口呢。"柳如是大笑，"我正好也想听听你的琴声，晚些时候，我让人送银两来给老鸨，

董
小
宛

明日清晨接你出去，你什么都不用捎带，衣裳首饰，胭脂水粉，我那里都有，你只需娇滴滴地出门便成。"

"小宛多谢姐姐。"董小宛开心地笑起来，这是她回到半塘第一次露出真心的笑容，柳如是看着小宛的笑容，回想起她从前天真活泼的样子，很是欣慰。

第二章／秋草碧

　　就在董小宛跟随着钱谦益的游船出行当天，风尘仆仆的冒辟疆赶到了半塘，他四处打听，好容易寻到了小宛安身的妓院，本想一睹芳容，弥补自己与小宛在金陵错过的遗憾，却不料再次扑了个空，老鸨告诉他，小宛已经随人出游了，具体多久回转，连老鸨也不十分清楚，她只管收足够的银钱。

　　冒辟疆有些失望，虽然不知道董小宛何时回来，但他决定等上几日，反正他乡试落选，多的是空闲时间，半塘也是个热闹的地方，玩闹一番，等佳人归来，两全其美。隔不了几日，他就去问老鸨，可总是失望而回，这样过了近半月，他终于等不下去，打定主意离开半塘，就在他动身之时，老鸨却托人捎来口信，董小宛回来了，不过夜间陪一个客人饮了不少酒，此刻正在妓院的厢房中歇着。

　　冒辟疆不敢耽搁，生怕又错过见小宛的机会，赶紧到了妓院，老鸨笑盈盈上前，讨了赏钱，将他领到厢房边："公子，您对小宛痴心一片，故而老鸨子千方百计给您寻着机会，不过公子不要误会，我这姑娘只卖艺不卖身，她今日多饮了几杯，所以身旁得由丫头侍奉着，公子不会觉得不妥吧？"见到冒辟疆不介意，老鸨这才将他让进房中。

　　小宛听了丫头传报，知道前来的就是复社名士冒辟疆，心中欢喜，却因为饮多了酒，朦胧中看不真切冒辟疆的长相，她懒懒靠在床侧，醉眼朦胧，身旁服侍的小丫头替冒辟疆端了茶水和凳子，静静站在小宛的床尾，冒辟疆看着小宛清亮的眼睛，还有憨态可掬的模样，心底仿佛牵了一根细细的丝，扯动着他的心脏。

"久仰公子大名，今日得见，实在是小宛的荣幸。"董小宛酒醉心明，她也想与冒辟疆畅谈一番，于是挣扎着坐起身，饮了醒酒的茶水，陪着冒辟疆长谈，两人说到半夜，甚为投机，不过小宛实在困乏，额头几次差点碰到桌角，冒辟疆看着好笑，见小宛不断饮茶水，强撑着与自己交谈，模样叫人怜惜，便趁着小宛眯眼打盹的时候，扶了她上床睡去，自己悄悄离开。

这次相遇，虽是初见，两人却有相见恨晚之感，次日小宛托人打听冒辟疆住处，打算邀他见面，却得知冒辟疆已经回了家乡。原来冒辟疆此次出行本是为赶考，所以身上盘缠在应试时已经用得差不多，再耽搁下去，只怕在回程中会尴尬，尽管还想与小宛见面，无奈钱财不够，只得带着牵挂回了家乡。

第二年春天，冒辟疆再次踏足苏州，来半塘见董小宛，可惜造化弄人，小宛应友人之约远行，这一次，他没有多少时间等待，离开前小宛并未归来，他只得失望地离开半塘，回到苏州。当时的苏州城，达官贵人们狂热地追捧着梨园名伶陈圆圆，相较于清秀娇俏的董小宛，陈圆圆的容貌更加出众，冒辟疆本就是个多情种，外貌出众，谈吐风雅，陈圆圆对他也心生爱慕，两人相谈甚欢，不久便定下了婚约。决定嫁娶的时间后，冒辟疆捎了书信与父母，得到允许，他安顿好陈圆圆，自己回家准备迎娶事宜。

此时，董小宛并不知道冒辟疆与陈圆圆订下婚约，她心中时常期待，冒辟疆能再次来半塘与她相见，可惜等了整年，他来时偏巧自己出游，又遗憾错过。董小宛日日埋怨，恨不能托人寻了冒辟疆的去处，使人找去，告知他自己的一片心意，也想叫人告知了柳如是，让她帮忙寻找冒辟疆。当然，董小宛也不过是想想而已，此时母亲病重，她并无多少精力顾自己的事情，只得暗自掩藏心事，将心思都放在赚取金银财物上来。

如此又过去一年，依旧是春暖花开，桃李芳菲的时节，冒辟疆欢欢喜喜带了钱财来苏州迎娶陈圆圆，却不料居处人去楼空，陈圆圆已经在年初被送进了京都，养在外戚周奎的府邸，只为等待时机送进宫中，献给崇祯帝。陈圆圆身不由己，离去时甚至只言片语都未及留下，冒辟疆失了佳人，失魂落魄离开苏州，一时心里也没了想法，租了小船走走停停，不知不觉竟到了半塘。

适逢此时董小宛母亲病故，她回到故地为母亲处理后事，一连忙碌数日，因为心中忧伤加上劳累过度，没多久自己也病倒了，缠绵病榻数日，情形十分不妙。这一日，小宛有了些许精神，央求林嫂将她搀至栏杆处看看风景，却意外看见不远处的半塘河边，停了一艘小船，站立在船头的男子，虽背对着她，却让她莫名觉得熟悉。

"林嫂，你去问问，那是哪家的公子。"董小宛挣扎着想走下楼梯，无奈力不从心，只得差了林嫂去打听，"若他姓冒，你便请进屋来，备好茶水，告知他主人正是半塘董小宛。"

林嫂听小宛的吩咐，知道她肯定是见到了熟识的人，赶紧下楼出门，到了河边询问，事有凑巧，此人不是冒辟疆还能有谁，听说身后小楼的主人竟是有一面之缘的董小宛，又听说对方病重，赶紧急步踏进小楼，进到房中，只见昔日粉面红唇的女子已是清瘦憔悴，双目红肿，冒辟疆想到自己的伤心事，同病相怜，不禁红了眼眶。

"这些天为着母亲的事情，小宛几乎一病不起，还以为此生没有机会见到公子了。"董小宛垂泪说道，"老天垂怜，让公子寻到了小宛的居处，见到公子，小宛的精神一时间竟好了许多。"

"你别说话，好生养着，我听仆妇说你躺了数日，难怪人消瘦成这样，你想吃些什么，我让她去买来。"冒辟疆见小宛可怜，顿生怜悯。

"我已经让林嫂备了酒菜，款待公子，稍后便能送来，还请公子不要嫌弃。"董小宛勉强坐起身，取了床畔的外衫披上，"前几日在病中画了一幅图，想请公子看看。"

"你身体虚弱，就在床上躺着，画作过些时候再看。"冒辟疆阻止道。

"听公子的意思，会在半塘留些时日了？"董小宛的眼睛里闪烁着晶亮的光芒，脸上也渐渐泛起了红晕，"那好，我听公子的，养好了身体再与公子一起抚琴作画。"

冒辟疆听董小宛这样一说，有些为难，他原本答应双亲，娶了陈圆圆便回到故乡去，只是不知有此变故，更不知会再次到了半塘，遇到董小宛，眼下小宛无依无靠，实在可怜，若自己拒绝她的要求，显得残忍，可是如果流连半塘，家中如何交代？

"我家中还有一些事情，只怕耽搁不了多久。"冒辟疆犹豫再三，还是决定说出实情，只是看着小宛满心期待的模样，隐瞒了迎娶陈圆圆的细节。

"小宛不会拖累公子，只需要再静养几日便成，公子能否成全？"董小宛言语凄切，模样温婉可怜，冒辟疆原本对她有情，今日见此情景，哪里还会不允，如此便住在了半塘的小楼中。相守了数天，小宛身体稍好些，坚持为冒辟疆亲自下厨做汤饭，冒辟疆心中温暖，渐渐把与陈圆圆的伤心事忘了大半。

"公子，小宛有个不情之请。"看着冒辟疆归家心切，董小宛在心里做了决定，"若公子不嫌弃，能否带小宛同去，小宛愿为奴为婢，随侍左右。"

"你说的可是真的？小宛，此事非同儿戏，我们不过再次见面，你对我也并非全数知晓。"冒辟疆虽对小宛有情，却未曾想过迎娶，毕竟与陈圆圆的婚约让他神伤，短短时日再无迎娶他人的心思。

"小宛并无他意，只求与公子同行，若公子不愿，小宛亦不强求。"董小宛别过头，轻叹了一口气，半塘此时已经传开了冒辟疆与陈圆圆的憾事，看来冒辟疆依旧思念着陈圆圆，他在此停留数日，照顾周到，终不过是可怜自己罢了。

"小宛……"冒辟疆心中不忍，却又不知该如何开口，他沉默了片刻，转身走出了董小宛的房间，次日，冒辟疆收拾行装，做了离去的准备。

"小宛如今身体已无大碍，今后还请林嫂多多照顾，我家中催促，近日须得赶回，他日再来也不知是何时，小生就此别过了。"冒辟疆不敢与董小宛告别，他担心自己在小宛的泪眼中无法前行，于是只交代林嫂，便启程返回了家乡如皋。

董小宛站在窗前，看着冒辟疆渐行渐远，她没有埋怨他的不告而别，此刻的小宛，内心变得坚强而执着，她在半塘无依无靠，冒辟疆是她心仪的人，也是她想要共度余生的另一半，冒辟疆对自己并非无情，只是他此时心中依旧怀念着陈圆圆，一时间无法接受自己的情意。小宛修书托人带给了柳如是，告知心中所想。三日后，钱谦益托人送来千两白银，老鸨接了钱，碍着钱谦益是名士，自然不敢为难董小宛，在柳如是与钱谦益的帮助下，恢复自由的董小宛租船前往如皋，追赶冒辟疆而去。

第三章／双飞燕

冒辟疆虽然急着离开半塘，回程的路上却还是走走停停，不忘游历山水，故而到如皋时，晚出发的董小宛已经先他一步到了冒家。当冒辟疆来到家门口，惊讶地发现，在前来迎接的母亲和妻子身边，站着一个娇俏的佳人，正是董小宛。

"小宛温婉可人，虽然才来三两日，却已和府里的人相熟，大家都喜欢她。"冒母对小宛十分满意，她将几日来的情况告知了冒辟疆，"你父亲说，等你回来，再补了大礼，不知你意下如何？"

"我……"冒辟疆不敢隐瞒，"母亲知道，我此番前往南京迎娶圆圆，抱憾归来，此时让我迎娶，既对不起圆圆，也委屈了小宛，我知道她从半塘寻来，吃了不少苦头，送她回去自然不行，不如先让她在府里住下，过些日子再说吧。"冒辟疆想了一个权宜之策，他需要一些时间，忘记与陈圆圆的约定，也需要更多时间来接受董小宛。

"小宛，夫君说你们的事情，要再推些时日。"苏元芳来到小宛居住的厢房中，有些遗憾地说出冒辟疆的决定，"爹娘很喜欢你，进入冒家是迟早的事，只是近期要委屈你了。"

"姐姐，无妨的，我能寻到这样的好人家，就算是做丫头，侍奉您和老爷夫人，也是小宛的幸运啊。"董小宛虽然心中难受，但还是强装笑颜，

"听家里人说，姐姐素来身体不好，膝下孩儿无力照顾，若是姐姐放心，交由我照管也是可以的，我年少离家，时常孤单一人，我也想身边有孩子来去，热闹许多。"

"那极好，他们如今到了念书识字的年纪，我听夫君说，你才情过人，交给你那是再好不过的。"苏元芳欣喜不已，"小宛，在没有名分之前，只能委屈你住在侧间的厢房，你放心，一应用度我都交代了下人，与妾侍并无两样，你安心住着，我想，夫君用不了多久就会纳你进门，你这样大义善良的女子，合该要过好的日子。"

"多谢姐姐照顾，日后有事尽管吩咐小宛。"董小宛温婉说道，"小宛平日喜欢下厨做菜，明日亲自做几样粗茶淡饭，让老爷夫人和姐姐品尝。"次日清晨，小宛在厨房忙碌了许久，用饭时，冒家人看着饭桌上的菜色，甚是惊讶。

"小宛，这都是你做的？"冒父见到精致的菜品，忍不住啧啧称赞。

"小宛听说老爷爱好荤腥，特意做了这道虎皮肉。"董小宛并未落座，她站在苏元芳身旁，为饭桌上的冒家人一一介绍，"夫人和姐姐口味清淡，这些时令蔬菜，用热水焯过，放了些花露，闻之有香味，吃起来也无油腻之感，还有这些饼饵，是用兔肉做的，我见孩子们不爱吃饭，就把肉做成了点心的模样，若是饭桌上没吃饱，闲时当作零食也好，总不能饿了他们。"

"小宛真是有心。"冒母听说过陈圆圆的才情，原本极为钟意，也不介意其出身，没想到来到冒家的竟然是另一个女子，之前小宛进门她还颇感意外，特别是得知儿子与她并无缔约，小宛是自行赎身独自前来，这让她不免怀疑小宛是心机深沉、意图不良的女子，不料接触几日，竟发现她比平常人家的女子更乖巧可人，完全没有风尘女子的习气。今日见了小宛的手艺，心底更加叹服。"还站着做什么，即便没有结亲，也是冒家的客人，让你下厨已经不妥，怎能让你受这样的委屈？快来坐着吧。"冒母指了指冒辟疆身旁的位置，让董小宛落座。

小宛侧过头，见到苏元芳微笑着冲她点点头，冒辟疆似乎也没有反对，但是却没有主动说让她坐在身侧。

"我坐在这里吧。"董小宛指了指三个孩子中间的位置，"正好可以照顾到他们。"她笑着走到主座对面的位置，为孩子们添饭夹菜。

次年春天，冒辟疆带着家人的祝愿，欣然接受了十九岁的董小宛，正式将其纳为妾侍，当时正是崇祯十六年，冒辟疆之前应试再次落第，再没了寻求功名的心思，平日闲居在家，只做一些考证古籍、著书立说的事。董小宛本就向往粗茶淡饭的恬淡生活，因此对冒辟疆的决定很赞成，在冒辟疆闲居的时候，她侍奉左右，有时帮忙抄抄书稿，遇到冒辟疆心情愁闷，则取来古琴轻弹一曲，为夫君解闷。冒辟疆有时有观光赏景的机会，也会带了小宛同行，两人游玩时写诗作画互相欣赏。如此琴瑟和鸣过了一年，这一年时间是冒董姻缘最美好的时期，然而一年后，李自成攻占北京，崇祯自缢，不久，清军入关南下，战乱频起，冒家为了避祸，慌乱奔上逃亡之路，家中宅院财物因此散尽。

"夫君，喝些水吧。"董小宛从远处快步走来，将一个盛水的竹筒递给冒辟疆。冒家只有他一个男丁，父母上了年纪，儿女又年幼，都指望着他照料，因此逃亡中焦头烂额，吃了不少苦头，好在董小宛虽是女流之辈，遇事却冷静有主见，在一旁照顾有加，冒辟疆因此才少了大半烦恼。"姐姐和爹娘在那边歇息着，天色不早了，我们就停在此处吧，孩子们也累了，明早再赶路。"

"好，就依你的安排，我看见前面不远处似乎有个驿站，不如住到那里去。"冒辟疆疲惫不堪，他指了指前方一排破旧的房子，对董小宛说道。

"我早去看过了，听说今晚有贵客要住，守驿站的兵士不让其他人进去，要不然，我早把孩子们带到那儿去了。"董小宛叹了一口气，"也不知道是什么样的客人，竟然要用到一整间驿站，逃难的人中老人小孩众多，若能有个遮风避雨的地方住上一晚，该是多好的事情。"

"既然是这样，那算了，你把我的外衫拿去给爹娘，晚上风大，不要冻坏了。"冒辟疆想要脱下身上的衣服，却被董小宛按住双手。

"你这几日老说身体不舒服呢，别脱衣着了凉，夫君放心，我都已经安顿好了，你且放心睡一会儿。"董小宛坐在冒辟疆身旁，让他枕着自己的腿，她则靠在一个杂草堆上，闭着眼睛打盹。

半夜时，因为肠胃不适，好不容易入睡的冒辟疆，被一阵马蹄声惊醒，他睁开眼睛，看着几匹马和一辆马车从眼前经过。董小宛此时也惊醒过来，她坐起身，不远处干草堆上睡着的孩子突然发出啼哭，苏元芳哄了几声，并不能止住孩子的哭泣。

"怎么了，姐姐？"董小宛走到苏元芳和孩子身边，将其中一个孩子搂进怀中。

"姨娘，我好冷。"孩子偎在董小宛怀中，可怜地说道。

"我去驿站看看，即便是个角落，能避风也行啊，这一晚上下来，孩子会冻病的。"冒辟疆站起身，往驿站走去。

"我去看看，若是可以，我就来抱孩子。"董小宛将怀中的孩子交给苏元芳，对仍旧哭泣的孩子安抚道，"乖乖，姨娘和爹去看看，给你们找个暖和地方睡觉，等会儿姨娘就过来。"

站在灯火通明的驿站门口，冒辟疆停下了脚步，紧跟在身后的董小宛不明所以，正想要催促夫君前去，却看见冒辟疆正呆呆望着门口的人，顺着冒辟疆的视线，董小宛看到了面前的女子，她雍容华贵，遍身锦缎，虽然经过一路奔波，姿色出众的脸上写满疲倦，但是却丝毫没有影响她的美丽。

"圆圆？"董小宛低声叫道，她侧头看着冒辟疆，这一眼让她心中难受至极，冒辟疆似乎都忘记了自己身边还有旁人，他看着陈圆圆的眼睛，眼中写满忧伤、不舍，还有炽烈。

"公子？"陈圆圆屏退了身边伺候的人，"许久不见，这些年没有公子的消息，听说公子纳了从前相识的一位姐妹，原来是小宛。"

"小宛见过陈姐姐。"董小宛往前几步,"姐姐这是要往何处去?"

"吴大人派了属下来接我,先前城破,经历了许多不堪的事情,如今好容易风平浪静了,正要随大人前往蜀地。"陈圆圆叹息着,将自己的情况告知董小宛,"你们又是要去哪里?"

"为了避战乱,离家逃亡已有半年之久,我们正准备回家乡去。"董小宛轻声回答,"陈姐姐就是先前驿站说要接待的贵客吧,只一人住在驿站吗?"

"小宛,走吧。"冒辟疆出声阻止,想到若要和陈圆圆同居一处,不免会想起从前两人未续的缘分,对陈圆圆,他心中难以放下。

"孩子们会冻坏的。"董小宛转身看着冒辟疆,其实见到他与陈圆圆相逢时的情景,她的心中有如刀绞,但是想到外面哭泣的孩子,她还是决定向陈圆圆求助,"姐姐,驿站有好几间房,我们不奢求住进去,只是想请姐姐帮忙,为三个孩子还有两位老人找个避风的角落。"

"是冒家的老爷和夫人吗?"陈圆圆急切地问道,"快快请他们进来吧,我叫人收拾几间房屋给你们,今晚放心住下吧。"

"多谢姐姐了。"董小宛道过谢,转身跑出驿站,去叫苏元芳和其他人,她并没有叫冒辟疆同去,因为小宛知道此刻冒辟疆心中所想——他对陈圆圆仍有斩不断的情丝,所以,她决定给他们独处的时间,今日一见,明日便要各奔东西,将来只怕再无机会相逢,想来,久别重逢的两人都希望能彼此倾诉的。

家人在驿站安顿下来,孩子们终于可以安心地入睡。因为冒辟疆身体不适,所以董小宛和冒辟疆住在另一间房内,避免半夜身体不适时,影响了孩子和老人。待忙碌完,冒辟疆还未回房,小宛心中明了,起身正要掩上房门,却见他失魂落魄地走到了门前。

第四章／一声悲

"怎么不过一盏茶的工夫就回来了，多日不见，陈姐姐应该有很多话和夫君说呢。"董小宛轻声说道，"此去云南，山高路远，不知何日再能相见，今夜实在是老天眷顾，夫君去看看她吧，我听说她在京城经历了很多事，命运多舛，很是可怜。"

"她已经是吴三桂的夫人，我岂能再与她交谈？"冒辟疆失落地说道。

"怎么说也是夫君曾经喜欢的人，虽然前缘未了，也算朋友一场。陈姐姐并不容易，看她的样子，闷闷不乐，若是能去安慰几句也好啊。"董小宛垂下头，"夫君不要误会，小宛没别的意思，只是想让夫君照着自己的心意去做，以免将来遗憾。"

冒辟疆深深地看了小宛一眼，转身走出房间，董小宛知道他一定会去看望陈圆圆，因为冒辟疆也很清楚，此次离别，再无相逢之期，看着冒辟疆掩上门离开，董小宛颓然地坐倒在简陋的床铺上。他的心里，终究还是忘不了陈圆圆，想到这里，董小宛的眼泪就像断了线的珠子，她捂着嘴，不断擦拭着流到嘴边的湿咸的液体。

次日清晨，陈圆圆的马车驶出驿站，冒辟疆站在不远处，目送马车远去，脸上写满不舍，董小宛装作无事一般，收拾了一家人的衣物，站在路口等冒辟疆归来。眼看着陈圆圆的马车消失在烟尘中，冒辟疆无奈地回过头，拖着虚弱的身体往回走，昨夜在一众兵士的监督下，他与陈圆圆并未能畅所欲言，但是从陈圆圆的眼中，他还是能看出无尽的情意，陈圆圆对自己，仍旧有情，这让冒辟疆心中更加难过。造化弄人，就算不能相忘，还是不得不永久分别，继续面对残酷的生活。

一家人辗转逃亡将近一年后，终于再次回到破败不堪的家园，面对困境，好不容易结束颠沛流离的冒家人都沮丧万分，他们如今缺衣少食，生活难以维系，就在一筹莫展之际，苏元芳因为着急病倒，董小宛二话不说，将照顾家人起居的重担扛上了肩。

当时临近初春，在冒家附近的田郊长满了野草，董小宛熟识各种野菜，每日清晨带了竹篓出门，将带回来的野菜做成各种食物，弥补家中米粮不足的状况。天气寒冷时，她就取家中从前扔弃在杂物房里的粗布，亲手做成布衫，给家人避寒，在董小宛的努力下，一家人熬过了最艰难的时期。

眼看美好的日子正要开始，冒辟疆却因为在逃亡中饥寒交迫，落下疾患，春日里复发了几次，每次病发，董小宛都悉心照料，衣不解带地守在冒辟疆身边。冒辟疆的疟疾整整患了半年，从初春到盛夏，因为肠胃不好，更是雪上加霜，整个人瘦得没了形，董小宛见他痛苦，无法安然入睡，干脆将床铺安放在冒辟疆的床榻上。窄小的木制床榻坚硬无比，家中又没有余钱买来新的被褥，董小宛在上面铺了一床席子，和衣而卧，方便随时侍奉。

在董小宛的悉心照料下，冒辟疆的病渐渐好了起来，到当年初秋，竟痊愈离开了床榻，一家人欢欢喜喜，买了许多吃食，在家里摆好饭桌，准备庆祝一番。

"我做了酥糖，今天是好日子，要吃些甜甜蜜蜜的。"董小宛从厨房里端来一盘金黄酥脆的点心，"我用了芝麻、松子和桃仁，还有麻油呢，闻闻看，是不是很香？"她摁住胸口，喘了口气。

冒辟疆抬起头，正好看到小宛皱起眉头："怎么了？身体不舒服？是不是累着了。"

“应该是呢，这几个月小宛都没好好歇过一个晚上，今日夫君大病初愈，她又忙前忙后，要不回房里好好歇歇？”苏元芳赶紧站起身，走到董小宛身旁，“妹妹脸色难看，别撑着了，团圆饭什么时候都能吃，我扶你回房吧。”

　　董小宛不想扫了大家的兴，原本还想硬撑，无奈胸口的疼痛一阵紧似一阵，她的额头上冒出冷汗，疼痛让她弓起了背。苏元芳搀扶着她，回到房中。

　　“今日怎么回事，看样子也不是初次这样。”苏元芳将一旁木桌上的汤水端起来，喂到董小宛口中，“怪姐姐粗心，都没注意到你身体虚弱，小宛，夫君才好，你可不能倒下呀。”

　　“姐姐，小宛自己心里有数，只怕好不起来了。”董小宛惨白着脸，认真地看着苏元芳，“日后家中老少，还要请姐姐费心，小宛福薄，这样好的人家，却没能尽享亲情。”

　　“呸，快别说这样不吉利的话。”苏元芳啐了一口，“我平日可是不责备人的，今日倒要重重说你的不是了，身体抱恙，我们就去请大夫，能是什么了不得的呀，你看夫君，病重的时候都没了人形，如今不也大好了？我娘家前些时候才捎了钱物来，我这就叫人去买补品和药材，给你好好养身体。”苏元芳喂完汤水，站起身往外走。

　　“姐姐！”董小宛急切地出口叫住苏元芳，“切莫告知家里人，免得他们担心，正如姐姐所说，也许就是小疾小患的，过不了几日就好了。”她知道自己的情形，但是不到最后时刻，她都不想给冒家添任何的麻烦。

　　命运似乎并不厚待董小宛，几天后，她卧床不起，连茶水也饮不进去，请来的大夫对小宛的病情束手无策，冒辟疆慌了神，不知如何分担小宛的痛苦，便如同从前董小宛照料他一样，在床榻边歇息。

　　“夫君，小宛自知命不久矣，夫君才好，不要累垮了身体。”董小宛憔悴不堪，脸上没了血色。

　　“不要说这种话，当日我病重，不也好了？”冒辟疆看着小宛被病魔纠缠，心中如刀绞一般，他此时才知道，在自己心中，董小宛有多么重的分量。

"夫君，我自己的身体自己清楚，小宛与夫君相守三年，此生无憾。"董小宛忍着疼痛，强挤出一丝笑容，"我如今夜间睡不好，总会半梦半醒地，有时恍惚，还以为回到了我们从前相遇的时候，我记得在半塘，饮醉了酒，你在我床前畅谈，我都不知道自己说了些什么。"

"你不要说话，这样费力气，好好躺下来休息。"冒辟疆听到董小宛回忆从前，心中有不好的预感，但是，他随即将这种念头赶出脑海，他实在不想失去心爱的女子。

"不，夫君，让小宛说吧，我想和你说说话。"董小宛其实担心今后再没有倾诉的机会，她不想为自己留下遗憾，"自从我们南下逃难，就再没了促膝长谈的日子，归家后为了生计，之后夫君又生病卧床，小宛很多次都想同我们初见时那样，与夫君谈天说地，无奈生活艰辛，被柴米油盐拂了兴致，今日老天让我缠绵病榻，正是给了我倾诉的机会。"

"你倒把一件坏事说得极好。"冒辟疆知道她安慰自己，"好吧，你想说什么，我都听着。"他看着董小宛，温和地说道。

"夫君，能否让小宛靠在你怀里？"董小宛有些困乏地揉了揉眼，"小宛想让夫君搂着肩膀，听我慢慢说心事，这种情形，小宛期待很久了。"

"好。"冒辟疆起身坐在床侧，将董小宛搂在怀中，又为她掖好被角，尽管才是初秋，董小宛却总说身体发冷，疼痛难忍时甚至要盖上几床被褥。

"夫君，若有一天小宛不在了，身边的衣裳饰物，都变卖做生计之用，不过，这枚戒指，一定要让小宛带走。"董小宛慢慢伸出手，那枚订婚时冒辟疆亲自为她戴上的宝石戒指，如今松松地环在中指上，为了防备戒指滑脱，小宛特意用丝线在上面缠绕了一圈。

"不要说这样的话。"冒辟疆心中酸楚，这几日，自己四处求医问药，可请来的大夫都只给出遗憾的结果，他知道小宛的病很严重，但是他从来没有想过，有一天小宛会离开他，还是在生活刚刚好转的时候离开，这对小宛太不公平，至少自己觉得充满亏欠。

"夫君，让小宛说吧，小宛有些话，藏在心里已经数年了。"董小宛攥紧冒辟疆的手，"小宛知道，夫君对圆圆一直心存思念，这段遗憾也是小宛的遗憾，如果夫君当日能与圆圆结缘，夫君不会有那样多的惆怅，小宛算是借了圆圆的福气。"

"小宛，你不要这样说，我与圆圆是有情，但那已经是过去了，我心中如今牵挂的只有你，你温婉可人，是我最亲的家人，也是我最爱的知己。"冒辟疆难过地说道。

"是真的吗？夫君不是为了安慰我？"董小宛的唇角咧出一丝笑意，"其实，我并不奢求夫君能用对陈姐姐一般浓烈的情意对小宛，所以，即便夫君这番话只是为了安慰小宛，也没有所谓，小宛初次遇到夫君，就有托付之意，后来夫君寻来半塘，更是坚定了小宛的决心，此生跟随夫君，不离不弃。"

"小宛……"冒辟疆听着董小宛的言语，泣不成声，"等你病好了，我带你外出游历，我们仍旧像从前那样，不对，我们要比从前更恩爱甜蜜，我把心都留给你，我们会白首不离，你快些好起来，小宛。"

"白首不离？"董小宛露出凄美的笑容，"这是个多美好的梦啊，小宛从遇到夫君那日起，其实就开始做那样的美梦了，小宛也想与夫君携手一辈子，只是，小宛……小宛怕是等不到那一天了。"她虚弱地靠在冒辟疆胸口，急促地喘息着。

"不会的，小宛，从南京请来的名医过两日就到了，你且等等，他一定会让你好起来。"冒辟疆痛哭流涕，"不要说丧气的话，我不会让你离开的，我们一定能白头到老，我们还要生儿育女，我还要听你抚琴唱曲啊，小宛，等你好了，我带你去很多你想去的地方，看遍天下美景，好不好小宛？"

董小宛听着冒辟疆的承诺，她此时已经说不出话来，一来疲累，二来心酸，这样两情相悦，白首到头的承诺，为何在半塘时他不曾说起，为何见到陈圆圆后他依旧愁绪万分？他对自己，终究只有无尽的责任和薄薄几分情意。她闭上眼睛，一滴清泪滚落在冒辟疆的衣襟上，她期望的并不是近似怜悯的安慰，而是冒辟疆相守相依的一颗真心，为了等到自己想要的承诺，她无怨无悔，甚至不惜付出全部心血和精力。

次年的正月，在漫天的白雪中，董小宛闭上了疲惫的双眼，冒辟疆的哀号并没有留住她的生命，或许，在董小宛真正离开时，冒辟疆才明白，这个女人对自己有多么重要，她不是一晌贪欢，不是花前月下，她是相濡以沫，她是白首不离。只可惜，他明白得太迟，他承诺得太晚，上天并没有给董小宛足够的时间。于是，在冒辟疆无尽的怀念和歉疚中，白首不离最终只能成为董小宛的梦，永远无法触及的梦。

卞玉京

潇潇暮雨子规啼

卞玉京，名赛，出身官宦世家，因父早亡，沦为歌妓。明朝末年秦淮名妓，『秦淮八艳』之一。因出家后自号『玉京道人』，故而被人称作玉京。卞玉京有才情，且通文史，其绘画技艺娴熟，尤善画兰。明末时与著名诗人吴伟业有一段情缘，但最后无疾而终，后在苏州出家。

第一章／天如水

崇祯十四年的春天，在花朵纷繁落下的苏州城内，两名姿色明艳的女子站立在一艘画舫上。二人样貌相似，应是姐妹，只不过举止全然不同，年长者安静冷傲，年幼者活泼娇俏。一路行来，吸引了岸边不少路人的目光。

"姐姐，你且笑一笑吧，可别辜负了大好的春光，难得我姐妹二人一道出游，总苦着一张脸做什么。"年幼的女子大约十五六岁年纪，只见她撅着嘴，甩动着手中的丝帕。

"我哪里是苦着脸的。"年长的女子冷冷地说道，"不过是你太热闹，听得我烦闷了。"

"我是见你不高兴，才说这样多的话呢，换作别人，给我黄金万两我也不说一个字。"年幼的女子冲姐姐做了个鬼脸。

"赛赛，进来招呼客人，姐妹两个怎么都站到船头去了，快进来。"一个中年妇人的声音从画舫中传出来。

年长的女子听到妇人的招呼，神情黯淡了下去，但是下一秒，她扬了扬唇角，笑着往里走："来了，妈妈，不过站在外头喘了口气，看您急的。敏敏，进来抚琴，我得唱上一曲才能赔罪了。"

不多时，精致的画舫中，响起了婉转清脆的歌声，寻欢的客人们不时叫好助兴，眼看着落日西沉，画舫也随着流动的河水缓缓驶向不远处的烟花之地。

"姐姐，敏敏真是不明白，别人邀你单独出游，你总是首肯，可是换作我，却横加阻拦，敏敏已经十六了，难道姐姐还不放心吗？"卞敏坐在床侧，看着梳妆镜前呆坐的卞赛。

"你年纪尚轻，性情又单纯，这烟花地满是是非，我是出不去了，可是敏敏你，一定要离开，离开这里去过新的生活。爹娘临终托付，我一句都不曾忘。"卞赛的脸上满是疼爱，"月初，妈妈跟我说起，有个公子总来打听你，虽然不巧没有遇见，但是听说身世极好，祖父还曾做过宰相，人品才貌都属上乘，我前日让妈妈安排见了一面，年纪与你相当，谈吐文采皆不俗，且为人豪爽，我心中很是满意。如今只等你见了面，若是喜欢便订下来，你的嫁妆，姐姐都已经准备好了。"

"什么？为何敏敏全然不知？姐姐，若是我离开了，你怎么办？"卞敏慌了神，自父母亡故后，自己一直与姐姐相依为命，尽管迫于生计流落在风月场所，可是因为有姐姐相伴，她从未感到过害怕，也正因为有姐姐，自己才没有经历太多苦难，她希望过上好的生活，可是她不想这种生活里没有姐姐。

"我衣食无忧，有什么可担心的？"卞赛取下耳坠，"若有缘，我或许也能遇到心仪的男子，若是不能，也没有什么所谓，只要你过得好，姐姐不负爹娘所托，这就够了。好了，时间不早了，你快些回自己房中歇了吧，明日要去为吴先生饯行，我得早些睡呢。"卞赛站起身，揪起卞敏的衣衫，"这几个晚上都在玩儿什么，今日在画舫中呵欠连天，画一幅兰花也只三两笔，客人都不高兴了，明日见了吴先生，可不许出丑。"

"好啦，别像个老妈子，吴先生是要去成都上任吗？那日后可难见到了，我今日早些睡，不会贪玩，明日还要多敬先生几杯酒水呢。"卞敏说完飞快地跑了出去。

次日清晨，姐妹俩梳洗装扮，去南京水西门外见吴志衍，他此番是要前去成都任知府，虽是一桩美事，分别却总是叫人感伤。吴志衍与姐妹二人熟识多年，一直照顾有加，因此卞赛分外感激，特意精心画了一幅画作相赠。

为吴志衍送行的好友还有另一人，此人让卞赛一见便分外倾心，其实她说不上他究竟是哪里吸引了自己，或许这就是老天说的缘分，借着饮酒谈笑的空当，卞赛不时偷看对方一眼，她不同于以往的神情引起了卞敏的注意。

"姐姐，此人虽儒雅，却过于温文，我们从前见的男子，不是有许多比他优秀吗？"卞敏对那个男子并不满意，"虽然是先生的挚友，也听闻他才情过人，可是妹妹并不觉得他能配得上姐姐。"趁着旁人说话的时候，卞敏对卞赛悄悄说道。

"我并没有说什么，你倒是比我还慌张，该趁早把你送到夫家去才是正经。"卞赛避开了话题，玩笑道。

"我说的都是实话，姐姐若不怕吃亏，只管随了自己的心意。"卞敏转过身，将自己面前的花露饮尽，"我若是真订了下来，此次离开南京，也不知道多少时间才能再见姐姐，想着姐姐过得好，我才能放心远去呢。"

"我知道。"卞赛叹了一口气，"你且放心吧，将来还有数不尽的好日子要过，别再愁眉苦脸的，小心公子见了你的模样，心中后悔，自顾自地跑回去了。"心知公子对卞敏一往情深，卞赛故意开起妹妹的玩笑，两人说着，各自心中都轻松了不少。

坐在挚友旁边的吴伟业，初见卞赛，便为其容貌倾倒，后又见了她送与兄长的兰花图，更惊叹卞赛的文采，于是有心与她结交，在姐妹俩人玩笑时，也与兄长说起闲话，借此了解卞赛的身世，得知卞氏姐妹都出身官宦，吟诗作画皆有很高的造诣，只因为生计所迫才沦落为歌妓，不禁对卞赛起了更多怜爱之情。

散了宴席，卞赛托老鸨请来了公子，让卞敏与之相见，两人甚为满意，彼此都有情意，卞赛心中高兴，给了老鸨不少银钱，让她置办一桌酒席，叫了要好的姐妹们为卞敏祝贺。几天之后，卞敏启程北上，卞赛心中尽管不舍，但是想到卞敏因此便能开始新的生活，又不免高兴。吴伟业才送走挚友，又得知卞敏远嫁的消息，想到今后卞赛分外孤单，未免心中不忍，他寻了个借口，来见卞赛，却不料老鸨告诉他，卞赛被客人请去游湖，要到入夜才能回来。吴伟业也不知哪儿来的兴致，竟就着一杯茶水，在卞赛的楼前等了好几个时辰，直到载着卞赛的马车停在面前，小丫头出门扶了娇软无力的佳人回到楼中，他赶紧跟了进去。

卞赛饮了酒，只觉头昏沉不已，醺醺然中见到一个模糊的身影，她的酒量并不止这些，不过是卞敏离去，她心中不舍，所谓酒入愁肠，几杯下去，人便有些不清醒。搁下酒杯，她努力睁大眼睛，依旧看不真切。

"谁在那里？是吴先生吗？"尽管与吴伟业见面不过一次，但是直觉告诉卞赛，那个清瘦颀长的男子就是自己念念不忘的人，她强撑着靠在床柱上，冲吴伟业招了招手。

"为何饮这样多的酒，可知会伤身？"吴伟业冰凉的手掌抚上卞赛的额头，这一举动让卞赛甚觉亲切，"卞敏去了你也不是无处可依，我不是在吗？你若孤单，我便带些书籍来给你，或者出外游历时带你同行。"

"先生与我，见面不过第二次，这样关心宽慰，怎么仿若知己一般？"卞赛借着酒劲，说话也大胆起来，她原本是个沉默清冷的女子，其实那些冷漠不过是她保护自己，获取尊严的伪装。

"我让丫头取些醒酒的茶来吧，你还醉着呢。"猛然听到卞赛说出这样热烈的话语，吴伟业顿时红了脸。

"若是不醉，这些话是永远也没有机会说出口来的。"卞赛艳若桃李的娇颜对着吴伟业，"卞敏走的时候说要我为自己打算，我也有此想法，只是不知道何人值得托付，我清冷待人，不过是怕被人欺辱了去，若有个依靠，便可结束了谈笑不由己的日子，从今往后大可潇洒不羁，随心所为了。"

"卞敏说得没错，你孤身一人，在苏州和南京两地奔波，实在不易，从前还有她与你为伴，如今若有依靠，她也心安。"吴伟业立在与卞赛两步之遥的地方，不敢直视卞赛的眼睛，此刻，她是醉的，大可以狂言乱语，畅所欲言，可是他生性谨慎，担心口出承诺难以收拾，不敢接下卞赛的话语。

卞赛见他胆怯，虽然醉酒，却是心明，也不为难，只收了轻佻的笑容，依旧拒人千里之外的神情："先生来许久了，我如今醉着，也无力抚琴，扫了先生的雅兴可不好，先生还是回去吧。"

"茶水放在这里了。"吴伟业接过丫头送来的茶水，放在卞赛身旁的木几上，"若是难受，就要丫头在旁边侍奉着，夜里风凉，不要冻着了，我先回去，若是有事帮忙，只管托人去叫我。"

卞赛摇摇头，也不管吴伟业尚未离开，和衣卧在了床上，待吴伟业离开，丫头来替她铺被，却见卞赛泪眼蒙眬望着纱帐。

"姑娘，茶水都要凉了，起来饮了再睡吗？"丫头不明所以，还以为卞赛醉得失了神。

"不用了，端出去吧，早就醒了，只是有些困乏。你明日再来收拾，我先睡下了。"卞赛脸冲里，冲丫头挥了挥手。卞敏说的没错，吴伟业果然是怯懦不堪的，自己说得那样直白，他却不敢应下，明明对自己有感情，又不敢面对自己的心意，这样的男子，只怕会一再让自己伤心了。

第二章／百不堪

吴伟业终究还是难以割舍对卞赛莫名的情愫，尽管那日避开了她似醉似醒时的大胆话语，尽管理智告诉他，不要招惹这样的女子，但他还是忍不住数次前去看望卞赛。好在卞赛自此之后再不提那日言语，像无事人一般，吴伟业因此松了一口气，两人仿佛知己好友，作曲唱和，吟诗对饮，好不快活。

这一日，吴伟业带了卞赛想要看的书卷，兴冲冲去往她的住处，却见往常见到自己便面颊生光的女子，此刻双眼垂泪，忧心忡忡地坐在房中。

"赛赛？"吴伟业有些惊讶，"为何如此？是不是卞敏托人捎了信来？"

"那倒不是，她挺好的，我替她挑中的男子，怎可能是负心人。"卞赛见到吴伟业进来，慌忙抹了抹泪，"是坊间有传言，让我惊惶了。"她站起身，替吴伟业倒上茶水。

"传言？是说田国丈南下选妃的？"吴伟业也听说了这个，不过他家中并无待嫁的适龄女子，所以并不慌张。

"哪里是选妃，不过是选些有才色的女子进宫，当作玩物罢了，那种地方，自然不会有尊重的。"卞赛想起来，手竟微微颤抖。

"若是挑选，也只会选了大家闺秀、名门之后，那些秀女可是要经过层层挑选才有机会见到皇帝的，否则就是想去便也没有机会呢。"吴伟业不经意地说道，他端起茶杯，却见到卞赛颤抖的双手。

"他们说，田国丈拟了名册，竟有秦淮女子，我与陈圆圆，皆在名册上。"卞赛心中慌乱，眼泪又落了下来。

　　"断不会是真的。"吴伟业搁下茶杯，握住卞赛的手，"不如我再去打听。"

　　"不用了，国丈已经到了南京，他们说得有模有样，应该不会假。"卞赛颓然坐倒，"再说，就算你去打听，若无力改变，得了消息又能怎样？"

　　"总能想到办法的，赛赛，我尚有几名挚友在京中，或许能托人将你的名字划去。"吴伟业此时虽然没有了往日的风光，但是毕竟在朝为官多年，而且深得崇祯帝的赏识，所以尽管年前才失去了贵为首辅的老师张溥，但是若要托人办事，多少还能寻出几个来。

　　"先生。"卞赛楚楚可怜，"其实赛赛也不是没有更简单的法子，只是还需要先生首肯。"

　　"你说吧。"吴伟业轻拍着卞赛的肩膀，"若是我能达成，断不会推辞。"

　　"先生对赛赛……"卞赛顿了一顿，终于鼓起勇气，"我今日并未酒醉，大胆问先生一句，先生对赛赛，可有意？"她双颊通红，脸上写满期待。

　　"我……赛赛，你今日情绪尚不稳定，不如休息些时间，我先回去，托人帮忙的事情断不会忘，若是你不愿进京，我拼尽全力也会让你如愿。"吴伟业站起身，垂着头匆忙往外走。

　　"先生，今日才来就要走吗？卞赛许久没听先生吹曲了，能否今夜吹奏一曲？"卞赛咬着唇，将脸上的情绪掩去，她起身牵住吴伟业的袖子，"之前是一时慌乱开的玩笑，赛赛不知先生会当真，让先生难堪了，从今往后，赛赛再不会提。"

　　这个心碎的夜晚，吴伟业吹奏了什么乐曲，卞赛并未听进去，她已经不能再寄希望于面前的男人，留下他吹曲也不过是为了让自己的记忆里还留下一些美好，一些无关爱情的美好。

　　在这个夜里伤心的并不只有卞赛，其实吴伟业的心中也犹如刀绞，近年

白你
首许
不我
离的

来的不顺已经让赋闲在家的他焦头烂额，他不是不想改变卞赛的命运，而是他恐怕最终会让两人都万劫不复。还记得十年前的放榜时节，那时的自己意气风发，不仅高中榜眼，还被皇帝赐婚，可谓春风得意，踌躇满志。当时有好友赠诗与新婚的自己，"年少朱衣马上郎，春闱第一姓名香。泥金帖贮黄金屋，种玉人归白玉堂。"这种荣宠一直持续到上一年。年前老师张溥病故，不久挚友宋枚早逝，朝堂中党派纷争，失去依靠和知己的吴伟业，为了排遣内心的忧愁，开始结交三教九流，与他们饮酒唱和，以便暂时避开孤独和悲凉之感。

　　卞赛的示好他并非看不到，也不是不愿意接受，只是此时的自己，尚且自身难保，若与她携手，又能许她什么样的未来呢？或许将来的日子还不及如今快活。吴伟业本是个读书人，气魄不足，对待感情也过于谨慎，故而再次拒绝了卞赛的提议。虽不是有心为之，但是吴伟业的举动还是深深地伤害了满心期待的卞赛。

　　卞赛的脸上，再没有了笑容，虽然她从前在人前也是冷若冰霜，可是面对吴伟业时总是欢欢喜喜，如今却不同，她见吴伟业也同见别人一般，没有了往日的神采。数日后，田国丈来到卞赛的寓所，稍作停留便离开。坊间各样的传言都有，有人说田国丈觉得卞赛姿色不过尔尔，也有人说朝中有人为卞赛求情，不管是真是假，但是田国丈带走了陈圆圆，却留下了卞赛，这是事实。

　　避开了一场横祸，卞赛终于冷笑着留在了秦淮河，她没有依靠任何人，而是用自己的办法让田国丈划去了名册上的自己。一年后，明朝灭亡，对吴伟业有知遇之恩的崇祯皇帝在煤山自缢，吴伟业顾念家眷，弃了出家的念头，后为了躲避战乱离开南京，自此便与卞赛分别。之后近十年，吴伟业为了保全名节，携家人隐居不出。此时的卞赛，靠了自己的冷静与倔强，不似自己从前风光娇艳的姐妹，落得四处飘零或惨死战乱的命运，为了避开南下的清军，她换上道袍，洗尽铅华，只带了一个年幼的侍女，同住于清苦的道观中，此举让她在无人依靠的时候，得以存活。

　　顺治七年的秋天，分别了近十年之久的两人，经历了生死离别的两人，得到了再一次相遇的机会。在常熟钱谦益的住所内，吴伟业得知卞赛就在不远处寓居，从前软弱谨慎的男子竟难得勇敢一次，他向钱谦益打听卞赛的近况，这让钱谦益心生恻隐，他决定成全一桩美事，就如同他当日迎娶柳如是一般。钱谦益备了酒菜，让柳如是亲自去接了卞赛来，并且告知她吴伟业就在家中。卞赛并未拒绝，她仔细装扮，款款而行，但是，在即将相见的时刻，却又止住脚步，称病不出。

"妹妹既然来了，为何止步不前？"柳如是看着卞赛慢慢取下头上的珠玉，"今日错过，怕来日就没有这缘分可续了。"

"妹妹何尝不想与他倾诉十年离别之苦，只是想到从前，便没有了再见的勇气。"卞赛流下两行清泪，哽咽道，"我费了多少心思，才能说出那样的话来，他不是不知我心意，只是，为了君王恩遇，家人期许，却总是薄幸而去。我好容易才熬过这十年，眼看着韶华老去，已打算让清苦陪我一世，他此刻却又寻来，声声说要见我，见到又如何？是给我一个期望，还是让我继续孤独？若没有结果，让我相见又是为何？"

"你说的倒也不错。"柳如是叹了一口气，"你隐忍这许多年，不过是为了平静自己心中的苦闷，他从前既然负了你，今日若无结果，就不该来招惹。"

"姐姐也是体谅我的，他并非恶人，实在是考量的东西太多，我在他心里，便没有了分量。"卞赛苦笑道，"我在道观里，也时常会想起他从前对我的情意，只是风雨骤至的时候，那种怀念让我更觉孤苦，所以，我逼着自己学会忘怀，以便熬过那每日每夜空荡荡的沉寂。"

"如此，我也不强求，你若不肯见，我去告知他。"柳如是起身往外走，"你且安心在这儿歇了，我们也是数年不见，待我回来，该好好叙叙旧才是。"

"姐姐，你就说我旧疾复发吧。"卞赛说完，又急忙补说道，"请姐姐转告他，明年初春，我便与他相见。"

"知道了，你终归还是这样，想要争取，又总是压抑自己的性子。"柳如是摇摇头，"所以才这样凄苦呢。"

卞赛听着柳如是的话，不发一言，面前的菱花镜里，自己形容憔悴，她红了眼眶，将流到嘴边的泪水咽进肚中。什么埋怨愤恨，其实都是借口，自己不过是个没有胆略气势的女子，是个吐露心声也需要鼓起勇气的女子，再见已不复往日芳华，她何来勇气将这样彷徨无措的样子呈现给他？

在钱府的厅堂里，吴伟业得到了遗憾的消息，卞赛并不愿意与他相见，他清楚旧疾只是借口，不过却不清楚卞赛不见的真正原因。他以为十年前的弃别，是让卞赛怨恨自己的理由，这未免让吴伟业怅然，他对她还是有情的，不然不会在得知她的消息后，急切地想要见面，他不能给她承诺，从前不能，将来或许也不能，但是他还是想要与她相见，见一见，心中的愧疚便少了些许，在吴伟业的心中，只要打开承载着与卞赛记忆的角落，里面装满的都是无奈与自责。

于是，在未能见到卞赛的宴席结束后，吴伟业写下了四首诗作，这或许是表达思念的另一种方式，或许是祈求原谅的一段说辞。

白门杨柳好藏鸦，谁道扁舟荡桨斜。

金屋云深吾谷树，玉杯春暖尚湖花。

见来学避低团扇，近处疑嗔响钿车。

却悔石城吹笛夜，青骢容易别卢家。

油壁迎来是旧游，尊前不出背花愁。

缘知薄幸逢应恨，恰便多情唤却羞。

故向闲人偷玉箸，浪传好语到银钩。

五陵年少催归去，隔断红墙十二楼。

休将消息恨层城，犹有罗敷未嫁情。

车过卷帘徒怅望，梦来襦袖费逢迎。

青山憔悴卿怜我，红粉飘零我怜卿。

记得横塘秋夜好，玉钗恩重是前生。

长向东风问画兰，玉人微叹倚栏杆。

乍抛锦瑟描难就，小叠琼笺墨未干。

弱叶懒舒添午倦，嫩芽娇染怯春寒。

书成粉篷凭谁寄，多恐萧郎不忍看。

第三章／花成尘

次年的初春，卞赛没有食言，她携了侍女柔柔，带着古琴乘一叶扁舟款款而来，她与吴伟业约定的地点是两人初识的地方，横塘。当时时局渐渐稳定，不肯重新入仕的文人们，心中少了从前的压抑与愤怒，变得温润平和，他们终究不是勇敢的一群，不会用殉主的激烈方式来追随故国，他们只会归隐山林，尽享天伦，这样的结局，既对得起旧人，也没有得罪新主。吴伟业就是他们其中的一个，当时在横塘，还有几个吴伟业从前的故交，有人要告别归乡，有人要北上就职，不管目的地在哪里，不管生存的目标如何，一群人戚戚然聚集在此处，本是要尽快离去，但听说卞赛到来，都停下脚步，决定见过再走。他们或许是想从这个曾经的秦淮歌女身上，找回歌舞升平的回忆，看到草薰风暖的江南美景，让时光回到未曾亡国的数年前。

卞赛着灰色的道袍落座，暗沉的颜色并没有影响她的美貌，只是眉宇间那浓浓的哀愁，让席间的文人们感叹，这已不是从前那个清朗沉静的卞赛了。原本卞赛赴约，到横塘时的心情，并非那样不堪，她经历数年的磨难，终于在今日有短暂的欢喜，这种情绪应该叫雀跃，但是在入席前，她看到了吴伟业给她的信笺，那是当日拒绝相见，对方留下的遗憾。浅色的信笺上，卞赛的泪滴染湿了墨迹，她捧着信笺，一遍遍默念着上面的诗句。原本欢喜平静的心境，再次因为回忆而变得悲凉。

文士们在席间推杯问盏，酒意酣然，他们恣意地享受着或许是最后一次的朋友相聚。卞赛抚着琴弦，开始轻轻吟唱。

"中山好女光徘徊，一时粉黛无人顾。"从官宦之女的身份唱起，她用自己的身世和遭遇，将满座文人唱得泣不成声。其实，她的故事终究只是她的，断没有本事让别人也哀伤得如丧考妣，可是听着她的哀怨，席间其他人细细思量，唱的又何尝不是自己，都是亡国的人，都遭遇过逃亡中的不堪，到如今，或归隐，或入仕，又有多少身不由己。此次相聚，并没有停留，散席不久，卞赛带着琴和侍女，走上来时所乘的扁舟，吴伟业赶来送行，两相望时，都是眼中含泪。

"赛赛不多留些时日吗？"吴伟业怅然。

"先生可有意？"卞赛讽刺地笑道，只是她的笑比哭还难看。

"赛赛又在玩笑了，我是见如今居处还算清净，听说你在道观过得清苦，留你住些时日也无妨。"吴伟业侧头看向一旁，他不知道如何面对卞赛，对于她的示好，他似乎习惯了退却和拒绝。

"我确实是玩笑，卞赛岂会不知先生心意呢，若是有意，岂有今日这番交谈，十年前便能同去了。不瞒先生，其实，我如今急着离去，只是因为已有离开道观的打算，须得收拾行囊。"卞赛转过身，背对着吴伟业，"当日战乱，我无处可去，原本想要投奔卞敏，却得知她屠城时惨死的消息，无奈之下，才入了道观避祸，如今天下太平，虽然色衰再不能回秦淮，但至少该离开那个满眼暗灰的地方，寻一处清净却不压抑的去处，或许，寻个依靠才是要紧呢。"卞赛苦笑道。

"可有托付的人？"吴伟业满心苦涩，"若有，我倒为赛赛欣慰，卞敏的事情我不知，有多少年了，你都不曾说起过。"

"说了又如何，不过是讨先生一句怜悯，至于托付的人，与先生并无多少关系，不说也罢。"卞赛绝然地踏上船板，"先生请回吧，卞赛这就离开了。"

柔柔对吴伟业挥了挥手，抱着卞赛的琴走进船舱，卞赛依旧背对着岸边，再一次的相逢，再一次的绝望，她与他，真就只能对着诗作和琴弦哀伤，真只能做饮酒谈笑的知己？可是她想要找到一个依靠，她真正需要的是能嘘寒问暖共度一生的人，卞敏没有说错，这个人配不上自己，起码对不住自己一片真心。卞赛垂下头，轻轻抚摸着自己的手臂，在那柔软的肌肤上，布满了数道疤痕，没有人知道，当年她能全身而退，只是因为在田国丈面前自残而已。

收拾了道观里的东西，将自己最后的积蓄换了一处小宅院，卞赛带着柔柔住了进去。两年后，在她的住所外，突然多了一顶素色的软轿，轿栏杆处系了一段红绸，这些都是卞赛的要求，她把自己许给了一个中年诸侯，她的夫君靠着在战乱中立下的军功换取了诸侯的名位，只是草莽中人，空有钱财，却无文采，卞赛与他生活了两年，渐渐连话都不愿多说，后来干脆让柔柔代替了自己，依旧回到从前的道观中，独自生活。

一幅幅淋漓的图画，散落在房中的各个地方，卞赛从桌边站起身，头痛难忍，她想要饮一口茶水，然后去床上歇着，可是，就在她起身的时候，眼前的一切化为暗黑的颜色，她闭上眼睛，顺着桌角倒了下去。

"姑娘可好些了？"一个温和的声音在卞赛的耳边响起，她慢慢睁开眼睛，头疼的症状已经好了许多，她看到观主站在床尾，脸上满是担忧的神情。

"您是？"卞赛艰难地开口，面前的老人须发皆白，一脸慈祥。

"这位是名医郑保卿，我们是旧友，他今日正好来道观取些书卷，算是你命好，他救下了你，要不然，还不知道会出什么样的事情呢。"观主心有余悸。

"多谢老先生。"卞赛看着慈眉善目的老者，这个人让他分外安心。

"姑娘客气了，不过是举手之劳，你的身体不太好，平常情绪过于压抑，日后须得多多注意啊。"老者站起身，接过观主递来的白绢擦了擦手，

卞
玉
京

145

"我明日再来一趟，把姑娘所需的药丸带来，你今日就好好歇息。"

"老先生如今已不替人看病了，多少达官贵人请他，皆不理睬，你今日真是命大，先生用了随身携带的药丸，那都是千金难求的。"观主看着卞赛饮下了一旁自己端来的热茶，轻松了许多。

"多谢先生了，只是如今实在困窘，不知该如何报答先生。"卞赛起身想要拜谢，却被郑保卿按住肩膀。

"房中的兰花图，可否赠我一幅？"郑保卿捻着白须，取过被观主收好放在桌上的纸张，"酣畅淋漓，颇有男子之气啊。"

"先生若看得起，改日精心作画相赠，房中所作不过是随性而为，上不得台面。"卞赛看着那些被墨染透的纸张，心中郁结，今日在房中，偶然在一本旧琴谱中翻到从前卞敏所画的娟秀兰花，想到她的模样，愁意涌上心头，为此取了纸笔，肆意挥洒，直到头痛欲裂，扔了纸笔昏倒在地。

"那好，明日我来，你好好养着吧。"郑保卿安抚道，说完转身出了房门。

卞赛看着老人的身影，眼中不觉酸楚。

次日，郑保卿不仅带来了已经熬好的药汤，还带了许多经卷，他希望卞赛能够静下心来，心中烦躁对病症没有好处，卞赛心中温暖，照着老人的话，留下了一本《法华经》认真抄写。卞赛写得一手好字，尤善小楷，她抄写的经卷让郑保卿如获至宝，之后，两人时常约见，有时在道观中细读经书，有时也去郑保卿的医馆，就着药草的熏香作画。数月后，卞赛离开道观搬到了郑保卿的医馆，与其同住。

到这个时候，她已经不在意世人的眼光，因为这一切，远没有得到一个真心相待的人来得重要。与郑保卿相识不过月余，但是与他在一起，卞赛内心的安定胜过以往任何时候。在她看来，郑保卿既是父亲，也是挚友，更是惺惺相惜的知己。她整日闻着医馆的药草香味，照着卞敏留下的图案，描绘娟秀的兰草，这种生活，是她在三十多年里最为恬淡的时刻。有时，她也会想起吴伟业的那一句此生终负卿卿。从前想到便觉心痛，如今想来只觉好笑。负与不负，都是他口中的空谈，与她何干。

郑保卿毕竟年迈，卞赛搬来两年后，他的身体一日不如一日，为了卞赛将来能有个去处，他在医馆之外为卞赛另买了一栋小楼，他说，有一日他去了，她还是要留在人世生活的。

卞赛照顾着郑保卿，日日侍奉汤药，犹如亲生，对他，卞赛有偿不尽的恩情。

"我从前有喜欢的男子，我曾问他可有意乎？他却装作不明所以，由此误了我一生的姻缘，若能早遇先生，我便不用吃这样的苦。"靠在郑保卿的床头，卞赛娓娓诉说。

"早与迟，不过在你一念之间，你心中放不下，这才是误了自己的根本。"郑保卿叹息着，"赛赛你是可怜人，可惜我已是古稀，不能有太多时日照顾你，待我大去，你可居于小楼之中，我有金银尽数留你，日后衣食当无忧。"

"先生，卞赛无以为报，自今日起，便抄诵经书为先生祈福，他日先生离去，卞赛依旧归于道观。"卞赛泪水滂沱，"只怕此生，再难遇先生这样的知己。"

郑保卿在卞赛的精心照顾下，后又相守了三年，在这三年中，每日清晨，卞赛梳洗后，便取银针刺舌，以血为墨，书写了一部《法华经》，不久郑保卿故去，卞赛换了姓名，自号玉京道人，再次回到道观中。玉京是郑保卿为她取的名字，也是她为自己设定的新的人生，尽管，这人生中，唯有的色彩是灰。

十余午后，四十二岁的卞玉京在无锡病故，她的记忆被死亡一页页删除，官宦之后的荣华，秦淮歌女的无奈，祝发入道的孤寂，她的生命里，承载了太多沉重的东西，这些遭际让她从年少起便收敛了笑容，用清冷和孤傲保护自己。她希望为弱势的自己留下自尊，为敏感的自己寻获依赖，但是，失望、再一次的失望，逼迫她低头认命。真实的卞玉京，一直是个对爱情充满期待的人，只是，她错遇了吴伟业，晚逢了郑保卿，她想爱的能爱的，没有一个在她需要的时间里来陪她同行。

　　"粉黛新妆待王孙，南曲争名石头城。酥手把盏轻斟酒，莫语边事负良辰。"这样美好的场景，相互欣赏的才情，合该有一段佳话才成。罢罢罢，先生无须回答，因为卞赛永不再问。

陈圆圆

桃源望断无归处

陈圆圆，本姓邢，名沅，明末清初南曲名妓，「秦淮八艳」之一。初入南曲便被名上争相攀求，与冒辟疆订下婚约，后被吴三桂纳为妾，李自成攻破北京，手下大将刘宗敏掳走陈圆圆，吴三桂冲冠一怒为红颜，引清军入关，夺回陈圆圆，后陈圆圆跟随吴三桂到云南，数年后出家为尼，也有说是自缢而死。

第一章／起悲歌

深秋的姑苏城，寂静无声，在清冷的月光下，一个瘦弱的身躯正缩在阴暗的角落里哭泣。随着夜晚的冷风袭来，她边哭边瑟瑟发抖。

"沉沉？"不远处，一个年轻的妇人循着哭声而来，见到角落里发抖的孩子，妇人赶紧跑到她身边蹲下，"别哭了，跟姨母回去。"

"姨母，我不想回去，姨夫说他要卖了我。"孩子望着姨母，一张通红的小脸上满是泪痕。

"怎么会呢，你爹娘将你寄养在我家中多年了，我与你姨夫可是视你为己出呢，他近些天生意不顺，所以说了气话，沉沉，跟姨母回家去。"妇人有些无奈地拉起孩子的手。

"可是我见到了那个人，他们说是戏班的班主。"孩子仍旧很心慌，她拽着姨母的手，哭诉道，"姨母，你求求姨夫，千万不要卖掉我，我母亲已经不在了，父亲走街串巷很是辛苦，沉沉将来成年了，还要回家奉养父亲的，我就要十岁了，可以做很多的事情，以后我用自己的力气来换吃喝，姨母，沉沉求求你了。"

"说了不会的，小小年纪哪来这样多的心思。"妇人似乎有些不耐烦，"不要哭哭啼啼了，我还要回家去照看孩子，走吧，你姨夫如今不顺，家里开销也紧了许多，我已是焦头烂额了，再哭闹我可不会管你了，就送你回家去，跟着你父亲走街串巷吧。"

"不要，不要，姨母我不会再闹了，你不要气恼。"想到辛苦奔波的父亲，沉沉实在不想给他添负担，"我父亲辛苦，他没有精力照看我。"

"那你就不要哭，我整日听着孩子的哭声很是心烦，你已经大了，该让姨母省心才是。"妇人牵着孩子的手往家走，"回了家替我把厨房的粥热了，端给你姨夫，我先歇了。"沉沉点了点头，拖着疲惫的步伐跟在妇人身旁。

五年后，在苏州一家戏班的戏台子上，正上演着《西厢记》，台下的看客们不时叫好，许多人听得如痴如醉，不过，这些戏迷关注的并非主角崔莺莺，而是莺莺身旁娇俏的小红娘，那有着宛如黄莺出谷一般的声音，和似名士大家一般风度的红娘，正是十五岁的邢沉，此时她已改名叫作陈圆圆了。虽然登台不久，陈圆圆却并不怯场，举手投足，皆明艳动人，独冠群芳，让看客们几乎着魔。

"姑娘真厉害，台下的赏钱让老板都合不拢嘴了。"一旁的丫头羡慕地说道，"我听说许多客人都是从另一边来的。"

"另一边？"陈圆圆卸下头上的首饰，不解地看着丫头。

"就是南曲名妓董小宛那儿呀。"丫头欣喜地说道，"从前在秦淮河一带，南曲唱得最好的就是她了，如今姑娘一登台，客人都来了这里。"

"不过是图个新鲜，过不了几日，喜欢听她唱南曲的，还是会继续听她唱。"陈圆圆取下耳环，"我原本没有和谁一较高下的意思，你往后出去也不要说今天这些话，叫人听了倒以为霸道呢，本来，年少沦落，都不是好事，不管是在风尘还是在梨园。"

"姑娘说这些话，倒是看轻了自己，她是青楼里的姑娘，您不过是戏子，清清白白，将来若是成名伶，往后见您的也都是达官贵人了，身份地位可不一样。"丫头收拾了她的衣物头饰，替她取来斗篷披上。

"都不过是博人一笑，哪有身份地位不同，我没这心思，你倒替我考虑着。"陈圆圆浅浅笑道，"走吧，明日还要登台，待回去了还有一些戏本要看呢。"

在精致典雅的房间里，陈圆圆翻动着戏本，丫头已经先去睡了，她轻轻哼唱了几句，站起身来走到床边，床侧的梳妆镜里映出一张明艳出众的脸孔，陈圆圆盯着镜子发了一会儿呆，有些困乏，便褪了衣衫窝进被中。枕边一只破旧的布老虎，被她伸手取了来，紧紧抱在怀里。父亲，女儿如今算是出息了，你却不能亲见。两行泪水顺着眼眶落在枕上，陈圆圆的思绪再一次回到五年前，那时的自己，还叫着邢沅的名字。

"姨母，沅沅去了，若是父亲寻来，你让他去戏班里找我。"邢沅红肿着双眼，"姨夫说父亲病了，需要银两治病，姨母记得把钱亲自送到我父亲手上，切不要误了他的病啊。"

邢沅并不知道，在自家生计出现问题时，姨母同姨夫一样自私，他们经商失利，日子捉襟见肘，为了不让自家老小吃苦头，重利轻义的姨夫提议将年幼的邢沅卖到戏班去。姨母碍于姐夫不敢轻易答应，拖了几个月后，得知邢沅的父亲患病，遂决定听从丈夫的建议。对邢沅只说是她父亲患病急用钱，孝顺的邢沅尽管不愿接受如此安排，但是想到此举能让父亲痊愈，便眼泪婆娑地跟着戏班的班主离开了陈家。

来到戏班后数月，她见到了父亲，这也是她与父亲最后一次相见，那次见面时，父亲送了一只小布老虎给她，希望能代替自己陪伴女儿，邢沅问过父亲才知道姨夫姨母骗了自己，她想要跟着父亲离开，可是赎身所需要的费用，让原本贫困的父亲无能为力，看着父亲离开时悲伤而孤单的模样，她泪如雨下。半年后，心情郁结的父亲一病不起，不久故去，邢沅失去了至亲的人，班主借着邢沅姨夫的姓氏，为其改名陈圆圆，从此，这个女子开始了自己的另一段人生。

秦淮河边，桨声灯影，从酒楼中出来的陈圆圆，裹紧了自己的斗篷，收起敷衍的笑容，慢慢往自己的小楼走去，说来真是讽刺，原本是梨园名伶的陈圆圆，却因为班主的贪婪，成为了与秦淮河边的妓女们一样的女子。因为她的屈从，她渐渐少了登台唱曲的时间，更多的时候，都是在缠绵暧昧的小楼里，与达官贵人饮酒陪笑，自登台到现在，不过一年多的时间，班主手中已不知增添了多少金银。陈圆圆的心越来越冷，她如今没有亲近的人，父亲故去后，她与卖掉自己的姨夫姨母也没有了来往，班主虽对她客气，却也只是想把她当作摇钱树，她没有亲人没有知己，性情越发地孤寂。

这一日，难得没有客人相邀，陈圆圆登台唱完了整整一出《西厢记》，台下的戏迷鼓掌叫好，曲终时，纷纷挤到前台，扔了不少的打赏。陈圆圆谢了各位，撇见台下正前方，一个年轻英俊的男子，冲自己微微笑了笑，那男子样貌温文儒雅，不似一般客人的浪荡，陈圆圆抿了抿唇，稍稍动了些许心思，却并不说话，径自转身去往后台。

一连数日，只要陈圆圆登台唱戏，她总能看见台下的青年，他打赏并不多，听戏却分外认真。陈圆圆原本当他如别人一般，不以为意，但久而久之，唱曲时却总是忍不住往台下瞄上几眼，男子有时对上她的眼神，丝毫没有轻薄神色，只浅浅笑着。如此连续数天，陈圆圆终究忍不住好奇，唤了丫头去打听，丫头回来时告知她，此人姓冒，官宦人家的子弟，也是个应试落选的读书人，如今在苏州一带游历，听说陈圆圆的艳名，特意前来捧场。

"你去告知班主，我今日抱恙，就在楼中休息，若有邀请就改天。"陈圆圆吩咐了丫头，待丫头出了门，她却坐在镜前细细梳妆起来，今日，她要见一个客人，只是此人，却是她自己邀请而来的。

十七岁的陈圆圆，与慕名前来的冒襄一见倾心，她并不知道，冒襄在一年前也曾来过此地，只是当日来苏州，寻的却是另一个南曲名妓董小宛，因为董小宛离开苏州，两人错过，才因此给了一年后的自己与其相见的机会，不过，冒襄并不会说出这些因缘，他看到陈圆圆的容貌气质，已经决定放弃寻找温婉可人的董小宛了。此刻，冒襄对陈圆圆是诚挚的，她的美貌，她的才情，都让他倾倒；而对于在风尘中疲惫不堪的陈圆圆，冒襄就像一缕清风，她迫不及待想要靠近，借此弃掉自己身上沾染的风尘味道。

冒襄在苏州流连了月余，其中有大半的时间都在陈圆圆的小楼上度过，他们携手同游，吟诗作画，抚琴唱曲，好不快活。一个多月后，冒襄启程回家乡如皋，陈圆圆站在码头送他远行，这一次的离别，两人都没有伤感，因为离别是为了下一次相聚，并且还是一次永久的相聚。在与陈圆圆约见的第二天后，冒襄就寄信给了家乡的父母，说自己要迎娶陈圆圆，老人得知是儿子真心所爱，并未介意陈圆圆出身，他们甚至开始在家中准备替其赎身的钱财，以及迎娶时所需的首饰物品。冒襄以为与陈圆圆将成为一段佳话，他因此大方地接受了班主提出的一切条件。因为不曾料到事情会有变故，所以冒襄约定的时间稍稍长了些，他与陈圆圆相约来年迎娶，但是，就在陈圆圆等待的时候，千里之外的京城，却发生了一件事，这件事直接影响了两人的将来，并且改变了陈圆圆本可以获得幸福的人生。

这一年，明朝最后一位皇帝朱由检三十岁，三十而立，本是风华正茂大展宏图的好年纪，可这位年轻皇帝，在皇宫里整日唉声叹气，愁眉不展。与他感情深厚的皇后周氏为了让夫君开心，请父亲周奎广征佳丽，周奎将这件美差交给了田贵妃的父亲田畹，就在冒襄启程来苏州迎娶陈圆圆之前，田畹早一步来到了苏州。

"酒垆寻卞赛，花底出陈圆。"坊间路盛传的两句诗词，让田畹的选美名单上首先便有了卞赛与陈圆圆的名字。卞赛虽然当时也失了一段姻缘，却最终还是没有被带进宫去，但是陈圆圆，或许是习惯了屈从，当田畹来到戏班，看到戏台上的红娘，他念出她的名字，并说出来意，台上的陈圆圆愣了片刻，沉默地回到了后台。

冒襄并未归来，尽管已有书信寄到，可是陈圆圆没有时间等待，田畹派来的宫人已经开始敲打门窗，她无力改变，从卖入梨园的那一刻开始，她已经无权主宰自己的命运。在蒙眬的泪眼中，她似乎看到了父亲沧桑的背影，噬骨的疼痛让她泪如雨下。冒襄来到时，想要极力挽救，但是想尽办法还是阻止不了陈圆圆的离去。永远屈从于命运的陈圆圆，被生活残忍出卖和伤害的陈圆圆，坐在朴素的马车上，离开了苏州，她在这里出生，长大，生活了十七年，但是其中有大半的时间都是充满着苦涩与心酸。

　　陈圆圆并不留恋她在梨园的生活，但是她期待与冒襄的开始，这是一个少女的情怀，是一个女人对崭新人生的向往。田畹没有给她机会，他弃了卞赛，却没有放过陈圆圆。或许是陈圆圆的屈从让人轻易就能忽视掉她的抗争，或许，陈圆圆在失去父亲后，就再也没有抗争过。

第二章／念流光

马车在萧条的道路上缓缓向前，靠坐在马车一侧的陈圆圆，满是疲惫，她不知道自己会被带往一个怎样的未知。

数天后，舟车劳顿的一行人，终于在目的地停下，此处是田畹在京城的府邸。他将从江南掠来的佳丽带入府中，吩咐下人带她们去梳洗装扮，三日后的宴会上，田畹将会用她们当中的一个或者数个去讨好一个尊贵的人。

"姑娘不愧名倾秦淮，模样确实标致，与我家贵妃不相上下呢。"一个手捧头饰的小丫头，站在陈圆圆身后惊叹，"可惜姑娘没有一点喜色，若是笑一笑，就更好了。小翠见了与姑娘一同入府的女子，没有一个胜过姑娘的。"

"你家主人要宴请谁？"陈圆圆淡淡说道，她由着小丫头替自己梳起发髻，"其他人都在梳妆吗？"

"与姑娘一道来的今日都要赴宴，还有几位是上月入府的，大人交代我们要好好替你们打扮，若是不妥就要唯我们是问呢。"小翠吐了吐舌头，"今晚来的是贵客，就是大人不交代，我们也不敢怠慢。"

陈圆圆大约猜到一些，便不再问。梳妆完毕后，陈圆圆手拿着布老虎发呆，这是她从苏州带来的少数几件物品之一，父亲送她布老虎的时候，是希望这布偶能陪伴她，为她带来好运，可是她刚刚失去了难得的爱情，此刻又要面对未知的命运。在来的路上，从随行的宫人那里，她已经知道了自己将来的命运，因为一副皮囊，她或许要进宫成为后宫中的某一个，或许会被赐给有功的官员，总之，她的生命中依旧没有自由，就像一个物品，等待被人挑选和赠送。

田畹精心准备了宴会，但是他没有想到，当一切就绪，朱由检却谢绝了他的邀请。李自成进逼京城，让皇帝焦头烂额，他对美色已经没有了任何兴趣。皇帝的缺席让田畹很失落，这场宴会他策划了很久，并且亲自南下选美，眼看着丰厚的赏赐都到了面前，却又消失得干干净净，他需要慰劳自己，于是，他在奉旨遣散搜罗来的各地美女时，留下了才貌双全的陈圆圆。

前后不过三个月的时间，陈圆圆辗转数地，身份也一再地变化，从冒襄即将迎娶的侍妾，到崇祯皇帝后宫妃嫔的备选，最后在田畹的府邸停下脚步，成为他的私有。除了在冒襄的相识相恋中给予真心，另外两个身份都不是她所愿，疲累的陈圆圆没有想到，若干年后，她的身份还会增加更多。

崇祯十六年，田贵妃病故，田畹一下子从莺歌燕舞中惊醒，没有了女儿的庇护，他必须在朝中再找一个靠山，寻觅许久，他选中了目标，这个人，就是锦州总兵吴襄的儿子，年少即有战功的吴三桂。田畹再次准备了一场宴会，隆重非常，他甚至同上次一样，让府中所有的佳丽前来歌舞助兴，这其中，就有被他私占许久的陈圆圆。对于田畹的安排，陈圆圆并没有不愿，她渐渐习惯了在田府的生活，虽然夜深人静的时候，偶尔也会想起与冒襄的戏台相遇，也会被失去父亲的噩梦惊醒，但是更多的时候，她会抱着布老虎，流着眼泪沉睡，白天虚情假意的应承耗费了她的力气，她只有沉睡才能忘掉自己的不幸，才能不在苦涩的泪水中一再浸泡。

"姑娘，大人说今日有贵客来，请您梳洗打扮，准备了歌舞参加晚上的宴请。"小翠托着一件崭新的衣裳踏进门来。

陈圆圆没有出声，微微点了点头，表示自己已经知道了。

"自从贵妃娘娘过世以后，大人就愁眉不展，今日得知贵客要来，总算又高兴起来了。"小翠边收拾屋子边自顾自地说道。

"不知道大人府中今日来的是什么人？"陈圆圆忍不住试探地问道，直觉告诉她此人非比寻常，能被田畹称为贵客，她原以为除了崇祯就没有别人了。

"说是镇守在边关的一位总兵，名字小翠倒不清楚，总之在朝中是举足轻重的，您可不知道，今日大人让府中所有的女子都盛装打扮了，迎接那个人。"小翠神神秘秘地说道，"姑娘今日可要好好表演一番，说不定打赏能多许多呢。"

"打赏？我哪里看重过这些，在这里衣食无忧，我也没有别处可去，要那样多的钱做什么？"陈圆圆嗤之以鼻，"就算色衰恩弛，也不会是这几年的事，难不成大人如今就打算弃了我？"

"姑娘真真是不食人间烟火呀。"小翠撇了撇嘴，走到陈圆圆身旁，压低声音道，"我是和姑娘相好才告诉你，如今外头闹得可乱了，听说有人造了反，皇帝束手无策，大人也急得不行，府外那些寻常百姓都做好逃难的准备了，只有姑娘还不知道呢，府里在外头有亲戚的，都暗自打算着了，只等大人放了行，就往外走呢。"

"你说的是真的？小翠，可不许诓我。"陈圆圆的心慌了起来，"大人也知道了？"

"我估摸着应该知道。姑娘想呀，大人若不着急，何以对贵客那样在意。"小翠分析得很有道理，"这两年打赏的钱，我可是攒着了，我一个丫头，平日手头得的余钱不多，还劳谢姑娘给了我一些，小翠觉得，姑娘也应该暗地里收拾收拾，要么找个可靠的人同去，要么就向大人多要些打赏，日后总能用得上。"

"真是一语惊醒梦中人啊！"陈圆圆看着小翠走远，掩上了房门，在田府的日子过得平淡，整日除了陪伴田畹，就是练习歌舞，田畹从未在她面前说起过政事，她也没有在外头的亲戚打听送信，因此对外面的情况是全然不知，今日听小翠一说，陈圆圆除了慌乱，只觉凄惶，原来在乱世中，粗茶淡饭平静过活都是奢望。她本以为能靠着田畹的宠爱，浑浑噩噩过完这一世，怎知田畹也自身难保，还指望着依靠别人。

　　"想不到这一世竟如浮萍一般。"陈圆圆叹了一口气，"我总是在屈从，难道逆来顺受，老天爷也不肯许我半世安生？父亲，我该怎么办？女儿未能尽孝，已是不该，若把性命也丢掉，岂不是辜负父亲当日辛苦。田畹家大业大，与之度日虽是违心，却总能保全性命，如今贵妃病故，他尚且要去求他人依靠，我不过一个小小的歌妓，日后哪里顾得上我，只怕将来女儿不知要流落何处了。"

　　夜色降临时，田畹命下人在府邸内外挂上了大红的灯笼，陈圆圆穿了艳丽的衣衫，快步走到宴席附近的一间厢房内，在歌舞之前，客人会落座饮酒谈笑，所以她特意提前来，挑了这个地方，观察今晚的宾客。小翠说得没错，她得暗自收拾收拾，今日既然有贵客，她就在贵客面前好好表现，以获取更多的赏赐。

　　没过多久，田府开始热闹，宾客们陆陆续续来到宴席的木桌旁就座，陈圆圆注意到，在这群人中，有一个高大魁梧的男子分外引人注目，他谈吐自若，让周围的人赞许不已。不仅如此，平日只让下人为宾客倒酒的田畹，今日竟然亲自来到男子的桌边，为其斟满酒杯。显然，这个年轻人应该就是田畹的贵客，只是，让陈圆圆不解的是，一个年轻人，即使战功赫赫，为何让曾为国丈且不可一世的田畹如此小心翼翼？

　　就在她发愣的时候，数十个女子从她面前跑过，啊，她几乎忘了，已经到了表演歌舞的时候，陈圆圆不敢怠慢，赶紧拎着裙裾，跟在女子们的身后跑到了宴会正中的空地上。虽然没有刻意装扮，但是一袭白纱的陈圆圆，在一众女子间仍旧十分夺目，四周的宾客们，端着酒杯，随着歌舞晃动着身体，但有一个人却是纹丝不动，只冷眼看着面前的表演。

　　"田大人果真是慧眼啊，这府中的女子可是一个比一个美艳呢。"宴席上，有醉酒的客人对着起舞的女子指指点点。

　　"哪里哪里，不过是清秀佳人，算不得天香国色。"田畹谦虚道，"今日的歌舞是前不久才排出来的，为了歌舞好看，特意请人在府中调教了些许时日，若是不好，几位大人可要直说。"

"我府中便没有这样好的歌舞，今日算是不枉此行呢。"宾客中又有人感叹，"这样只算清秀佳人？我看已是大好，不知道田大人府上的女子能否重金购之？"

"只要大人看得起，送到府上便是。"田畹虽未刻意讨好，但是对客人的要求也没有拒绝，反正府中近百女子，送一个能换回个人情，也是不错的。

"此话当真？"客人笑着往面前的女子指了指，"看上哪一个都行？"

田畹顺着他的目光往前看，心中暗叫不妙，那歌舞的女子正是陈圆圆，于是，他赶紧说道："有一人是我的妾侍，歌舞只为助兴，所以不能相送。"说完，田畹手指着陈圆圆的方向，提醒众位宾客。

"三千金购之，如何？"一个洪亮的声音从席间传出，正是那个与其他宾客举止不同的人，他看着歌舞的女子们已经很长时间，不过，不似那些看得眼花缭乱忘乎所以的男子们，他自始至终只看着不远处那个轻盈的身影。他并不知道她是谁，她与她们都穿着相同的衣衫，但是，自她刚才从他身旁跑过，虽是惊鸿一瞥，却让他再也不能忘记。

田畹细细看去，说话的却是吴三桂，也就是自己今日特意请来的贵客，尽管如此，他还是不愿意轻易将陈圆圆送与他人，于是装糊涂道："哪里需要钱财，送与总兵大人便是，好了，停了歌舞吧，都站在原地，让各位大人好好看看。各位，我田某也不是小气的人，今日开怀畅饮，分外高兴，若有看中的女子，各位只管唤到自己面前，带走便是。圆圆，你且去吩咐下人，再准备十坛美酒。"

陈圆圆不知自己何时成了田畹的妾侍，不过分外恩宠而已，身份与别人并无两样，但是田畹既然这样说了，众人面前，她也没必要反驳，听到田畹让她去吩咐下人，便转过身往厨房的方向走。

"慢着！"吴三桂突然站起身，缓步走到陈圆圆面前，"姑娘请留步。"

陈圆圆没有抬头，但是停下了脚步，既然是田畹的贵客，听他的总是没错，在头顶晃动的光影中，陈圆圆看到与自己影子交叠的一个高大身影，这就是那个在人群中分外显眼的男子，虽然不知男子拦住自己是为何，但是直觉告诉陈圆圆，这个人将改变她的人生，突然间，她的心里涌出了一股异样的情感，这感觉让她几乎想大喊出声。父亲，有人来改变我的人生了，这是一个好的开始吗？我的将来，应该不会比现在更坏吧。

"总兵大人，她是田某的妾侍，正要去叫人取来美酒呢。"田畹心慌地从主席台上走下来，他是个贪图美色的人，虽然知道自己急需靠山，但是看到陈圆圆被别人觊觎，仍垂死挣扎，意图打消吴三桂的念头，"大人若要倒酒，我唤个最出众的姑娘来。"他正要伸手召唤。

"大人不是有忧虑的事情吗？我目前尚且能帮得上忙。"吴三桂冷冷地拒绝，他对田畹的诚意有些失望，"不过一名女子，大人竟也舍不得。"

"我，我……"田畹看着吴三桂冰冷的脸，还有在灯影中闪烁不明的眼神，忍不住打了个寒战，"若是他日敌寇骚扰，我此处怎么办？"他咬牙说出了自己的条件。

"若能以她相赠，定当保你一家平安。"吴三桂说完，伸手揽过陈圆圆，越过众人，往门口走去，"明日遣人送来三千金，请大人笑纳，今日多谢了。"

任由吴三桂带出田府的陈圆圆，走到了田府门外，一阵凉风袭来，她这才明白刚才发生了什么："等等，请总兵大人等等，圆圆有一物遗留，能否前去取回？"

吴三桂没有说话，他叫来一个亲信，陪着陈圆圆同去。陈圆圆走到房里，将先前收好的珠玉首饰藏在了袖中，又取了枕下的布老虎，转身走出门。在通往府门的回廊上，她脚步轻快得几乎要飞起来，嘴角也有了笑意，回想那个人对田畹的强硬，他该是对自己有浓厚的兴趣才会如此吧。她的新的一页，就这样翻开，原本只以为能多些打赏，想不到或许能得半世安康。陈圆圆总觉得是父亲听到了她的哀求，让她暂时得到了一个安稳度日的地方。

第三章／知何处

　　"圆圆一直想问，大人当日为何会选中我？我并没有过人之处呀。"陈圆圆就着菱花镜端详着自己的容颜，"那日服饰简单朴素，也没有站在醒目的地方，表演的并不是我擅长的南曲呢。"

　　"一见倾心便是如此，无关服饰和你的表演。"吴三桂宠溺地捏住她的下巴，"你或许不知道，当日你经过时，宽袖曾拂过了我的酒杯，也许这就是缘分。"

　　"我并不知道，您未曾说过。"陈圆圆惊讶地转过身来，就着吴三桂的胸膛靠上去，"能够来到大人身边，圆圆心满意足，想到少年时命运多舛，突然间，大人带给圆圆这样的生活，实在意外，总担心自己有一日会轻易地失了去。"

　　"从前你受过的苦难都是过去了，我是个武将，并不会与你吟诗作赋，但是你放心，只要有我在，便不会再有惊惶的时候。"吴三桂搂紧陈圆圆，"这一世，我便是依靠。"

　　陈圆圆泪盈于睫，欣喜地将脸埋进吴三桂的胸膛："圆圆无以为报，闻郎盟誓，此生定当不负。"

　　在吴家宽敞的府邸，陈圆圆开始了新的生活，吴三桂在京城并不能停留许久，此时李自成的军队逼近京城，他还有更重要的事情要做。因此，尽管对陈圆圆有着许多不舍，他还是不得不整装启程。

"大人，此番前去，也不知别离多久，在外可要注意身体。"陈圆圆深情款款，替吴三桂整理衣襟。

"若不是战事告急，我实在不想离开，不过，你放心，我不久就会回来，待我归来时，便可举行大礼。父亲那里已经知道了，他也赞成。"吴三桂柔情地看着陈圆圆，他对她是真心喜欢，这样美貌大气、宠辱不惊的女子，当日在空地上歌舞时，于众人之间，只一眼，便让他平静了数年的心沸腾起来。

"圆圆等大人归来，大人放心，家中事务我定会尽心尽力，不让大人烦扰。"陈圆圆嫣然笑道，当日被吴三桂带回吴府，她心中多少还是有些忐忑的，虽说吴三桂相貌堂堂，但是谁知道他与田畹不是一路人呢，尽管在他的庇护下能无性命之忧，可是若他也无情无义，他日对自己弃如敝屣，那将来的日子也没有多少指望。然而，这几日相处下来，她发现吴三桂对自己确是真情实意，前几日，吴三桂还打算请示父亲，待凯旋之日便迎娶陈圆圆为妾侍，这些，都是陈圆圆不曾奢望却轻易就得到了的，所以，到现在，她有时想起来还恍若在梦中。

吴三桂走后，陈圆圆洗尽铅华，专心在吴府操持家务，这一时期，府门外的形势并不好，崇祯十七年，崇祯皇帝急召吴三桂驰援京师，可就在他的人马到达河北丰润时，李自成的起义军已经攻进了北京，崇祯帝等不到救援，被迫在煤山自缢，北京失陷，吴三桂只得撤兵退保山海关。占领了京城的李自成，并没有掉以轻心，因为在关外，还有一支彪悍的军队，对自己的胜利果实虎视眈眈，为了增强实力，没有后顾之忧，李自成对驻守山海关的吴三桂送去了招降书。此时的吴三桂，其实很想接受对方的招降，虽然此刻在他的营帐中，还有多尔衮派人送来的同样内容的书信，但是他此刻的打算是偏向于起义军的。

李自成静静地等待着吴三桂的答案，他自觉已经做得很好，但是他做了很多事情，却唯独忘了规范自己的下属。就在吴三桂犹豫不决时，京城里的吴府闯入了一群不速之客。等待着吴三桂归来的陈圆圆，在门外嘈杂的声响中走出房门，她的心瞬间雀跃起来，那样大的声响，一定是吴三桂凯旋归来的马蹄声。下人们打开了府门，就在陈圆圆准备前去迎接时，一个丫头慌慌张张来到了她的面前。

"姑娘，快去书房躲躲，那里偏僻。"丫头满头大汗脸色惨白。

"发生什么事了？"陈圆圆放下手中的木梳，站起身迎上去。

"老太爷说让您赶快躲那里去，若是我们不去叫，您千万别出来。"丫头不由分说，拖着陈圆圆的手往书房奔去。

"你总要告诉我发生了什么事。"陈圆圆并未预料到事情的严重性，她想了想，追问道，"是不是来了贼寇？有老太爷在，他们应该不会为难我们。我听老太爷说了，李自成送了招降书去，既然有意拉拢，断不会为难家眷。"

"确是贼寇，还是个首领模样的人，进府以后就说要带走您，老太爷不准，让我偷跑出来告知，您可一定要藏好了。"丫头说完，在陈圆圆藏身的暗道门口摆放了几堆书卷。

陈圆圆的冷静来源于她在乱世中的数次辗转，她说的没错，李自成不会搬起石头砸自己的脚，既然打算招降吴三桂，就自然要善待其家人，可是，他不会，不代表他的部下不会。经过了残酷的战斗，那群捧着胜利果实的男人们，神气地走进了北京城。他们看到了从未见过的豪宅，吃到了从未尝过的美食，见到了从前只在梦中相会过的风姿绰约的美女。崇祯皇帝死前留下遗书，愿以自己的性命换取百姓安宁，但是他已经死去，之后发生的一切都看不到了。

军队在北京城大肆娱乐享受，后宫中的佳丽多被军队的大小首领掳去，一些大臣的女眷也未能幸免，相较而言，吴府算得上是最后一个清静地了。若是吴三桂被招降成功，李自成如虎添翼，那之后的事情便不会发生。可是吴三桂还未同意，听闻陈圆圆美名的李自成部将刘宗敏已经按捺不住，他瞒着李自成，带着浩浩荡荡的军队叫开了吴府的大门。

"将军，那陈圆圆在江南名声甚大，听说吴三桂对她宠爱有加，虽然目前没有名分，但实际地位堪比正妻，若是此番惹恼了他，怕是不好吧。"身旁的幕僚见刘宗敏如此冲动，心中忐忑，尽管已经站在了吴府的大门口，他还是希望刘宗敏能三思而后行。

"一个女人而已，能有多大的事情，等将来我做了王爷，赏他十个八个也没有所谓。"刘宗敏不屑地说道，"早就听说陈圆圆唱南曲那是一绝，小红娘的扮相无人能比啊，带到府中听听小曲，方能拂尽本将军一身疲乏，哈哈。"他眯缝着眼睛，一副志在必得的架势。

"不如先回报闯王再来，她也不会逃往别处去，被人夺了妻妾可是一大耻辱，吴三桂翻脸了可不好啊。"幕僚看着刘宗敏的神情，忧心忡忡。

"少啰唆，别为一个女人掉了你的脑袋，那陈圆圆我是必须带走的，软玉温香，那都是本将军的，吴三桂能享受，我为什么不能？！"刘宗敏吼道。

以征召歌舞伎为由，刘宗敏强行要求带走陈圆圆，有儿子嘱托在先，吴襄自然不肯，他声明陈圆圆是自己儿子的妾侍，非普通歌妓，所以刘宗敏的要求并不合理。刘宗敏原本以为吴襄好说话，没想到碰了一鼻子灰，不过想带走一个女人，竟然落得个空手而归的下场，他对吴襄的回绝恼羞成怒。刘宗敏是李自成帐下的大将，战功赫赫，因为极受李自成器重，他不免居功自傲，想到崇祯已经死去，就算吴三桂归降，身份地位也不能与自己相比，夺他一个妾侍有什么了不起。可是刘宗敏想得太过简单，他低估了吴三桂的自尊，也忽略了陈圆圆的魅力，幕僚的担心并不是多余的。

吴襄站在府门口，威严且高傲地驳斥着刘宗敏，他以为刘宗敏会因此退去，没想到，刘宗敏也是个执着却蛮横的人，他吩咐手下的兵士，从吴府的各个角落，找到了吴三桂的家眷共三十八人，并将他们捆绑起来，大有不交出陈圆圆，休想松绑的意思。

就在吴襄与刘宗敏对抗的时候，陈圆圆却离开自己的藏身之处，从一众哭哭啼啼的女眷后走了出来，尽管只是略施薄粉，发髻也未梳完，但是已足以让刘宗敏看得呆愣。

"既然是要找我，我去便是，大人何必为难吴府的人。"陈圆圆冷冷说道，她听完丫头的话，原本躲藏在书房暗道中，打算等风平浪静后再出来，那贼寇若要掳了自己去，定不会以礼相待，她更不愿意再受颠沛流离之苦，何况吴三桂对她有情，离去时又已许诺，好日子正要开始，可是此时若不出去，万一对方为难老太爷，自己岂能脱了罪孽？

罢了，先缓了吴府目前的危机再说，老太爷上了年纪，断不能让他为了自己受人羞辱，等吴三桂回来，自然会去讨回自己，那些贼寇若知道吴三桂的重要性，应不会为难，陈圆圆虽然不懂朝政，但是人情世故见得多了，所以，她思索良久，推开了暗室的门，从容地走到了府门前的院中。

"你怎么出来了？"吴襄看到陈圆圆，有些惊讶，难道丫头没有交代吗？他回过头，看到刘宗敏的眼神，心中暗道不妙。

"老太爷年纪大了，断不能受委屈。"陈圆圆微微垂首，刻意忽视刘宗敏眼中强烈的欲望，"大人归家应是近日的事，碍于大人，他们不会为难圆圆的，老太爷放心吧。"

"这应该就是名震苏州的南曲名妓陈圆圆吧，果然是天姿国色，吴大人艳福不浅呢。"刘宗敏轻佻地上下打量着陈圆圆。

陈圆圆并不看他，只是自顾解开捆缚着吴襄的绳索，然后向家人告别，经过刘宗敏往门口走去。她面色冷峻，但其实掩藏在袖中的双手却在微微颤抖，刘宗敏毫不掩饰的欲望让她害怕，她不知道在吴三桂归来前，自己会被如何对待，这个好不容易接纳了自己的温暖的家庭，何时能归来？

站在院中的吴襄，有些气愤刘宗敏对自己的不尊重，也很懊恼自己没有保护好陈圆圆。这个女子是儿子看重的人，也是自己未来的家人，他作为一家之长，有责任保护好她，可是，在紧要关头，却要用牺牲她来保全家人，何等耻辱。在他的身后，吴三桂的其他家眷们却松了一口气，对于陈圆圆，他们没有多少感情，谈不上难分难舍，他们只希望自己无灾无难，所以，看到陈圆圆站出来，他们就开始庆幸。然而，这种高兴未免为时过早，刘宗敏并不是个守信用的人，他不仅将陈圆圆掳到了自己的临时府邸，还将吴家老少三十八人关进了大牢，并对吴襄用了刑，这些情况，在几天后传到了吴三桂的耳朵里，所谓冲冠一怒为红颜，便是此时了。

就在吴三桂举棋不定时，刘宗敏的举动无疑是变相将他推向了多尔衮的清军。听说陈圆圆被掳走，父亲家人陷入大狱，吴三桂火冒三丈，他立即上书多尔衮，引清兵入关灭贼。李自成闻讯，亲率大军讨伐吴三桂，初次大战，吴三桂战败，他向多尔衮求助，清兵因此入关，不久，吴三桂与清兵的联合军队，在一片石大败李自成的军队。李自成战败后，杀掉了吴襄及吴家上下共三十八口，之后弃京逃走。杀父夺妻，此是不共戴天之仇，吴三桂率部昼夜追杀至山西，其部将在京城中搜出了幸存的陈圆圆，飞骑传送，将其送到了吴三桂的面前。此时的吴三桂，虽然败了李自成，民间却对其骂声一片，认为他引清兵入关，实在是有愧先朝。吴三桂在责难声中接受了清廷的认命，带着陈圆圆前往蜀地。

十五年后，吴三桂授命进攻南明云贵地区，杀南明永历帝于昆明。同年，清廷晋封吴三桂为平西王，永镇云贵。拥兵自重的吴三桂，在为大清朝打下半壁江山后，渐渐成为了清廷统治者的眼中钉。在平西王府生活了数年的陈圆圆，冥冥中觉察出了一种危机感，她见过吴三桂的精锐部队，也不经意间听到过他与部下的密谈——他，似乎不安分了。

"夫君，近日不知为何，总是特别思念家乡，不知道有生之年，还能否回到苏州去。"陈圆圆试探地说道。

"苏州有什么好？在云南，你可是一人之下，万人之上呢。"吴三桂骄傲地说道，"若不是你推辞，我早就向朝廷请旨，封你做平西王妃了，你在苏州并无牵挂，何以有此想法？"

"我父母亲的坟茔在故乡啊，这么多年，都未曾回家乡凭吊，想来心中总是不好受。"陈圆圆有些凄楚地说道，"夫君虽是平西王，可是朝廷总不会让您一辈子都镇守在此处吧，这里虽好，总是山高路远，夫君就没有归去的打算？"

"归去？我倒觉得此处更好，无拘无束，你在此也生活了数年，还是不习惯吗？从前在蜀地奔波，经历战乱之苦，你都不曾说过回苏州的话，为何现在说起？"吴三桂眯起眼睛，"莫非是冒襄来了书信，我听闻驿站中，你与他可有一面之缘呢。"

陈圆圆诧异地瞪大眼睛，他知道自己与冒襄相遇的事情？但是为何从未提起？"夫君误会圆圆了，当日他在逃难路上，我见老人孩子可怜，才留他们在驿站过夜，以避风寒，再说，他早已迎娶了董小宛，夫妻情深，与圆圆断无别的情分。"

"我不过说说，你急什么？"吴三桂站起身，拂了拂衣袖，似不经意地从陈圆圆身边走过，"苏州，我们是不会回去的了。"他轻声说道。

陈圆圆打了个寒战，这就是她相濡以沫近二十年的丈夫，是她以为值得依赖的亲人。在刚刚重逢时，他在噩梦中惊嚎，是她，搂着他的肩膀轻声安慰；在蜀地征战时，也是她，为他缝衣补被，嘘寒问暖。她一直以为命运善待自己，错过了冒襄，摆脱了田畹，就是为了要让自己遇到吴三桂，从此半世相许，永不离弃。这二十年，她确实得到了这样的礼遇，可是，二十年后她才发现，她并未看懂他的内心。

不久，吴三桂纳正妻，此女得知陈圆圆的存在，嫉妒非常。此时陈圆圆已年过四十，容颜老去，加上并无子女，正妻免不了冷嘲热讽，横加指责。自从那日交谈后，吴三桂对陈圆圆也冷淡了许多，想到回苏州无望，留在府中遭受白眼异常难受，陈圆圆干脆独居别院，不久自请出家，在五华山华国寺剃发做了女道士，整日长斋绣佛，不问世事。

第四章／黄昏后

陈
圆
圆

"我真是不明白，您何苦过起这样的日子？"在昏暗的房间里，为陈圆圆收拾床铺的小道姑喋喋不休，"换作是我，便是赖也要赖在那王府里呢。"她知道陈圆圆的身份，因此分外不解。

"富贵荣华，不过过眼云烟，"陈圆圆靠在窗边，就着窗外的光亮绣着经文。"未曾看破的，总是不舍。"

"我听闻王爷对您极好，不过是那王妃愤懑，不能容您，可仗着王爷的恩宠，您何必怕她？"小道姑知道陈圆圆平日亲厚，倒也不惧怕，照实说道，"我听闻贵人老爷家中都是妻妾无数，便不见得所有主母都宅心仁厚，那些妾侍宠姬未必都要如您一般，离了那过不尽的好日子？争来斗去，总要给别人几分颜色，才算值得。"

"你还小，不懂这些，便是说了你也不明白，让我清静些吧。"陈圆圆挥了挥手，让小道姑出去，自己搁下了手中的绣布，站起身来。

窗外秋意正浓，她的灰色道袍有些单薄，拢了拢头发，陈圆圆走出房间，任凭外面的寒风吹打着自己的身体。南方此时还温暖着，也不知秦淮河边的热闹繁华是否依旧。"总要给别人几分颜色，才算值得？"她回味着小道姑的话，忍不住苦笑，"为了一句值得，料不准会送了性命去，到时便连这清净日子也没得过了。"

康熙十二年，清廷下令撤藩，吴三桂闻讯叛清，自称周王，发布檄文，并联合平南王世子尚之信、靖南王耿精忠等以反清复明为号召起兵反清。康熙十七年，吴三桂在湖南衡州称帝，国号大周。当年秋天，吴三桂在长沙病死。其孙吴世璠继位，退据云南。三年后，昆明被围，吴世璠自杀，他的死并未能打消康熙的怒气，他下旨将吴家子孙彻底杀光，甚至没有放过襁褓中的婴儿。陈圆圆因早已出家，得以幸免。

"早知会有今日，只是听闻终究舍不得。"得知噩耗的陈圆圆，面对着自己描绘的吴三桂画像，喃喃自语，自出家之后，吴三桂便再未见过她，他的府中，多了更多的娇妻美妾，他早已忘了当年在田畹府中一见倾心的佳人，也忘了战乱中的同生共死。或许在三十多年前相遇时，吴三桂对陈圆圆是有情的，他为了她不惜重金，他为了她尽显英雄气，可是三十年后，有太多的东西分去了他的注意力。他忙着复仇，他忙着揽权，他甚至忙着称帝。在年迈的吴三桂眼中，有了太多重要的东西，而陈圆圆，已不过是自己闲暇时一段绮丽的回忆。

冒襄是有情的，那是陈圆圆少女时的甜蜜，所以再次相逢，仍有倾诉的话语；田畹是有势的，他许她衣食无忧，但却是陈圆圆不愿回首的一段经历；这两个人，都只是她记忆的残余，唯有吴三桂，才让陈圆圆倾心相许。吴三桂深爱陈圆圆，但只是深爱过，冲冠一怒所为的，只有二十年的时光。但是对于陈圆圆，在乱世中飘零半生，吴三桂已经成为她的全部。

美丽的苏州城，让十八岁的陈圆圆离去时泪雨滂沱，尽管这座城市没有带给她幸福和欢乐，但是她在这里长大，在这里与父亲离别，为了吴三桂，她永远地离开苏州，再也不能回去，苏州城从此没有了让听者为之魂断的南曲。三十二年后，昆明国华寺外，听闻吴三桂噩耗的陈圆圆，自沉于莲花池内。他爱过她，却弃了她，她也爱过他，终舍命相随。

马湘兰

试问闲愁都几许

马湘兰，本名马守贞，字玄儿，明末清初秦淮名妓，「秦淮八艳」之一。马湘兰能诗善画，尤其善画兰竹，样貌虽不出众，但性情旷达，品行为人称道。马湘兰心仪江南才子王稚登，然终不能携手，马湘兰因此苦候三十年，后孤独终老。

第一章／归杨柳

　　细雨轻寒的暮春时节，在秦淮河边的一处小院中，落花满地，一个纤细的女子正对着几株兰花喃喃低语。

　　"阵阵残花红作雨，人在高楼，绿水斜阳暮，新燕营巢导旧垒，湘烟剪破来时路，肠断萧郎纸上句！三月莺花，撩乱无心绪，默默此情谁共语？暗香飘向罗裙去。"她垂下头，看着面前的兰花被雨水敲打得不停轻颤。

　　"姑娘，客人都散了许久，你方才也饮了不少酒，进屋去吧，还下着小雨呢。"穿着绿色夹袄的丫头取了油纸伞，走到院中来催促。

　　"先前还是热闹非凡，这会儿异常冷清了，总是有些不习惯，觉得怪孤单的。"女子轻声说道，雨渐渐下得大了，她转过身，就着丫头撑开的油纸伞往房中走去。

　　"幽兰，今日吩咐厨娘，做糕饼的时候多准备一些。"女子取下头上的珊瑚簪，开始梳理自己的头发，"我见这些天在附近流浪的人多了，天气冷，多些吃食总是好的。"

　　"姑娘，您这银两也不是天上飘来的，陪酒陪笑也辛苦啊，您总是把银子拿去做善事，自己若是有个用度，手头空空可怎么办？"幽兰有些不满，"那些人也是得寸进尺的，知道姑娘心肠好，你传我我传他，来的人比前几日多了好些。"

"只要能帮到他们，有什么所谓。"女子放下手中的木梳，"又不是用了你的钱，这样小气。"她对着幽兰笑道。

"哎呀，姑娘说什么呢，我是听见有些眼红姑娘的人，嚼舌头根子，说幽兰馆的马湘兰是傻子这一类的话，幽兰替姑娘不值。"幽兰没好气地说道，她陪伴马湘兰已有八年，与她的情分自然不同别人，所以说话也随性些。

"我每日有那样多闲余的时间，既然手上有些余钱，去做做善事有什么不好，算是积德，下辈子不用卖笑为生，有何不可？"马湘兰落寞地说道。

"姑娘……"幽兰见她这样的神情，有些心疼，"咱们空闲的时候不如出去走走吧，附近有好些小院小楼，听说那些姑娘也同您一般，个中不乏有才情的，无事的时候，与她们吟诗赏花，多个姐妹说话也好呀。"幽兰提议道。

"虽然憋在屋子里是闷了些，可是要我与她们交道，还不如种我的兰花呢，她们皆姿色出众，哪里愿意同我这样平凡样貌的人来往，再说，有些性子高傲的，说起我来只怕嗤之以鼻，又哪里能做成姐妹，与其去碰一鼻子灰，还不如不相往来。"马湘兰叹了一口气，"这浮华的地方，有几个人是论人品与人交道的呢？"

"这样说来，也不是没有道理，倒是幽兰想得简单了。"幽兰跟着叹了口气，"我这就去吩咐厨娘，做了糕饼趁热送出去，想想，确实怪可怜的，跟着姑娘时间久，我的心也比从前软了。"

窗外停了雨，马湘兰担心院子里的兰花，顾不得刚换了干净鞋子，又走了出去，院中的兰草经过雨水洗净，叶片绿得发亮，一条条叶脉都清晰可见了，绿叶中间几朵并不显眼的兰花，有着并不招摇的色彩，花姿大多简约清雅，马湘兰看着心里喜欢，忍不住绕着花盆走了好几圈。

在秦淮河一带，楼馆众多，佳人如云，这里是金陵最繁华也最热闹的所在。秦淮女子中，马湘兰的姿色顶多只算得上清秀佳人而已，可是在这个以色侍君的地方，她的幽兰馆却是热闹非凡，宾客穿梭，曾几何时，坊间还传言说马湘兰会狐媚妖术，能迷惑男人。初次听到传言，马湘兰有些难受，自己不过是貌不如人，可是才情并不输于其他女子，为何他们要给予如此羞辱，到后来，她渐渐明白，这不过是别人的妒忌，她也就渐渐释然，不去理会了。

"姑娘，糕点都蒸好了，你要亲自送出去？"幽兰站在身后，叫唤道。

"那是自然，看着他们能吃饱，我心里能快活许多。"马湘兰挑了挑眉，"你去摆张木桌在门口，放些碗筷，他们来了就能取，这世上，我能听到的感谢，也唯有他们说的才是真的。"

马湘兰走出幽兰馆，厨娘在她身后端着热腾腾的糕点，附近饥饿的人看见幽兰搬了木桌到门口，都围拢来，他们已经在这里待了一些时候。

"姑娘，是不是你家夫人又要送我们吃的？"人群中，一个蓬头垢面的老人问幽兰道。

"哪里是什么夫人，是我们家姑娘，糕点就要来了，大家让让，老人家和孩子往前站，依旧是老规矩。"幽兰挥了挥手，冲着人群喊道。

"你家姑娘真是活菩萨，可怜我们流落他乡，食不果腹，原以为会饿死街头，想不到还能得到吃的。"老者说完，忍不住抹起了泪。

"老人家，您等着拿吃的，不要哭了。"幽兰笑了笑，厨娘在身后叫了一声，她赶紧跑过去，帮着将糕点抬上木桌，马湘兰拿出洗净的碗筷摆放在桌上，在幽兰为大家发放糕点时，她则抿着嘴，垂首静静站在一旁。

面前领到了糕点的人们，带着笑意满足地狼吞虎咽，马湘兰看着，眼眶一热，几乎落下泪来。她想起十多年前，自己也曾站在一群饥肠辘辘的人中间，等候着别人的施舍。那时，父母双亡，亲戚人情淡薄，都不愿收留自己，为了活命，她混在一群乞丐中间，度过了脏臭无比的三个月。后来，在一次乞讨时，被老鸨看中，带回了秦淮河畔。老鸨曾经告诉马湘兰，如果要活命，就必须有生存的资本。马湘兰与其他青楼女子不同，她没有出众的外貌，所以，她必须在其他方面有过人之处，才能留住客人，才能得到别人的馈赠，才能过上衣食无忧的生活。马湘兰牢牢记住了老鸨的话，从小她便努力念书识字，吟诗作画，老鸨与她相处数年也有情意，加上马湘兰善解人意，讨人喜欢，便也没有为难，任由着她生活。

马湘兰十六岁时，正式迎客，尽管她并非绝色，但是妆容淡雅，纤眉细目，与人说话时音如莺啼，神态娇媚，倒也别有一番风味。不仅如此，马湘兰善谈吐，寻欢的客人中若有愁意，她必定如花解语，让人欢喜。一些有教养的文人雅士初时听说马湘兰会吟诗作画，不以为意，以为不过是青楼女子揽客的手段。偶尔见了她的画作，却就此倾心，与她交道，她谈吐自若，博古通今，气质风流大方，文人雅士便从此不敢再轻看，说起马湘兰时，都赞不绝口。就这样，马湘兰在秦淮河畔渐渐成了红人，她的宾客还多是一些有教养的人。

靠着客人的馈赠，年少的马湘兰竟然聚敛了不少的财富，不仅为自己赎了身，还在秦淮河边盖了一座小楼，她喜欢兰花高雅，在院中处处植满兰花，还将小楼取名"幽兰馆"。在幽兰馆门外，每到入夜时，便有宾客如织，他们有时并没有机会与马湘兰饮上一杯酒水，只是能听到她宽慰人的话语，便已足够。马湘兰与人相处甚好，知己颇多，只是，碍于身份，她并未能找到真心疼宠自己的男人，这个世界就是如此，他们会将你当作知己，向你倾诉烦恼，让你解忧，可是一旦打算娶妻纳妾，还是要寻那姿色出众的女子，即便她们是悍女泼妇。在往来的宾客中，年少时的马湘兰也曾有属意者，只是她暗示许久，才发现自己错付了情意，自此便不再动男女心思，只谈笑交往，热闹时一道欢乐，冷清后一室寂寥。

第二章／冷清清

眼看着马湘兰已过了二十四岁生辰，她面上假装镇定，其实内心慌乱，想到自己陪人谈笑，为人解忧，终要清冷孤寂度过余生，不免越发觉得悲凉，日常言语举止就有了些不同。幽兰看在眼里，也是暗自担心着。

"姑娘，楼下有个公子等了您许久了，我适才开门才见着。"幽兰从楼下走上来传道。

"什么样的人呢，你可仔细看了？"马湘兰试了试面前的赤金发簪，"这么早就来，还没打扮呢，今日不知道怎么了，戴什么都觉得不好看。"

"是姑娘多心了，幽兰觉得这个簪子就很合适啊。"幽兰接过簪子戴在马湘兰头上，"看看，多好，简单大方。"

"你去招呼吧，我稍过一会儿就下来。"马湘兰站起身，去屏风后换新的衣裳。来往幽兰馆的客人多，收取的财物也丰厚，这些年，马湘兰已经习惯了挥金如土的日子，她本是豁达的性子，对金钱并不看重，近些年还带了些赌气的成分，总觉得自己辜负了韶华，等不到良人，便用奢华的物品来装饰和满足自己。在她的箱柜中，有许多的衣裳穿不过几回就拿出去送人，出门见客也坐着豪华的马车，在幽兰馆，除了幽兰贴身伺候，还有厨娘和几个粗使的丫头，初次见到马湘兰的人，看她的穿衣打扮和气度，总以为是哪个大户人家的夫人。

"先前觉得还好看，如今怎么都不顺眼。"看着手上的衣衫，马湘兰有些气馁，她绕过屏风，从衣柜中重新挑了一件，顺手将新衣裳丢弃在了一旁的木几上。

"姑娘，姑娘不用下楼去，那个人已经走了。"幽兰气喘吁吁跑上楼来。

"走了？"马湘兰好生奇怪，来幽兰馆的客人，不论多晚都会等她，为何这个人未见面就已经走了？"竟然比我还傲慢，应该是初次来吧？"

"从前确实没见过，姑娘还说傲慢呢，我看他不过如此，应该是个落魄秀才没有错，衣裳还算整洁，却并不是上好的布料。"幽兰见多了宾客，识人已经很是厉害。

"或许是来向我求助的。"马湘兰想了想，因为她仗义疏财，在秦淮一带很有名气，许多无钱赶考的读书人，还有生活困顿的老人，都曾得到过她的帮助。"读书人面皮薄，碍于面子又走了吧，若是真的困难总会再来的，不用管他。"

马湘兰的话没说错，几天后，那个落魄的秀才真的回来了。不过他并不是为了得到马湘兰的资助，他与许多寻欢的客人一样，想在善解人意的马湘兰这里得到些许慰藉。这个抑郁不得志的读书人叫王稚登，长洲人氏，十岁能吟诗作赋，长大后更是才华横溢。青年时游仕京师，成为大学士袁炜的宾客。当时，袁炜得罪了首辅徐阶，王稚登受连累，无法得到朝廷重用，心灰意冷之时，回到故乡，此时的王稚登已经三十七岁，年近不惑，却无所作为，他十分失落，整日流连在烟花之地，过起放荡不羁的生活。

"上次来到，没有停留便离开了，此番是来向姑娘赔罪的。"王稚登看着面前貌不惊人却温婉亲切的马湘兰，"还请姑娘不要有别的想法。"

"您不说我倒真的误会了，还以为是得知了我的容貌拂袖而去呢，今日见到您来，实在有些意外。"马湘兰如实说道，"看您的样子，应是打算入仕的吧？莫非是落选了？若不甘做池中之物，湘兰愿以财物相助。"

"我看上去像是缺少钱财的样子吗？"王稚登有些好笑，"不过是不修边幅，看上去有些狼狈而已。"

"那是为何？"马湘兰看了看他的神情，心中了然，"人生不如意事很多，仕途不顺只是其一，倒不用为此闷闷不乐，蹉跎了岁月倒不值得。"

"我已年近不惑，一事无成，想来觉得伤感，男人与女子总是不同，断不能风花雪月一世潇洒，该是做出一番事业来，才算对得起朝廷，对得起家人。"王稚登端起酒杯，一饮而尽，"可惜我如今投身无门，只能借酒浇愁。"

"既然是浇愁，不妨痛饮如何？酒能忘忧呢。"马湘兰唤了幽兰，去取了自己珍藏的佳酿，"幽兰，把门掩上，就说今日不见客了，幽兰馆有贵客前来，湘兰该好好招待。"她笑着对王稚登举了举酒杯，也饮尽酒水。

王稚登是读书人，性情风雅，与马湘兰分外相同，两人言谈中，颇为投缘，谈到尽兴处，大有相见恨晚之感。于是，王稚登成了幽兰馆的常客，每次来时，马湘兰都闭门谢客，煮酒等候王稚登，两人有时还会在院中把酒言欢，相携赏兰。

"姑娘，这些天你的心情似乎好了许多。"幽兰注意到马湘兰的变化，"是不是王公子来的缘故？"

"休得胡说，我对客人向来不是如此吗？他们时常来不就是因为我善解人意的缘故？"马湘兰否定道。

"姑娘是个大方豪爽的人，想不到也有嘴硬害羞的时候。"幽兰撇撇嘴，"王公子与别人可不一样，其他人来，即便是再熟的，姑娘又何曾为他们闭过门呢？"

"那也不过是分外投缘，我总比不得少年时了，从前无论是什么样的客人都能相谈甚欢，如今性子冷了些，见了不投机的便不想多说，王公子的性情你可是见识过的，温文儒雅，谈吐不凡，他花了银子原本是要来寻欢解愁的，可有时候见到我惆怅，倒会安慰我，那些客人又哪里问过我的情绪？"马湘兰这样说完，突然发现在自己的心底，王稚登竟不知不觉占了很重要的位置。

"既然难得遇到投缘的，姑娘不如试着说说吧，看看他的意思，若是也有意，倒不失为一桩美事呢。"幽兰试探地说道，"姑娘已经过了二十四，女人能有几许韶华呀，遇到合意的人就该珍惜。"

马湘兰听了幽兰的话，没有出声。这些年，她只与人讲义，却不愿谈情，其实，她未尝不想替自己争取到一份珍贵的情感，但是在秦淮河边，看尽了男子的花心与绝情，她不确定自己会被珍惜，也不确定真有好的运气。

这一日，王稚登兴冲冲前来，他在城外一处山上，寻到了一株兰草，虽不是珍贵的品种，却因为马湘兰的院中没有，而得到了马湘兰的欢心。看着他满身泥尘，捧着兰草站在门前，马湘兰的心底有处最柔软的地方被触动了。

"听说湘兰你擅长作画，今日能否以兰为题，赠我一幅？"王稚登笑着问道。

"公子开口，自当奉送，若是入不得眼，还请公子见谅呢。"马湘兰命幽兰取来笔墨，铺陈在桌上，"我今日这兰有些简单，不过却是湘兰独创。"马湘兰说完，寥寥几笔，画就了一幅一叶兰，这其实是马湘兰最拿手的画作，只见纸上一抹斜叶，托着一朵兰花，显得兰花的气韵愈发空灵清幽。马湘兰作完画，又在兰花旁题了一首七言绝句：一叶幽兰一箭花，孤单谁惜在天涯？自从写入银笺里，不怕风寒雨又斜。

"画佳诗妙，湘兰果然是名不虚传啊！"王稚登在一旁看着，赞叹不已。

"我想再作一幅，那幅是公子讨要的，这幅是我赠予的。"马湘兰提笔再作断崖倒垂兰，与前幅一样，也在一旁题诗一首：绝壁悬崖喷异香，垂液空惹路人忙。若非位置高千仞，难免朱门伴晚妆。

马湘兰其实意有所指，第一幅是表达自己的心意，第二幅则是向王稚登解释自己的性情，她年少沦落烟花地，却并非不知自爱的女子，如今遇到良人，有心托付，不知王稚登意下如何？聪慧的王稚登何尝不明白马湘兰的意思，只是他此时入仕无望，前途茫茫，担心无法承诺马湘兰，干脆装作不解诗画真意，只欣喜地收好了两幅兰花，向马湘兰拱手道谢。

"今日带回去，定要珍藏，湘兰的画作，人如其名，大气非凡啊！"王稚登说着无关痛痒的客套话。

马湘兰的神色稍稍黯淡了些，但是随即她又扬起笑脸："承蒙公子看得起，都说高山流水，知音难寻，不过寥寥几笔，公子竟然如此珍惜，不枉湘兰视您为知音呢，我已让幽兰备好了酒菜，今日就为知己酣畅一回吧。"这一夜饮酒，两人比从前少了许多话语，其实是生怕不小心说错了，让对方在意。

王稚登之后也来幽兰馆，只是次数不如先前频繁，马湘兰见他拒绝了自己，总觉是容貌让对方生了厌，她心中难过，却又不舍得拒其于门外，于是两人依旧同知己一般，但从此不谈嫁娶之事，连只言片语的暗示都没有了。

不久之后，王稚登得到了一个机会，被大学士赵志皋推荐去编修国史，好运降临的王稚登，顿时意气风发，准备启程北上。马湘兰为其送行，她心中悲喜交加，既为其高兴又不舍别离，王稚登此时忘形，以为能许马湘兰未来，便说了一些情意绵绵的话语，只待将来自己荣归时，带马湘兰同去。马湘兰想到上次的失落，担心自己又会空欢喜一场，并未明确答应王稚登，只是细细叮咛，期待着他早日归来。

在辞行的宴席上，马湘兰为王稚登作诗一首：酒香衣袂许追随，何事东风送客悲？溪路飞花偏细细，津亭垂柳故依依；征帆俱与行人远，失侣心随落日迟；满目流光君自归，莫教春色有差迟。虽然马湘兰没有明说，但是不舍之情溢于言表。王稚登心领神会，登船离去时，心中已期盼着与马湘兰的相聚。

第三章／叹浮云

　　尽管数年来都有往来宾客酬唱，外人看似热闹不已，但是只有马湘兰自己心中最为清楚，在光鲜的外壳里，她的心依旧无所依，内心深处的寂寞难以对他人诉说。此番遇到王稚登，她才真正有了知己，虽然这知己初次回绝了自己的暗示，虽然两人渐生期望时，他又不得不远行，但是希望一直在，只要他有诚意，他日必定会给自己一个满意的答复。于是，在王稚登离去后不久，马湘兰竟悄悄闭了幽兰馆，只在院中侍弄花草，不再与人应酬。

　　"自君之出矣，不共举琼罍；酒是消愁物，能消几个时？"马湘兰放下手中的酒杯，看着院中的兰花出神，若是王公子能仕途得意，自己便也有了归宿，只是此去数月却没有半点消息，也不知他近况如何，想来心中不免慌张。

　　就在马湘兰思绪纷乱的时候，远在京城的王稚登，已经开始了比上一次更为艰难的入仕之路，此次进京，名为编国史，实为打杂。编史的同僚们大多是徐阶手下的文人，见了王稚登，自然排挤，一些打杂的琐碎事情，都派了给他，这让王稚登很受打击。他尽管珍惜这份难得的工作机会，却无法容忍别人对他的欺辱。在这种情形下，忍气吞声到年末，他依旧看不到任何希望，干脆收拾行装，辞了工作回故乡去。

　　回到江南的王稚登，总觉无颜面对殷切期盼的马湘兰，为免两人见面尴尬，他干脆把家搬到了姑苏，绝了自己与马湘兰相守一生的念头。马湘兰

马
湘
兰

并不知他有此变故，守到来年仍不见王稚登回转，便四下打听，得知他在姑苏，赶紧前往。

"公子失意而归，决计不再见湘兰了吗？"马湘兰看着面前惶惶不安的王稚登，"湘兰何曾讨要过什么，不过是难逢知己，想要珍惜这番情意，如今公子却因为避见湘兰，举家迁往姑苏，莫非湘兰就那样可憎？"她气恼得掉下眼泪。

"湘兰不要误会。"见到马湘兰泣不成声，王稚登心里也十分难受，"只是当日离别，我曾有心许诺，可是你如今也看到了，我入仕无望，进京备受欺辱，想我如今已到不惑，无能为力，怕是无法与你结缘了。"

"我们如今，还需要承诺吗？"马湘兰抹了眼泪，柔声说道，"心中时时记挂便是最真切的，公子这番话，湘兰都明白了，若说从前担心公子嫌弃，今日断不会再有那样的误会，公子只是无力承诺，却非存心抛弃。"

"湘兰明白就好，我与你虽不能做夫妻，但是依旧是知己，这一世都是知己。"王稚登朗声说道。

"想我当日，等公子归来，心中急迫，几乎想要奔往京城去。"马湘兰凄然一笑，"那幽兰馆已经闭了，我也无心再做生意，公子如今归家，虽仕途不顺，身体却也安康，湘兰总算能放下心来。日后，湘兰若来姑苏探望，不知公子能否接待？"

"那是自然，你我挚友，只要你来，我定当盛情相迎。"王稚登点点头。

"今日去了，过些时日再来。"马湘兰站起身，依依不舍地看着王稚登，"芙蓉露冷月微微，小陪风清鸿雁飞；闻道玉门千万里，秋深何处寄寒衣。这是当日思念公子所作，今日留与公子。"她说完，翩然转身，登船而去。

马湘兰回到幽兰馆，想着自己年纪渐长，仍旧过那陪酒卖笑的生意实在为难，便不再迎客。从前往来的宾客，有仰慕她文采的，时不时会来拜访，马湘兰煮茶款待，排忧解闷，谈古论今，只是一不饮酒，二不接受邀约。每月总有几日，她会租了船去姑苏，与王稚登把酒言欢。这样的时光，一晃竟过去了三十年。

　　每次从姑苏回来，马湘兰都会惆怅许久，随着年岁渐老，华颜日衰，那些从前往来的宾客也不再登门，日日陪伴她的只有满院的兰草。幽兰馆自闭门谢客之后，开销用度吃紧，马湘兰遣退了厨娘和粗使的丫头。十多年前，幽兰也寻了人家嫁出去，如今身边侍奉的，只有一个在门口捡来的女孩子，年纪不过十三四岁，对马湘兰很尊重，却处处拘谨，到如今，马湘兰便是连一个说话的伴儿都没有了。

　　每日在房中翻翻书卷，然后去院中看着小丫头浇花除草，除此便无所事事，孤独、寂寥，像毒蛇一样，整日盘旋在马湘兰的周围。终于有一天，就在她从姑苏回来不久，她竟接到了王稚登的邀约，原来，数日后，王稚登七十寿诞，他宴请了马湘兰，这个为自己付出一世真情的女子。

　　"钏儿，替我看看，这发髻可好？"马湘兰看着镜中，自己从前乌黑的头发已经夹杂了白丝，尽管如此，她还是将发髻高高梳起，并配上了颜色绚丽的头饰。

　　"好是好，不过那发簪似乎与衣裳不配呢。"钏儿虽然年纪小，但是跟着马湘兰数月，被调教得乖巧伶俐，她站在一旁看了看，"主人，不如换下那根珊瑚簪吧，改用赤金的钗子不好吗？"

　　"那不行，换下其他都可以，了不得就重梳一个发髻，这根簪子是我第一次见他时簪过的，怎能换下来？"马湘兰执着地握着珊瑚簪，摇了摇头。

　　"那，钏儿给主人重梳一个吧。"钏儿手巧，不多时，就替马湘兰重新梳好了发髻，不仅如此，她还细心地将马湘兰头上的白发用珠翠给遮掩了去。"主人这又是要启程去姑苏吗？"

　　"对，王先生寿辰，前去拜贺。"马湘兰嘴角带着笑，"我昨日画的画你可收好了？可是要去送人的，不能弄坏了。"

　　"知道，钏儿都弄妥了，主人依旧独去吗？您带着画，还要带古琴，要不钏儿陪您同去？"钏儿体贴地说道。

"不用了，我雇的船家，会帮我把东西搬上船去，到时会亲自送到王先生府上。"马湘兰站起身，侧头看了看镜中的自己，"真是岁月催人老啊，看看，这脸上的皱纹爬得到处都是了，真是怀念三十多年前的马湘兰呢。"

翌日，马湘兰乘舟前往姑苏，她几乎费尽了自己余下的钱财，请了二十多名年轻的歌姬，浩浩荡荡前往王稚登的寿宴。在宾客云集的寿宴上，马湘兰重亮歌喉，为相识三十多年的知己高歌一曲，席位上的王稚登老泪纵横，宴席散后，王稚登挽留马湘兰，两人在姑苏游历山水，度过了最美满的两个月。

这两个月是已到暮年的马湘兰没有想到的，也是古稀之年的王稚登唯一能给予的。他们到此时已没有了年轻人的甜言蜜语，甚至没有了相守数年发自肺腑的山盟海誓，他们只是挽着手，静静欣赏着姑苏的美景。两个月后，马湘兰带着眷恋离开姑苏，在离岸的船上，她回眸看着王稚登，满心不舍，她不知道自己还有多少机会能往返于金陵与姑苏，她不知道这张相识三十多年的面孔，还有多少次能见到。

马湘兰回到金陵，一病不起，她在为王稚登置办寿宴的安排中耗费了太多的精力。此时的她，已不是当年虽然瘦弱却精力充沛的马湘兰，她只是幽兰馆里与花草为伴的老妪。

"钏儿，你去院中，把我最最喜爱的兰草搬来厅堂。"马湘兰有些艰难地吩咐，她觉得心闷气慌，这种感觉从来不曾有过，她有种不好的预感，这让她觉得分外难过，她还不曾来得及告诉王稚登，她或许就要离去。

钏儿虽然不解，仍旧依言行事，就在钏儿忙碌的时候，马湘兰自去房中沐浴更衣，换上自己平日最爱的衣裳首饰，然后下楼端坐在幽兰馆的厅堂中。

"主人，您觉得不舒服吗？"钏儿搬完了兰草，看到马湘兰的脸色，她心中惊惶，"钏儿去请大夫吧，您脸色并不好。"

"不用了，我自己的情况自己清楚，钏儿，我枕下有些首饰，你拿去度日，从今往后，我再不能和你一道生活了。"马湘兰笑了笑，"你日后不要如我一般生活，学幽兰一样，找个寻常人家嫁了，苦守一世，并没有什么意思。"

"主人！"钏儿握着马湘兰的手哭喊，"钏儿不舍得您。"

"人，固有一死的，不要难过，只是可惜我不能再见他了，但愿来世，老天不要再用这样的情缘来折磨我。我多想弃了他，寻别的男子，可是不知为何，心中总是不舍，老天爷或许是欺了我心软，要用这水中月镜中花一般的情分来让我伤神。"马湘兰叹了一口气，沉重地闭上眼睛。

五十七岁的马湘兰在幽兰馆的厅堂中离开了人世，陪伴她的，除了不停哭泣的小丫头钏儿，只有满室吐芳的兰草。她为自己爱的人付出了一生的真情，却没有得到任何回报，即便如此，她依旧痴痴苦守，用落寞和凄怆填补生命的缺憾。幽兰馆的小院中，这个失去主人的午后，数盆兰草在冷风中摆动，院中灰白的墙壁上满是斑驳的痕迹。但愿此时的姑苏，会有一段清曲，在古稀的王稚登耳边感叹别离。

寇白门

韶华不为少年留

寇白门，名湄，字白门，「秦淮八艳」之一。出生世娼之家，是寇家历代名妓中的佼佼者。寇白门风姿绰约，容貌冶艳，能度曲，善画兰，才貌双全，但其为人单纯耿直，不够圆滑，年少嫁与保国公朱国弼，明亡后，回归金陵，广结宾客，被人称为女侠。

第一章／叶声寒

崇祯十五年的暮春，在南京城内，一条并不宽敞的道路上，站满了手持大红纱灯的士兵。此时已入夜，一些人家早已闭门睡下，却因为惊扰而披衣起床。他们打开自家屋门，想要知道惊扰来自何处。

映入人们眼帘的，是满眼的红光，还有五千名从自家门前缓缓走过的士兵，他们惊叹之余，不禁感慨，这是谁家妓女从良啊，竟比名门闺秀出嫁还要隆重，这样的场面，南京城可是从未有过呢。

"白门呀，想不到你今日能风光嫁到保国公家去，从今往后，便有过不尽的好日子了。"一个容貌艳丽的妇人看着面前着红嫁衣的女子感叹，"该是祖宗保佑，我们寇家竟也有此等机遇呢。"

"母亲，合该是咱们的，躲也躲不掉呢。"满脸喜气的寇白门娇声笑道，"那日初次遇见，他赠我名贵的胭脂，我便心生好感了，我们寇家世代都过着饮酒陪笑的生活，若能有机会脱逃出去，将来的命运自然不同。那保国公斯文儒雅，出手阔绰，我听说，秦淮的姐妹们没有一个不羡慕我的。我今日嫁了去，日后回来看看，排场也定如贵妇一般，想到此心中就难免欢喜。"

"不过，母亲有一句交代，保国公是朝廷功臣，有权有势，家中妻妾也多，你与她们的身份毕竟不同，日后还需小心才是。"妇人再三叮嘱道，"千万得抓住夫君的心，不让他跑到别处去。你才十七，容貌才情母亲不用担心，断不会有人胜过了你，只是你的性子，还要改一改。平日在我面前心直口快，我不会计较，可是指不定在别人家会落了口实，到时候，其他人寻个机会让保国公厌了你，只怕你哭都没有用了。"

"今日大好的光景，母亲净说这些晦气的。"寇白门有些生气，撅了嘴巴转过身，背对着母亲道，"他对我千依百顺，我才不怕呢。母亲可看见了外面的纱灯，哪户人家嫁女儿有这样的排场？我那日不过说说，他今日却真做到了，还是数千盏灯一起呢，就冲这份情意，他断然不会有厌了我的一天。"

"说说而已，母亲也是见多了那些无情无义的，怕你受了委屈。"妇人赶紧安抚着女儿，"你只管听着我的，断不会错，进了朱家的门，多留个心眼吧。"

母女二人说完了话，门外有喜婆来催促新娘子上轿，寇白门放下头上的珠链，掩住面孔，对母亲拜别。妇人擦了擦眼泪，打开门，目送着女儿被喜婆搀扶出去。

回想自己与朱国弼的相遇，坐在花轿中的寇白门依然觉得欢喜。她记得他们初见，他在护卫的簇拥下，来到自己面前，尽管有着高贵的身份，他却是温文谦和，如同邻家男子，言语间对自己满是心疼与爱慕。之后每次前来，他都会带着许多名贵的礼物，不仅赠送给自己，连母亲和身边侍奉的丫头也能得到不少打赏，所以，当朱国弼提出迎娶，她自然不会拒绝，一口答应下来。

十七岁的寇白门，就这样浓妆重彩地嫁给了保国公朱国弼，从今往后，她的生活里再没有陪酒助兴，从今往后，她能洗尽铅华过普通女子的生活，可是她并不知道，斯文儒雅只是朱国弼的伪装。迎娶寇白门不过数月，他就露出了自己的本来面目，也让寇白门知道了他迎娶她的真正原因。

"夫人，大人说他来了客人，请您去前厅。"服侍寇白门的丫头走进屋来，轻声说道。

"怎么不是主母去呢？"寇白门有些意外，她的身份只是妾侍，府中每次来了客人，都是朱国弼与正妻迎接款待，为何今日却让她前去？难道是想在友人面前炫耀？不管如何，对自己来说，总是好事，这起码是对自己宠爱的证明，寇白门如此想着，让丫头取了自己最华贵的衣裳，又重新换了贵重的首饰，款款走出门去。

在前厅里，朱国弼与正妻坐在主席位上，与左右十多人说笑，见到寇白门到来，客人都停了话语，盯着寇白门的容颜，这让寇白门很不自在，她赶紧走到朱国弼及其正妻面前，请了安，然后垂首站立在一旁。

"今日宴请友人，分外高兴，白门，你去替各位倒酒。"朱国弼挥了挥手，指着客人面前的酒杯吩咐寇白门。

"我去唤几个丫头来吧，倒酒之事我怕做得不好，怠慢了客人。"寇白门心里不痛快，为着朱国弼的面子，想了另外一个主意。

"大人吩咐了，你就去做，娶了你来不是摆设的。"保国公夫人见到寇白门拒绝，脸色分外难看。

"白门没有别的意思，只是未曾倒过酒水，怕招呼不周。"寇白门看着朱国弼，依旧坚持。

"你今日是要让我不痛快吗？"朱国弼冷笑道，"我这些友人可都是身份高贵的，让你来侑酒助兴那是看得起你，怎么，难道做这些还对不住你寇白门的身份？"

朱国弼的话让寇白门如堕冰窟。他许下白头之约，风光迎娶，竟是让她饮酒陪笑，这与在秦淮河畔的日子有何分别？想到此，寇白门不禁红了眼眶。面对朱国弼的冷漠和主母的嘲讽，她最终还是忍气吞声，为宴席上的宾客倒酒夹菜。生性单纯的寇白门，这十七年并没有受过这样的委屈，即便是从前开门迎客，人们仰慕她的美貌与才情，对她也多是礼遇的，今日竟然在自己的家中受这样的屈辱，宴席散后，她跌跌撞撞回到自己房中，扑在被褥上大哭不止。

"哭哭啼啼成何体统，当日娶你是见你谈吐大方，通情达理，怎么，是要给我脸色看吗？”紧跟在她身后的朱国弼，不客气地对着寇白门指责道。

"我是您的妾，并非从青楼中邀约来陪笑的风尘女子，若是款待宾客，断无异议，可是您今日让我做的，哪里是一个妾侍该做的事？我受此屈辱还不能掉几滴眼泪吗？”寇白门红肿着眼睛，气愤地看着朱国弼。

"呵，你倒真抬举自己。”朱国弼冷笑，"你身上的一针一线，都是我给的，我让你做什么你就得做什么！若是你不痛快，你大可以回去！不过，当日迎娶所费的花销，你都得一文不少地还给我。”

"你……简直是无赖。”寇白门又气又急，看着朱国弼无情地转身离开，眼泪像断了线的珠子，湿透了她胸前的衣襟。

不久，朱国弼又从章台柳巷中带了几名年轻貌美的女子，寇白门在府里看到她们出入，已没有了愤怒的情绪。有时那些浅薄无知的女子还会仗着朱国弼的宠爱，对寇白门不客气。寇白门厌烦之余，干脆对朱国弼的荒唐视而不见。她已经认清了他是怎样的品行，失望至极，至于他要过怎样的生活，便都与她无关了。虽然识人不淑让寇白门悔恨，但她并不愿离开保国公府，因为担心回去后，要面对别人的嘲笑与猜测，寇白门终是心高气傲的女子，吃了亏也只咽到腹中去，不愿与人说道。

如此竟过了两年，在这两年中，朱国弼流连欢场，少有时间来寇白门的住处，寇白门也不郁愤，她乐得清闲，整日在房中抚琴作画。从前寇白门打扮艳丽让主母介怀，受了嘲讽，这些年吸取教训，平时穿衣打扮也朴素了许多，对主母也分外尊重。因为她不与人争宠，平日谦和待人，朱国弼的正妻需留着精力提防那些狐媚妖艳的女人，所以对寇白门也渐渐客气了。

朱国弼家底丰厚，尽管薄情寡义，但还不至于少了寇白门的用度，在这样的日子里，寇白门越过越适应，若是日子就这样继续，她或许直到终老也没有怨言。但是，清闲的生活在寇白门十九岁的时候戛然而止，她在无视朱国弼的无情无义两年后，再一次见识到了他的厚颜无耻。

第二章／烟波起

　　1645年，清军南下，作为明朝功臣，朱国弼没有将忠义坚持到底，他带着妻儿老小，赶紧归降，在清军进城的那个雨天，为了显示自己的诚恳真挚，朱国弼甚至带着老小数人，跪在泥泞的道路上，迎接清军到来。他的诚意给他带来了好运气，清军虽然将朱家老少带去京城圈禁，却没有要了他们的性命。

　　"如何是好？朝廷要我筹集二万两白银，才肯放我归家。"在冷清阴森的房间里，朱国弼对着妻子低吼，"家都被他们搜光了，我上哪里筹措？"

　　"不是还有数名歌姬婢女吗？夫君尽可以卖了她们。"正妻早就看这些女人不顺眼，正好借此机会。

　　朱国弼虽然舍不得，可是自己的自由要紧，他赶紧将家中的妾侍婢女召集来，宣布了自己的决定。一时间，厅堂里哭哭啼啼，一片凄凉。这些手无缚鸡之力的女子，原本以为在保国公的府邸内，能得以善终，却不想如今要被卖出去，前途未知，怎不心慌。有些平日恩宠甚浓的干脆跪倒在地，抱住朱国弼的大腿哀求。

　　"求我也没有用，反正我如今日子是不好过了，你们跟着我也没意思。想当初，我给你们锦衣玉食、绫罗绸缎，好吃好喝地养活着，你们就当报答我也行啊。"朱国弼没好气地踹开面前的佳人，"不要哭哭啼啼，跟哭丧似的，你们去别人家也是过，有什么好难过的。"

"大人，我们总是有情分在的，若是卖出去被人凌辱虐待，可怎么办呢？"一个女子放声大哭。

"多说无益，我已经跟外头要买奴婢的人家说好了，明日就来领人，我缺这二万两救命呢。"朱国弼毫不留情，板着脸离开厅堂。

面对着朱国弼的无情与面前女子们的哭泣，寇白门却始终不发一言，就在朱国弼离开不久，她转身走出厅堂，往朱国弼的房间走去。

"你来干什么，是来求我留下你？从前不是挺清高吗？如今比她们还不如呢。"朱国弼看着寇白门，想到她从前在友人面前对自己不留情面，不禁冷笑嘲讽道。

"您误会了，白门从来都不需要可怜。"寇白门挑了挑眉，"我有一笔生意，大人稳赚不赔，可有兴趣？"

"荒唐，你如今自身难保，还有这份闲情逸致，少糊弄我。"朱国弼以为寇白门是来奚落自己的，不禁恼羞成怒。

"大人，既然我自身难保，当然没心思开玩笑，我说的都是真的，有一笔大生意，赚的钱财不多不少，正好是二万两，大人可有兴趣听听？"寇白门并没有生气，反而浅浅笑着走到朱国弼面前。

"大人，听她说说无妨。"在一旁冷眼旁观的朱家主母，知道寇白门并不是没有分寸的人，想到她说起二万两，便劝说丈夫听听寇白门的建议。

"别人如何我不管，我只知道大人若卖了我，最多不过几百两，可是大人若放我南归，一个月之内，我定当筹措二万两，为大人解了后顾之忧。"寇白门朗声道。

"我怎么知道你不会偷跑了呢？"朱国弼半信半疑，他既希望寇白门所言属实，但是又担心对方戏弄自己，他深知这两年中对寇白门并不仁义，万一她借机戏弄，自己岂不是雪上加霜？

"我就知道大人会怀疑。"寇白门轻叹一声，笑道，"不过大人，若是您想清楚了，就会发现，这个主意对您可没有任何坏处呢，几百两对于二万两，实在是微不足道，所以就算少了我的卖身钱，您也不会有多大影响。可是大人想想，若是我能筹到二万两呢？那可是大人的救命钱呢。今日在厅堂我也见到了，府中的妾侍奴婢带到京城来的不过三十来人，有些还是粗使的丫头，根本卖不了几个钱，就算全有了新主，这二万两也凑不够吧？"

朱国弼一时语塞，他侧头看看身旁的妻子，对方的眼神告诉他，寇白门的建议值得一信。其实寇白门说得没错，少了她的卖身钱没有多大影响，可是若寇白门能做到，便不用遣散其他的如花美眷，实在是大好呢。朱国弼思虑一番，欣然点头："好吧，一个月为期，我此次放你南归，如你所愿。二万两酬金就当报恩，你可不能违背诺言啊。"

"那是当然。"寇白门神情严肃，"如今乱世之中，我一人独自南下并不妥，请大人赠我一匹马，另外，我须带上服侍我的侍女斗儿。"

朱国弼挥了挥手："都应了你，你只要记住一个月为期，按时送来银两便可。"

"谢了。"寇白门转身离开，她趁夜收拾了行囊，换了简短的行装，带了斗儿，当天便离开京城南下。数日后，风尘仆仆的寇白门回到了南京。从前相识的姐妹们，还有许多留在城中，尽管是乱世，改朝换代并没有影响这些靠卖笑为生的女子们，她们靠着美貌仍旧过着从前的生活。得知寇白门的遭遇，姐妹们纷纷解囊，没多久，二万两便放在了寇白门的面前。

前去京城时，寇白门先安顿好了斗儿，请了几个壮年的男子，押了二万两银子赶往京城。不到一个月的期限，她出现在朱国弼的面前，消瘦的脸庞，难掩的疲倦，当朱国弼看着从前娇滴滴的女子，如今竟如一个侠客，不禁有一瞬间的失神。

"这是二万两银子，我并没有食言，大人拿去吧。"寇白门让人将银两抬进房中，看着朱国弼一脸的难以置信道，"若是不放心，可清点仔细，待我出了这门，即便有什么，我也是不认账的。"

"这个，那个……"朱国弼支支吾吾，他绕过装满银两的铁箱，不顾正妻怒视，当众握住寇白门的手，深情说道，"想不到乱世中，颠沛一路，竟是白门你解了我的困，若不是你，只怕那清廷要禁我一世了。这番恩情，深厚至此，我今日若负白门，便是畜生不如了。"

"大人的意思，是要挽留我了？"寇白门忍不住笑起来，"这二万两可都是我的赎身钱呢，都给了大人，若是不放我归去，可说不过。"她知道朱国弼此刻打什么算盘，却并不说破，只在心中冷笑。

"不是不是，白门你误会了，我如今重获自由，都是你大义所为，从前是我不知珍惜，如今想要善待白门，还请你给我一个机会，让我照顾你这一世。"朱国弼厚颜说道。

"哧！"寇白门忍不住笑出声来，她指着朱国弼的鼻尖，毫不留情地说道，"我今日信守承诺，不过是因为你当日为我赎身脱籍，今日我也为你赎身，两清而已，今世便无其他纠葛！从前你不顾念情分，今日想要重温旧梦？实在是痴心妄想。"她说完，潇洒转身，再次踏上南下的道路。

第三章／落天涯

　　回归南京的寇白门，重回娼门，她用所得的钱财构建亭台楼院，整日与文人骚客往来酬唱，她的性情却与从前大不相同，有时与客人陪饮谈笑，高兴时大笑，悲伤时大哭，丝毫不掩饰自己的情绪。不过，与她熟识的人倒挺欣赏她的这份率真，加上寇白门美丽依旧，所以宾客络绎不绝。

　　"姑娘，您真是本事，斗儿总想您当时哪里来的勇气，换作是我，借我十个胆也不敢的。"

　　"人命关天的时候，我总得要试一试，要不然，在京城里被卖给别的人家，谁知道会是什么下场，料不准这一辈子都没机会回来了。幸好年少时跟着邻家的少年学了一些拳脚，防身倒是足够，要不然，兵荒马乱，我也是不敢的。"寇白门笑笑，"斗儿，近些天，那个扬州的书呆子，是不是时常来啊？"

　　"可不是嘛，有时候您赴约出去了，我对他说，他也不信，守到大半夜，一身布衣冻得瑟瑟发抖，可滑稽了。"斗儿捂着嘴笑道，"听说是孝廉呢，寻艳福的本事倒不比其他男人差。"

　　"能坐守到半夜，或许真是个老实人呢。这一转眼，归来也有三四年了，来来去去找不到个托付的人，与人陪笑总不是一辈子的营生。"寇白门垮下脸来，"天底下的男人倒不会都如朱国弼那般无赖的，斗儿，你也替我好生看看，若是合适的，帮我留意些。”

“姑娘，我倒觉得如今的日子挺好。”斗儿少不经事，不理解寇白门的心思，“嬉笑怒骂无拘无束，多自在呀。再说，您的名声如今传得老远，那些男人听说您当年带着婢女只身回金陵，都说您有男儿气概，是女侠，仰慕得不行，与他们交道不是足够了吗？何苦再为自己找一个庸才，糟蹋了姑娘的情意。”

“名声不过是虚幻的东西，我要那些做什么？”寇白门苦笑，“你还年少，不懂男女之事，我正是经历了太多的不如意，才更想要找一个依靠。这些人一图新鲜，二图容颜，时间长了，我什么都没有了，他们便不会再来。”

“怎么会，姑娘不记得吗？有好些宾客与您都成旧识了，数年前就相识的，如今也还来往呢。”斗儿辩解道，“我是怕姑娘又吃了亏，若是值得依靠，好几年也没寻见一个。”

“这些事要讲缘分，来了就来了，没有就继续寻着。”寇白门走到桌边，端起桌上的茶盏，“合意的人不用多，一个足矣，到你十五六岁年纪情窦初开了，你就会明白。”

“今日若那孝廉来，要不要请他一杯酒水？”斗儿笑道，“我见他没多少银子傍身呢，每次来都只买最便宜的酒水，占了桌儿让别人不痛快，见了冷眼也不管，就只傻坐着等，也是运气不好，每回过来都正逢姑娘出去了。”

“请吧，就冲那股傻劲也该请他一杯。我那些宾客，即便相识数年，又有哪一个是那样执着的。”寇白门饮了一口茶，“若是我去得不远，他来你便让人去唤我，有些好奇，想见见他究竟什么模样。”

三天后，寇白门在厅堂里见到了衣衫单薄的扬州孝廉，此人四十多岁，年纪稍稍大了些，或许是天冷冻的，见了寇白门不停哆嗦，说话也结结巴巴。斗儿在一旁笑个不停，被寇白门赶到了一旁。

"先生不是等了我数次，结果无缘相见吗？怎么今日见了，倒拘束得很？"寇白门忍住笑，怕伤了对方的自尊心，"难道就没有话要对白门说的？"

　　"我，我……"孝廉支吾了许久，"听说姑娘大义，想来拜访。"

　　寇白门听了他的话，起身为他倒了一杯酒："先生是孝廉，孝顺正直受人尊敬，我不过是一个风尘女子，何来大义？从前胆大，做了一些寻常女子不敢为的事情，被路人传言说得玄乎起来，相较于先生，实在微不足道。"

　　孝廉的脸红了红，接过寇白门递来的酒，或许是从寇白门的话里听出了仰慕，他轻松了许多，举止也自然了些，那杯酒更是被他一饮而尽。

　　一个月后，寇白门带着自己的丰厚嫁妆，嫁到了扬州，她的丈夫，就是那位苦守的孝廉，坊间都说孝廉命好，竟能娶个美娇娘，并且家底比他还要丰厚。只有寇白门知道，倒不是孝廉的举动感动了她，而是他与其他宾客相比，更踏实可靠。他没有英俊的外表，没有钱财和权势，这在寇白门看来，倒成了优点，她需要的，只是一个值得依靠的肩膀，仅此而已。

　　嫁为人妇的寇白门，让金陵的男子们惋惜不已，就在他们对着寇白门的小楼兴叹时，寇白门竟带着斗儿又回到了秦淮。

　　此番婚嫁不过半年之久，寇白门的举动让人百思不得其解，不过那些平素妒忌的人却是幸灾乐祸，说两次都是被休，寇白门定是红颜祸水一类。

　　"姑娘，那些人乱嚼舌头，您也不去说一说。"斗儿在衣柜旁整理寇白门的衣物，"那些话可难听了，都说是您的不是呢。"

　　"随他们说去，我如今哪有力气再去做些无谓的辩驳。"寇白门神情憔悴，"我们的身份，让人说道也不奇怪，他可是孝廉，受人敬仰，哪里会有不是。"

　　"姑娘怎能平白被泼了脏水？日后让不知情的人怎么看？"斗儿涨红了脸，"姑娘不愿说，斗儿就去讲明白，那孝廉好没度量，胡乱猜忌，横加指责，娶了您去，不恩爱呵护，倒把您当作笼中鸟，恨不能拴了您呢。"

"斗儿，够了！"寇白门怒斥道，"你觉得还不够丢人吗？别人不会在意他如何，他们只会说，寇白门是有眼睛、有思想的人，怎会再次错付？终究是我识人不淑啊。"寇白门颓然地坐在床头，忍不住流下眼泪。

"姑娘，您别哭，斗儿看您这样也怪难过的，不说就是了，那个人实在不值得。"斗儿黯然地说道。

寇白门的事情传得沸沸扬扬，不过自古秦淮艳事多，寇白门已经二十出头，此时的秦淮有无数十五六岁的娇俏女子，不断吸引着寻欢客的注意力，风流韵事层出不穷，没过多久，这桩憾事便被人们遗忘。寇白门也再一次开始了在南京的全新生活。

自此之后近十年，再没有一个男人走进寇白门的内心，尽管在她的小楼里依旧宾客如云，但那只是志同道合的伙伴。在对女侠的仰慕声中，在对爱情的失落中，寇白门选择了另一条铺满火种的道路，反清复明。

当然，她终归只是秦淮河边歌舞娱人的妓女，故而也不会有多么壮烈的行为，她能做的，只是用自己陪酒助兴换来的银两，资助抗清的义士们。尽管如此，寇白门的小楼一度成为义士们集结的地点。在冒着生命危险进行的地下活动中，寇白门忘却了婚姻带给她的艰辛，忘却了自己容颜的老去。她在近似赌博的生活方式里，投入着自己全部的热情。

顺治九年，与寇白门久别重逢的吴梅村，在南京赠予她一首诗，称道她的行为。

> 朱公转徙致千金，一舸西施计自深。
> 今日只因勾践死，难将红粉结同心。

在一般男子的心中，对寇白门的行为是折服的，因为在常人眼中，寻常女子尚不会如此大义，何况她沦落风尘。

不过，寇白门终究只是一个情感丰沛的红妆，不论她在小楼中有多少合意的斗争伙伴，她在反清复明的道路上都不会有太大成就，因为，那终究只是她空虚寂寞时愤怒的发泄。当年华老去，她依旧不甘心，依旧想要寻一个同行半世的男子。

此时，斗儿已经嫁为人妇，在寇白门身边侍奉的是一个十五六岁的妙龄婢女，每每看着她娇俏青春的面庞，寇白门就不免心生落寞。她已经跨过了三十岁的年轮，眼角已有需用脂粉遮掩的细纹，在她的笑容和豪气中，掩埋了无数的期待和忧伤。

韩生就是在这个时候走进了寇白门的视线，他本是不起眼的、瘦弱秀气的少年，跟在一众豪情万丈的壮士身后，被辛辣的酒水呛得涨红了脸。寇白门初始只将他当作孩子，她用丝绢替他拭去额头的汗珠，为他求饶，那时，他的年纪不过她的一半。因为她的怜惜，韩生对这个风韵犹存的妩媚女子心生好感，但当他看到寇白门身后的年轻婢女，他的心才真正开始急促地跳动。阅人无数的寇白门，此时对韩生并没有男女之情，也不知道自己有一天会对他情根深种，若是知道他的心思，只怕她此刻是断然不会再与他交道了。

"韩公子在楼下，你把准备好的银两拿下去。"寇白门吩咐婢女，回头看向菱花镜，镜中女子笑靥如花，只可惜岁月的痕迹难以掩去。

婢女脚步轻快，不及应声就翩然而去，寇白门沉浸在即将与韩生相见的喜悦中，并未注意婢女的举动，想到相识三载的韩生，此时已长成翩翩少年，她忍不住扶了扶头上的珠翠，确定足够美丽，这才走下楼去。

"韩公子人呢？"寇白门不见韩生的踪影，她四处张望，仍旧不见，心中不免着急起来，"你不是才送了银两给他，人怎么不见了？"她唤来婢女问道。

"韩公子已经回去了，说有要紧的事情等着办呢。"婢女不知何故，竟羞红着脸，寇白门万分失落，谢绝了其他客人的邀请，怏怏地走上楼去。

"几次都如此,难道着急这一时半会儿?"寇白门饶是再好的性子,也忍不住发起脾气来,"我倒不信了,起事的银两一分不少,我可是从不推脱的,他回回拿了便走,话也未留,未免过分了!从前那些壮士,哪个不是跟我客气道了谢才离去?你倒说说,这是什么理。你且记得,下回他再来,让他亲自来见我,我倒要问问,我未必成了洪水猛兽,见一面也害怕了?若说不出个缘由来,定不饶他。"

　　婢女喏喏应着,退到寇白门身后,在她看不到的角落,竟露出不屑的神情来。

第四章／影厮伴

韩生得知寇白门恼了火，虽然不情不愿，但为了银两，仍只得硬着头皮来见她，原以为进门会劈头盖脸挨顿骂，可到了寇白门房中，却见她闷闷坐在床头，面前的桌上摆满了酒菜。见到韩生推门进来，寇白门立时神采飞扬，站起身笑吟吟迎向他。

"姑娘，小生有礼了。"韩生作完揖，看着面前的酒菜有些诧异，"听闻姑娘身体抱恙，如今可好了些？"

"你还知道关心我？"寇白门娇嗔道，"好没良心的东西，都忘了乳臭未干的时候，我是如何替你挡酒的，这几回来也不见见我，取了银两便没踪影不说，如今说话还生分了。我病着，难受得很，想叫你来和我说说话。"

"既然难受，还是不要饮酒的好呢。"韩生想要转身离去，"您好生歇着，我就不打扰了。"

"你这是做什么？"寇白门赶忙伸手，牵住韩生的袖子，"来了就坐坐，酒菜都摆好了，陪我说说话也不行？许久未见了，你就没有要说的？我可是有一肚子的话要叙呢。"

韩生虽心有不愿，但是想到起事所花销的银子都是寇白门所出，总是不好拒绝得太过明显，只得就着她的牵扯坐到一旁的圆凳上。

两人饮了两三杯，寇白门微红着脸，说起一些伤感的往事，感慨连连。韩生敷衍地安慰了几句，趁寇白门神伤时，不断向门口张望。

"想那时，我遇见你，你正年少，转眼间，已长成俊秀男子。"寇白门看着韩生俊俏的脸庞，感叹道，"看着你，总让我想起自己年少时，十五六岁年纪，无忧无虑，比如今不知美丽了多少倍，这十几二十年经历太多，人也憔悴了。啊，你看我头上的珠翠，新买的，配着可好看？"

"极好，极好，姑娘是人间绝色，在秦淮都是首屈一指呢，从前与现在，各有各的风韵，不能比较，说来都是好看的。"韩生假意夸赞。

"真的？"听着韩生的赞美，寇白门露出了笑容，她抚了抚胸口，"原本还胸闷头痛，听你一说，顿时神清气爽了，许久没听人对我说过动听的，那些虚情假意的话听着没意思，再多也抵不上你这一句。"寇白门抿嘴笑着，又替韩生倒了一杯。

"您今晚尽了兴，喝了好些了，不如我扶您去歇着？"韩生急于离开，也不管寇白门是否同意，起身便挽住了她的胳膊。

"无妨，几杯酒水倒不至于难为了我。"寇白门嘴上说着，身子却由着韩生的挽扶，依着他往床前挪步。

韩生将寇白门扶上床，伸手替她扯了锦被盖上，轻声道："姑娘歇着，我改日再来拜访。"

"哪里就急了这一会儿？你看看我，今日妆容如何？"寇白门借着酒劲，大胆地伸出手，握住韩生的手掌，却见韩生有些躲闪，便有些许不悦，赌气道，"还是你觉得我青春不再，难入眼了？"

"不是，姑娘名倾秦淮，容颜出众自不必说，实在是小生粗鄙，不敢直视，怕辱没了姑娘。"韩生抽出手掌，站在了两步开外的地方。

"若我今日年轻许多，你是否肯多看我一眼？"寇白门近乎哀求地说道，"夜晚冷清，不过想有个说话聊天的人，若能留下便是再好不过。"

"实在对不住，小生确有急事，今日先行离去，改日一定来陪姑娘痛饮。"韩生婉言谢绝。

寇白门看着他无措的样子，良久之后，叹了一口气，说道："罢了，罢了，你去吧，定是嫌了我这张脸。"她侧过头，背对着韩生。

"姑娘切莫误会。"韩生担心寇白门生气，将来少了他的银两，便又勉强上前两步，轻拍着寇白门的肩膀，"小生今日所言句句属实，若是嫌了姑娘，怎会数次打扰？承蒙姑娘看得起，能来此同歇是小生的福分，他日定来相陪。"

寇白门转过身，眼睛里闪烁着光芒："此话当真？你果真不嫌弃？"看着韩生点了点头，她欢喜得几乎要喊出声来，"去吧，今日便不留你了，只望另一日能快快到来。"

看着韩生离去，寇白门满足地叹息一声，正要翻身睡下，却见桌上落下了韩生先前放置的头巾，她急急起身，取了头巾走出房门，想要追上送还。

"你今日回去，何时再来？"一个娇滴滴的声音从隔壁的厢房里传出。

"若想见我，我日日来便是。"房间里传出一个男人的声音。

两人的话语传入寇白门的耳中，她顿时气得浑身发抖，伸手撑了墙壁才没有倒下去。

"来了也待不久，还要提防着那个老女人，怕她纠缠不休。"女声继续说道，"先前取走的银两可都收妥了，你要早些带我出去才是啊。"

"知道，我也着急呢，再来两次就足够了，那女人今日还要留我同歇，真是做梦！"男声讥笑道，"有你这样娇媚的人儿，我眼里岂能看得见她？你是不知道，我近看了，那脸上的脂粉厚厚一层，还问我妆容如何，哈，上了年纪连自知之明都没有了，若不是为了那些银两，我便是连面都不想见，说起来，都是为了你呢，你可要如何报答我呀？"

"哎呀，你且规矩些，日后出去了多少时间亲热，你就耐不住这一会儿？"女声娇笑道，"小声些吧，让她听了去，可就坏了我们的事了。她今日胸闷头疼，睡得不太安稳，上了年纪便是如此了，嘻嘻。"

"你们这两个猪狗不如的畜生，受我恩惠多年，说话竟如此不堪。"寇白门终于忍不住，她猛地推开房门，怒吼道，"枉食我多年米粮，良心被狗吃了吗？"

韩生惊慌失措，想要跑出去却被寇白门一把拽住了衣襟，婢女见此情景，知道寇白门不会轻饶，赶紧跪下求情。

"骗我钱财，还想跑去何处？"寇白门瞪大了眼睛，额上青筋浮现，"两个小贱人，今日不吃些苦头，以为我死了？便是死，也要拖你们一道的。我寇白门是好骗的吗？是能骗的吗？是该骗的吗？"她将韩生推搡在地，又踹了婢女一脚。

楼下的人们听见楼上吵嚷，都跑来看热闹，寇白门此时也顾不得面子，取过门后树立的木棒，捶打着两人，边打边大骂。众人看着不敢劝阻，直到婢女被打得爬到门边，想要起身逃下楼去，寇白门突然高喊一声，倒在了众人面前。

整整过了三日，寇白门才醒转，那韩生早已逃得不知所踪，婢女捡了条性命，再不敢回来，也不知去了何处。寇白门在小楼上养病，身体受了刺激，很是虚弱，幸好有平日相好的姐妹，知道事情原委，惺惺相惜，煎了汤药送来给她，病情这才稍稍有了起色。

虽说此次寇白门下手极狠，倒也是情有可原，毕竟那韩生和婢女有错在先，可不知是韩生不甘心受辱，还是坊间看不惯寇白门的人生事，没多久，到处都说着寇白门不知羞耻，用钱财买少年郎陪夜的事情。本就郁愤难平的寇白门听了传言，想到自己为感情凄凉至此，又羞又恨，不几日，竟连下地走动的力气都没有了。

一个宁静的午后，带着难言的哀伤，寇白门走完了人生的最后一程。她的一生，没有一刻不是遗憾的，尽管她一直满怀期望，也为此不断努力，但是现实却总是分外残酷。得不到圆满的婚姻，得不到信赖的伴侣，甚至得不到起码的尊重。她带着希望而来，背负着绝望而去。

寇家姐妹总芳菲，十八年来花信迷。

今日秦淮恐相值，防他红泪一沾衣。

丛残红粉念君恩，女侠谁知寇白门？

黄土盖棺心未死，香丸一缕是芳魂。

若是时光能永远定格在那个时刻，该有多好，那时的秦淮，没有衰老，没有辜负，只有数不尽的大红纱灯，照亮着她幸福的路途。

李夫人

一声落尽短亭花

李夫人，西汉武帝宠妃，生卒年不详，娼家出身，以歌舞表演为职业，因其兄李延年的《佳人曲》而被武帝召见，封为夫人，位置仅次于皇后。生武帝第五子刘髆，入宫几年后身染重病，为免武帝嫌恶，至死不见其面。后被霍光按武帝遗诏追封为孝武皇后，迁葬茂陵。

第一章／送春归

汉武帝元封元年，在平阳长公主府内，一名服饰华丽、高贵雍容的妇人，正仔细端详面前跪着的清秀女子。

"众多的乐人中，我一眼就看中了她，模样讨巧，人也聪明，加上精通音律，送进宫去必能有所作为，若能拴住陛下的心，也便能稳住太子的地位。"妇人对身旁英武的男子说道，"夫君意下如何？"

"此事就由公主定夺吧。"男子站起身，"我还有些兵法书籍要看，公主决定了，就召她哥哥前来，把事情安排妥当，不要出了差池，到时候惹怒陛下，反而得不偿失。"

"那是自然，我做事情还有不妥当的吗？再说了，就凭我是陛下唯一的亲姐姐，若有什么不妥当的事情，也不会怎样怪罪。夫君去吧，我这就派人去宫里叫李延年前来。"平阳长公主站起身，走到女子身旁，"起来吧，你先去偏房里等着，待你哥哥来了，再让人唤你，还有许多事相商，成与不成，都在今日谋划了。"

"多谢公主抬爱。"女子给平阳长公主行罢大礼，站起身来。尽管身着麻布深衣，黑漆的长发上也只簪了一支木钗，再无其余装饰，但是姣好的面容仍让平阳长公主暗叹不已。

李延年听说平阳长公主召见，立刻骑马飞奔赶来，入了府门也不敢停顿，气喘吁吁到得厅堂，却见长公主命人摆了果品，正悠闲享用。见到面容清秀的宫廷乐师李延年，她甚至指着果品让其一同品尝。

"长公主殿下，不知召延年前来所为何事？"李延年很心急，聪明如他，已经猜测到大致内容。毕竟入宫半年来，他为了让平阳长公主厚待自己唯一的亲妹妹，可是没少送上钱物，他的心急源于他不知道长公主的决定到底是什么。

"你妹妹我今日细看了，模样确实不错，不过不善言辞，似乎谨慎得很。"平阳长公主看着李延年，欲言又止。

"殿下可是为家妹找了合适的人家？"李延年心中喜悦，"作为兄长，甚是惭愧，对年幼的妹妹无力照顾，只能求于殿下。"

"我们相识也不是一天两天，如今你在皇帝面前也算个亲近的人了，往后谁求于谁还不一定呢。"平阳长公主的话让李延年有些难堪。

"殿下见笑了，我不过一个阉人，抚琴奏乐，博皇帝一笑而已，能有什么能耐。"李延年想到自己受腐刑入宫的经历，话语中透着苦涩。

"这就是乐师你自惭形秽了，如今朝堂上谁人不知李延年，过去的事情不提也罢，从今日开始，你兄妹的好日子就要来了。"平阳长公主说得十分神秘，站起身将手中的果品放到李延年面前的木几上。

李延年诚惶诚恐，赶紧站起身接过，道："不知殿下将家妹许给哪一家？"

"说来你大可放心，此人与你相熟。"平阳长公主看着李延年的紧张神色，忍不住笑了起来。

"实在不知，请殿下明示。"李延年擦了擦额上的汗珠。

"好好想想。"平阳长公主伸出手，往上指了指。

"啊？"李延年大惊，"家妹不过娼家出身，奴也只是一个小小乐师，怎敢高攀？"

"你忘了，当年皇后也是从我长公主府送出去的，你妹妹的姿色才情并不逊色于她，再说，后宫位置多如牛毛，不过是做夫人或者美人，有何不敢？"平阳长公主收起笑脸，正色道，"本月挑了好日子，就能送进宫去，不过，要想你妹妹受到皇帝青睐，还得有你这个哥哥推波助澜才行，你且听我的安排，到时候，荣华富贵，一荣俱荣了。"

"奴听殿下安排。"有了平阳长公主这些话，尽管不知这个决定对妹妹和自己的将来到底会产生多大的影响，但是李延年决定赌一把，想当年，皇后也是歌女出身，正因为有了长公主的引荐，才能到今天的位置。

李延年作为家中长子，一直想要改变家人的命运，无奈命运多舛，好日子还没盼到，他又遭受了腐刑。无奈之下，他只得学别人，用宫中的赏赐讨好平阳长公主，并将年轻的妹妹李倾城送入长公主府做乐姬，以便能让妹妹觅个官宦子弟，摆脱家中窘迫。

平阳长公主的安排充满了吸引力，但是也让李延年担忧，后宫女子命运难测，他是最为清楚的，若是妹妹进宫未能得宠，从此老死宫中，那岂不是辜负了她的大好年华？

"我担心家妹胆小内向，若是触怒君颜，给长公主殿下惹来麻烦，可是不好。"他小心地说道。

"皇帝怎会怪罪我呢？你是担心你妹妹无法得宠吧，这个你可得再三叮嘱她，有今日机遇并不容易，与你一样的事情，倒也不是没有别人求过，不过我见你知进退，讨人喜欢，才决定帮你一把。虽然我有心，但毕竟是旁人，所做有限。进宫以后，要让皇帝一见面便喜欢，从此不愿放开手才行。后宫这样多的女子，机会可是转瞬即逝的。"平阳长公主认真教导道，"至于宫中规矩礼仪，你放心，我自当请人教授。"

"长公主殿下大恩，奴无以为报。"李延年听平阳长公主点拨得这样透彻，十分感激，倒地便拜。

"我也不是白忙活的。"平阳长公主将李延年拉起，"有一件事，你们兄妹二人也得助本公主一臂之力。"

"殿下请讲。"李延年又不自觉地抹了抹汗。

"不用紧张，并不是什么了不得的事情，举手之劳罢了。"平阳长公主环顾四周，看了看厅堂中的摆设，低声道，"等你妹妹进了宫，若是荣宠加身，记得在皇帝面前替卫家美言，将军劳苦功高，太子的地位也不容动摇，我相信你们兄妹自不会忘了今日的恩情。"

原来是要做皇后的臂膀，李延年心中暗喜，这对妹妹来说岂不更好？既能得皇帝恩宠，又不用担心皇后猜忌，往后日子肯定不会难过，他忙不迭地点头。

"行了，你妹妹在偏房中等着，你去见她吧，将我方才的话说与她听，可不要枉费了我与你的一番心血，最重要的是，这一步走得如何，可是会决定她一辈子的命运呢。"平阳长公主挥挥手，"说完话就带她来厅堂，我请了教习的师傅与她见面，去吧。"

李延年退到偏房中，激动地拉住李倾城的手，笑道："不枉费哥哥一番苦心，在长公主府里的机遇终究多些，此番公主费了大力气，妹妹若是做得好，或许能光耀门楣也不一定呢。"

"哥哥，我真要进宫？"李倾城一脸愁容，"原以为哥哥的安排是要在长公主府的宾客中觅个官宦子弟，怎变成今日的情况？先前长公主提起，我还以为是去做奴婢呢。"

"这是个好事，哪个官宦子弟能有当今皇帝尊贵？再者，就算嫁入官宦家，也不过是侍妾一类的身份。"李延年苦涩地说道，"家中贫困，只怕你嫁入以后也要受不少欺辱，既然长公主有这样好的打算，我们就接受命运的安排吧。"

"哥哥为倾城想，倾城当然听哥哥的安排。不过哥哥，倾城担心，入宫以后若不能讨皇帝喜欢，该如何打算？我是不是要老死宫中？"李倾城低声问道，她担心兄长高兴得过早，无论什么样的结局，都应考虑周全才是。生长在贫困的家庭中，从小为生活所累，李倾城看透了人情冷暖，她并非不想过好日子，可是想到难以预料的生活，不免忧心，若将来凄凉，又如何是好？

"你放心，在宫中有哥哥陪着你，哥哥会想方设法为你寻找机会。平阳长公主为你打开了那扇门，接下来，就由哥哥为你铺好这条路。"李延年安抚道，"凭你的美貌和才情，一定不会让皇帝错过，另外，哥哥还有事情交代，你要牢记了。"李延年将平阳长公主的计划说出，又反复叮嘱了妹妹，这才一起去厅堂见长公主。

第二章／佳人曲

　　"北方有佳人，绝世而独立，一顾倾人城，再顾倾人国，宁不知倾城与倾国？佳人难再得！"在皇宫的酒宴上，一个容貌清秀、声音高亢的男子轻抚琴弦，唱着自己所作的乐曲，这个人，正是乐师李延年。

　　"这首乐曲是何人所作？"武帝刘彻听得龙心大悦，"朕要打赏，许久没听这样清丽的乐曲了。"

　　"是奴所作。"李延年唱完，起身拜倒，跪谢皇帝的赏赐。

　　"朕实在好奇，你曲中所唱的佳人，真有此人吗？朕后宫中佳丽无数，在外竟还有倾国倾城的女子？"武帝此时正值壮年，后宫中卫皇后已失宠多年，另有宠爱的王夫人也于几年前病逝，因此对李延年所说的佳人十分心动。

　　"让皇帝见笑了，其实，这个女子正是家妹，数日前见到家妹在面前歌舞，有感而发，故作此曲。"李延年谦卑地说道。

　　"你妹妹？"刘彻挑眉，眼前浮现出一个且歌且舞的妙龄女子，只是那女子始终以袖遮面，看不清容颜。"如今年方几何，身在何处？"

　　"年方十七，在长公主府上接受歌舞教习。"李延年见到皇帝追问十分高兴，事情正向着他和平阳长公主谋划的方向发展，"家妹年纪不小，正请公主物色才俊，为她寻找归宿呢。"

"长公主府并不远，不如接她前来，歌舞助兴，让各位也见见倾国倾城的女子。"刘彻眯起眼睛，"乐师曲中所唱，是真是假，一见便知。"

"若家妹才情容貌难以入眼，还请皇帝和各位大人见谅。"李延年一面假意担忧，一面偷看刘彻的表情，那张尊贵的脸上已经写满了急不可耐——目的达到了。

"奴拜见陛下。"李倾城盈盈拜倒，微微轻颤的指尖透露了她的慌张与惶恐，面前的人可是能轻易决定她生死的呢。

"听你兄长李延年说道家中有一妹倾国倾城，故今日召你前来，让各位大臣一睹芳容，若你兄长口出诳语，这罪可不轻呢。"刘彻居高临下，看着面前袅娜身段的佳人，低垂的头颅让他不能一眼看清容颜。

"兄长只是爱妹心切，若是过分抬举，请陛下降罪于奴。"李倾城不敢漏听了刘彻的每一句话，她不想因为自己的疏忽或者失误，得罪了皇帝，若是没有为家人带来荣宠，反而惹来麻烦，可就白费了哥哥的一番心血。

"抬起头来吧。"刘彻的声音添了些许温和，因为面前女子的声音婉转轻柔，让他已然生出怜惜之情。

李倾城缓缓抬头，一双明净清澈的眸子在宴席灯光的映衬下闪烁着星星点点的光芒，细致乌黑的长发垂于身侧，发上无半点装饰，深色的裙裾上绣了暗红的花朵，衬托得佳人肤色愈发白皙，薄施粉黛的脸上，写满清秀雅致，耳垂上一对细长的珠链轻轻地晃动，她拿一双明眸怔怔看着高高在上的武帝刘彻，不过须臾之间，又小心地垂下眼睑。

李延年垂着头，实则暗中注视着刘彻的举动，皇帝的表情在这个恭敬谨慎的乐师眼里，一丝都不曾错过。看着妹妹抬起头来，刘彻脸上一闪即逝的表情，李延年这才稍稍别过头，盯着自己面前的琴弦，他的嘴角略微上扬，心中已知结果。

"陛下，家妹习舞数年，又得长公主殿下亲自调教，今日能否歌舞一番，为陛下助兴？"李延年的话正合刘彻的心意，李倾城在兄长的授意下，

白你许我的
首不离的

回到内室，换了素淡的白纱衣裳，又佩了银色流苏做就的配饰，再次回到宴席，以飘逸柔媚的《佳人曲》艳惊全场。

宴席散去，从平阳长公主府中召来的歌舞姬们，在宫人带领下回到主人的府中。但是这群容貌艳丽的女子们发现，从前那个让她们羡慕嫉妒的外地女子李倾城，并未在回府的队伍中，她们猜测，她应该是被哪个王公大臣看上，带回府去做了宠妾，这本来就是她们一贯的命运和归宿。然而她们并未猜透，那个只够格去公侯家做宠妾的李倾城，在几日后成了后宫中名倾一时的李夫人，甚至在许多年后，还成为了孝武皇后。

"奴拜见皇后。"在弥漫着特殊香味的椒房殿内，一个衣着朴素的女子正垂首跪安，在她面前端坐的，便是后宫中最尊贵的皇后卫子夫。

"起来吧。你如今做了夫人，我们该以姐妹相称才是，往后也不必说那些生分的话，长公主前几日来走动，托我照顾你，我自当尽心，拿你当亲妹妹一般。"卫子夫一脸肃穆，她的美丽容颜并没有太大改变，但是相较于面前绝色的女子，还是能感觉到岁月的残酷，"你现在的身份不同以往，当着宫人的面，妹妹切记不可用奴来称呼自己，叫她们笑话。"

"诺。"李倾城恭谨地答道，她站起身，静静看着卫子夫的眼睛。

"我派了得力的宫人伺候你，一应用度都按照从前王夫人的来置办，妹妹可还满意？"卫子夫说得亲切柔和。

"多谢姐姐关照。"李倾城见卫子夫有意拉拢，自然顺应着她的话往下说，"在合欢殿里住得极好，宫人们勤快机灵，妹妹先前还想，这都是何处派来的宫人，这样贴心贴己，妹妹愚钝，早该知道是姐姐的安排，后宫中哪来他人调教出这样好的人来呢。"李倾城浅笑，一番话说得卫子夫表情愉悦。

"长公主说，在府里有些话已经说得清楚明白了，你进宫便获得了皇帝的恩宠，往后该好好回报才是，我听说你哥哥也得了官爵呢。"卫子夫淡淡说道。

"听哥哥说了，这都是皇帝皇后的大恩哪，倾城实在不敢想，竟能进宫在皇后身边服侍。"李倾城说得委婉贴心。

"这话说得我倒受不住了，你要服侍的人是皇帝，我们的身份都是一样的，我看着你，总能想到二十多年前我入宫的时候，也是单纯清雅，温和亲切。其实，就算长公主不说，我也会尽心照顾，姐姐我先你入宫多年，往后遇到事情只管来找我，自会照顾周到。"卫子夫站起身，命侍女去内室取了一个漆盒，递给李倾城，"看看，我从前刚进宫的时候，皇帝赏赐的饰物，那都是做夫人时的穿戴，如今用着不合适，我看挺衬妹妹的，全送与你。"

"多谢皇后，啊，不是，多谢姐姐。"李倾城赶紧改口，她上前接过漆盒，跪谢了卫子夫。这是她入宫后第二次见到皇后，与之前在大殿中所见完全不同，此时的卫子夫，虽然脸上依旧有贵为皇后的威仪，但是神情已温和许多。加上她有意无意的拉拢，李倾城知道，自己若是依着皇后的规矩，将来的日子不会难过，想到这里，她心中稍稍轻松了些。

受了礼物，卫子夫特意命贴身的侍女莞儿送李倾城出门，在回廊上，莞儿有意无意地言语，提醒李倾城，不要忘记皇后的恩典。

"夫人真是好运气，能得到皇后赏识，本来进宫受宠的佳人，再好也只是美人，皇后贤德，说夫人贤淑雅致，有从前王夫人的神韵，皇帝这些日子总梦见王夫人来，这才做了决定，不过，说到底还是夫人讨人喜欢。"莞儿笑着对李倾城说道。

"皇后大恩，倾城是不会忘的，日后有事尽管吩咐，定当尽心尽力。"李倾城柔声说道。

"那样便是最好，宫里人多，不免有些忘恩负义的，皇后仁慈，不与他们计较，可是做人终归不能如此，夫人是聪慧的，自然明白奴婢说的道理。"莞儿浅笑道。

"我初来乍到，许多事情都不熟悉，因为素来面皮薄，做错了怕人奚落，免不了要向人请教，皇后统管后宫，劳心费力，姑娘你服侍皇后多年，

白首不离

你许我的

一应规矩都最清楚不过，往后，还要劳烦你多提点。"李倾城伸出手，褪下自己手腕上的镯子，放在莞儿的手掌中。

"夫人言重了，做奴婢的哪敢收夫人的礼？"莞儿假意推却。

"你不收便是看不起我了，宫里并不是人人都好相处，我如今遇到你，说话投缘，想着日后还多交道些，你今日就推却了我的礼，日后我哪儿好再和你言语？"李倾城故意做出生气的样子，"皇后不嫌我身份低微，称我为妹妹，你比我年长不了几岁，我虽是主子，私底下不也能如姐妹一般吗？"

"那真是折煞奴婢了，怎能与夫人姐妹相称呢，宫里有宫里的规矩，称呼是不能变的，不过，承蒙夫人看重，夫人的礼奴婢今日收下了，皇后还等着奴婢服侍，先去了，夫人慢走。"莞儿抿了抿唇，笑容谦逊客气。

"你去吧。"李倾城挥了挥手，与莞儿道别，走到回廊拐角的地方，她回过头，看到莞儿的背影消失在视线中，李倾城垮下肩膀，松了一口气。

莞儿的话若说是提醒，倒不如说是警告，李倾城咬了咬唇，即便自己和卫子夫站在同一边，她也并未真心接纳，看来，对于分走丈夫恩宠的任何一个女人，卫子夫都是有敌意的。李倾城垂着头，慢慢往前走，没留意前方突然跑出来一个人，等到李倾城感觉到前方的阴影，想要停下脚步却已来不及，结果硬生生撞进了那个人的怀中。

第三章／春思远

"你没事吧？"与李倾城相撞的男子十分歉意，他看着蹲在地上，捂着鼻子的李倾城，赶紧询问道。

"还好没有流血。"李倾城摸摸鼻子，痛苦地皱了皱眉，"没什么事，是我刚才没看路。"她抬起头，看到一张神采飞扬的脸孔。

面前的男子与她年纪相仿，身材高大，英气非凡，尽管是第一次见，李倾城却觉得似曾相识。

"我们是在哪里见过吗？你是宫中的侍卫？"李倾城想了想，"也不对，侍卫怎能独自乱闯？这里可是在椒房殿附近呢。"她虽然进宫不过数日，可是李延年安排妥当，各处的宫人她都去见了，并且送了糕点果脯，这个人并不在自己的记忆里，但是为何如此熟悉呢？

"我是去见我母后的。"男子笑了起来，"我是刘据。"

"刘据？当今太子？"李倾城恍然大悟，想到自己先前的失礼，她红了脸，"我说为何眼熟，原来是太子与陛下样貌极为相似，先前唐突了。"

"看你的装扮，应该不是宫人吧。"刘据看了看李倾城，并不认得，他平日住在太子府，鲜少与宫中妃嫔结交。

"我是住在合欢殿的李氏，算起来，是太子殿下的姨母了。"李倾城红了脸，有些尴尬地说道。

"我听母后说过，原来是父皇新纳的夫人，儿臣刘据拜见姨母。"刘据初时有些错愕，但是看到李倾城羞红了脸，有些难堪的样子，便装作无意行了礼。

"太子殿下客气了，我才从椒房殿过来，要回合欢殿去呢，殿下既然要去见皇后，我就不耽误了，他日若来，告知姨母，我在合欢殿备些糕点招待。"李倾城笑笑，"算作是姨母的赔礼。"

"倒是姨母客气了，他日会去拜访的。"刘据温和地笑笑，冲李倾城挥了挥手，转身往椒房殿而去。

李倾城站在原地，看着刘据离开，眼神竟有些迷离，她想到自己接受平阳公主安排，坐着马车离开公主府的时候，心里满是恐慌和犹豫。她不知道自己的生活里会有多少未知，她不知道皇帝对自己究竟能有多少日的恩宠。如今的皇帝虽然英姿勃发，却也是年近五十，比自己足足年长三十岁。若是没有接受公主的安排，或许她也能嫁个温柔俊俏的少年郎，那样的婚姻，又将要过出什么样的光景呢？她回过头，叹了一口气，已经选择过的，就没有机会更改，人总是贪心的，若是嫁了贫穷的少年郎，只怕又会望着富贵人家的高墙大院后悔不迭呢。

"夫人，您才回来呀，陛下在寝宫中等您很久了。"才踏进合欢殿，就看见侍女凌霄站在殿门口张望，一见到李倾城，凌霄赶紧迎出来。

"等我？怎么没有通传呢？"李倾城又惊又喜，皇帝昨日才去了尹婕好那里，原以为会在别处多待几日，不想今日就过来了，她提起裙摆，往寝宫快步走去。

"陛下不让，说今日无事，等等也无妨。"凌霄笑着，"皇帝宠爱您，让其他宫里的婕好美人羡慕死了。"

"这话对着外头可不能讲，别让人多心。"李倾城听到凌霄的话，赶紧回头叮嘱。

"奴婢知道了。"凌霄吐了吐舌头，跟在李倾城身后往殿中走去。

"陛下，怎么也没有让奴婢通传呢？"李倾城看着刘彻，他正站在寝宫中，拨弄梳妆盒里的首饰。

"他们说你去了椒房殿，想着皇后应是有事情，你进宫不久，该与她多结交，寡人并没有什么了不得的事情，不过是过来看看。"刘彻笑笑，拿起一支玉钗把玩。

"陛下要吃些糕点吗？臣妾昨日亲手做了一些，虽是粗食，味道倒不错，之前送了一些与皇后。"李倾城取下头上的钗饰，转身对着刘彻问道。

"不用了，寡人过来之前才吃了些。"刘彻站在李倾城身旁，伸手取下李倾城头上的玉簪。

"陛下喜欢吗？"李倾城见到刘彻拿着玉簪搔头，道，"若是喜欢，就送与陛下吧。"她本意是想讨好，不料说完却发现自己的话甚是荒唐。

"夫人难道忘了，这玉簪还是寡人赏赐你的呢？"刘彻看着李倾城红了脸，忍不住大笑，"寡人头有些痒，取来搔搔头，不会要你的东西，搔完便还你。"

"是臣妾说错话，闹了笑话。"李倾城抿着唇，垂首待在一旁，拿手掩着面，低声道，"陛下切莫再取笑了，真是羞死人呢。"

"今晚寡人就在合欢殿歇了，晚些时候，夫人备些酒水来，寡人今日兴致好，想饮几杯。"刘彻看着李倾城的娇憨可爱，心中更加喜爱。

"好，臣妾这就去准备，夜晚露重，天气凉了许多，臣妾现在就去把酒烫着。"李倾城扬起脸，笑着点点头，"陛下近日忙碌，下酒的菜色用些清淡的吧。"

"随夫人安排了。"刘彻在桌边坐下，看着李倾城走出门去。

李倾城恩宠日盛，有时，刘彻接连数日留在合欢殿，与她谈笑饮酒，她从前对刘彻还有些许敬畏，如今已自在许多，刘彻对她纵容，不仅赏赐了丰厚的珠宝首饰，还接连给李家加官晋爵，进宫不过数月，李延年就被封为协律都尉，负责乐府的管理，每年享有二千石的俸禄，李倾城另外两个兄弟虽未封官，但是生活已与往日大不相同，俨然是豪门公子。李倾城心中感激，对刘彻更加依赖，两人情意愈发浓厚。

卫子夫召李倾城去的次数越来越频繁，有时说些宫中事务，有时只聊几句闲话，但是李倾城能感觉到，卫子夫对自己越来越看重，她虽然欣喜，有时也不免忧虑，都说伴君如伴虎，与皇后交道又何尝不是如此？皇后对自己亲厚，日子自然好过，可见面的机会多了，难免会有做得不周到的地方，到时候惹恼了她，岂不添了麻烦？李倾城对于目前的日子很满意，她不想横生枝节，将难得的好日子丢了去。

就在李倾城思量着如何与卫子夫相处时，她的合欢殿里来了一个稀客，看到那张脸孔，李倾城既意外又欢喜，她唤了婢女备好点心招待客人，又亲自给客人倒了茶水。

"姨母不必客气，儿臣今日来，是有礼物相送。"刘据命身后的侍卫捧上一个漆盒，"前些时候，友人送了一把古琴，儿臣粗莽，不懂音律，但是闲置着又糟蹋了，今日去见母后，听闻姨母精通音律，特意送来。"

李倾城听他这样一说，心中便明白了几分，她装作不知，笑着让凌霄接过漆盒，当着刘据的面打开来。

"果真是好琴，从前在家中，听兄长说起过，对古琴略知一二，细细看来应是价值不菲，所谓无功不受禄，姨母怎能接受太子这样贵重的礼物呢？"李倾城推辞道，"皇后也是通晓音律的，不如送到椒房殿去。"

"是母后让儿臣送来的。"刘据直说道，"母后说自己多年不曾抚琴，早已忘了，如今姨母圣宠正浓，正是合用的时候。"

"既然这样，姨母便不推辞了，多谢太子一番心意。"李倾城莫名有些失望，她正要合上漆盒，却被刘据出言阻止。

"儿臣一直无缘得见姨母的琴艺，今日可否让儿臣开开眼界？"刘据年轻的脸上满是期待。七岁便被立为太子的刘据，是刘彻唯一的嫡子，从小备受宠爱，他仁恕温谨，时常劝谏刘彻减少对外的战事，颇得民心。在卫子夫受宠时，刘据的地位是十分稳固的，但是随着近年来卫子夫色衰恩弛，刘彻身边有大臣谗言太子太过宽厚，与皇帝的个性不相似，等等，刘彻对太子也渐渐生出不满。感受到刘彻变化的卫子夫，为了保护儿子，稳固太子之位，不得不求助于平阳长公主，知道此举直接影响夫君卫青的前程，平阳长公主自然不遗余力相助。李倾城正是在这样的前提下，得以进宫，可以说，她与兄长家人的荣华只是其次，她真正的目的，是不让面前的少年失去目前拥有的东西。

对于刘据，李倾城的情感是很复杂的，她并不讨厌他，当日在路上遇见，这个少年的谦和与笑容让她觉得很温暖，可是她又不得不避开他。两人年纪相仿，却身份悬殊，看见他，总会让李倾城想到长公主叮嘱的事情，他们，不过是为着同样的利益站在一起的队友。所以，即便再亲切，两人也无法成为朋友。李倾城有些心寒，她看了看刘据，少年并没有感觉出她的不情愿，依旧期待地看着她。

李倾城为难了，太子正当年少，在合欢殿久留，必然不妥，何况如今刘彻对太子有诸多不满，无论是为自己还是为他考虑，都应该多多避讳。可是看着刘据清澈的眼神，她又有些不忍，他不过是想听一段琴曲，若他是个普通的少年，自己断然不会拒绝，罢了，他与其他少年又有何区别？不过一首琴曲，不会有什么问题。李倾城思索片刻，决定取出琴来弹奏。

"其实外界传言姨母精通音律，都是抬举，实际才疏学浅，殿下听了可不要取笑。"李倾城莞尔一笑，拂动琴弦。

悠扬的琴音如一泓清泉，让年轻的刘据心旷神怡，一曲毕，他抚掌大声赞叹，李倾城有些不好意思，让凌霄收了琴，自己则送刘据到殿外。

"殿下慢走，替我多谢皇后。"李倾城温和说道。

"他日再来，可否再听一曲？儿臣觉得甚好，在宫外许久未闻这样动听的琴音了。"刘据真心赞美道。

"那是殿下送来的琴好。"李倾城谦虚道，"若是殿下愿听，派人通传一声，我带了琴来椒房殿打扰吧。"她不动声色地说道。

"好，母后肯定喜欢。"刘据听到李倾城的话，怔了怔，似乎明白了，他挥了挥手，"儿臣拜别姨母。"

看着刘据越走越远，李倾城心中突然涌起一丝惆怅，这样谦和的少年，若是他日登基，该是受人爱戴的，加上又是唯一的嫡子，本不必为储君的位子忧心呢。想不到，母亲受宠时风光无限，一旦失了宠，就算贵为皇后，竟也对儿子的地位无能为力，实在可叹。

第四章／添离索

这一日，李倾城又取出琴来轻抚，凌霄站在一旁整理首饰盒中的物品，恰好此时刘彻进来，她正要通传，却被刘彻制止。刘彻挥挥手，凌霄赶紧退了出去。

"果然是精通音律啊，相比你哥哥的琴声，并不逊色呢。"刘彻笑着说道。

"啊，陛下？"李倾城猛然站起身，她并不知道刘彻就站立在身后，"您是什么时候过来的？怎么都没有让凌霄通传？"

"寡人见你正专心呢，就没有打扰。"刘彻不以为意，"这曲很是动听，不过有些哀怨，夫人最近心情不好？"

"没有啊。"李倾城红了脸，她有些惊慌，刘彻都能听出来琴声中的情意，那不是分外明显了吗？不过是想到当日太子离去时的样子，随性弹了一曲，难道是自己胡思乱想以至于琴声哀怨？"是从前向兄长学的一首曲子，今日想起来了，乱抚一气呢，也不知什么哀怨之情，让陛下见笑了。"

"琴艺如此精湛，怎会见笑？好了，只要夫人没有不痛快就好，若是有什么不好的，尽管告知寡人，宫中的生活可还习惯？你来了数月，也没有四处走动，天气晴好的时候，可以去各处夫人美人的宫中走走。"刘彻捏着李倾城的下巴，宠溺地吻上她的额头。

"嗯。"李倾城靠在刘彻的怀中，温顺地答应着。刘彻在合欢殿中待到入夜，由李倾城侍奉着吃了些点心，这才前往皇后宫中。看着刘彻离去，李倾城总算松了一口气，她回身看着桌旁尚未收起来的古琴，思绪又不由自主地飞到当日与刘据相遇的那个时候。

"凌霄，准备些皇后爱吃的精致点心，叫两个人来，搬了太子殿下送来的琴去椒房殿，"李倾城抚着胸口，她最近总觉得心慌，尤其是看到放置在床边的古琴，不行，不能这样下去，当日刘彻已经听过了一次失态的琴声，他那样精明的人，一次尚能搪塞，下次怕是隐瞒不过去的，不送走琴，自己就会一直乱想，如果任由自己的情感继续，只怕有数不清的人会因此陷入万劫不复的境地。

"夫人，是要去皇后那里抚一曲吗？"凌霄不解，以为李倾城想以琴声博取皇后的好感，"夫人，这法子真是绝妙，奴婢听说从前皇后也是懂音律的，定能志趣相投，别的美人想要效仿，也没有用，陛下都赞赏夫人琴艺精湛了。"凌霄兴奋地喋喋不休。

李倾城心中有别的想法，也不理会凌霄的话，只径自取了简单朴素的钗子簪上，待凌霄叫了宫人来取琴，便先出了门往椒房殿而去。一路上，她想着说辞，打算见到皇后便送还古琴。凌霄和两个宫人紧跟在李倾城的身后，主仆四人一前一后到了椒房殿。卫子夫得知李倾城前来，有些意外。

"倾城拜见皇后，今日来打扰，实在不好意思。"李倾城看着身后的古琴，心中其实有些不舍，但是她不得不将琴送还。

"这是什么？古琴？"卫子夫眼前一亮，"真是好琴啊，妹妹从何处得来？"她抚着琴，有些爱不释手。

"这不是……"李倾城一时间怔住，刘据撒了谎，那个善良温和的少年，并不是带着母亲赐予的古琴送到了自己的合欢殿，那琴，根本就是他送与的。"啊，是兄长先前送来的，说让妹妹打发时间，近日来本想弹一曲给姐姐解解闷，看姐姐应该是喜欢的吧，不知道是否唐突了。"

"怎么会呢，就咱们姐妹二人，抚琴闲谈，不知道多惬意，姐姐让下人搬桌椅去院中，好好欣赏妹妹的琴艺。"卫子夫来了兴致，吩咐宫人在院中安排妥当，牵了李倾城的手便往院中走。卫子夫当年在长公主府中做过歌女，歌舞技艺不错，却没有人专门教习过琴艺，今日听到李倾城的琴技，十分欣赏。

"姐姐过奖了。"李倾城站起身，轻轻抚摸着琴身上的花纹，"妹妹琴艺拙劣，本不该来献丑的，其实，妹妹原本打算将琴送与姐姐，不知道姐姐可喜欢？"

"虽然喜欢，不过姐姐不会抚琴，这样好的琴原本该拥有更合适的主人，不然岂不糟蹋了？"卫子夫并不知道李倾城今日来的真正原因，她也从未想到太子会有别样的心思，因此谢了李倾城的好意，"姐姐从前待你，少了几分真诚，多了许多客套，今日听你抚琴，突然就觉得，似乎不应该呢。妹妹的琴声里，有许多忧伤，姐姐虽然不知道源自何处，但是却能知道，妹妹是个真性情的女子，这样的人，不该成为敌人，而应该成为朋友。姐姐在宫中二十多年，从来没有过朋友，无论是先我入宫，或是在我之后得宠的，都无一例外视姐姐为敌人，每日提防算计，不知道有多累。"卫子夫感叹道。

"那妹妹日后常来，与姐姐解闷。"李倾城让宫人收好琴，辞别了卫子夫，不知是否命中注定，这琴竟与自己分不开了。

几日后，刘据再次来到合欢殿，这一次，他送来了一些民间收集的曲谱，不用说，他依旧说是带着母后的旨意而来。刘据并不知道李倾城已经知道琴的来历，见到李倾城，他欣喜地递上珍贵的曲谱，李倾城垂首接过，心里有个声音告诉她，不要再有牵扯，可是，她还是站在寝宫门前，看着刘据飞奔而来，看着刘据小心递来曲谱，并将刘据迎进了厅堂。

"殿下，这些曲谱来之不易吧？"李倾城翻看着手中的曲谱，"收集这些应该花费了不少的时间，辛苦了。"

"对，啊……不对，母后派人收集来的，我只是转交给姨母而已，算不上辛苦。"刘据红了脸，眼神躲闪着。

"待我熟悉了曲谱，会去椒房殿与皇后抚琴解闷，殿下到时候可以过来，听听这些究竟是好还是不好。"李倾城轻声说道。

"真的？好。"刘据原本以为李倾城会和上次一样，客套地回绝自己，没想到这次，同样是去椒房殿，但是李倾城的话语中却是邀请，"那儿臣他日前去母后的寝宫，听姨母抚琴。"

两人的约定在十天后兑现，在椒房殿的花园里，李倾城为卫子夫演奏了一曲，那清新的曲调让卫子夫很是喜欢。

"这曲是相思的吧？听着竟让我想到了从前与你父皇相识的时候。"卫子夫轻拍着刘据的手背，"太子如今也成年了，不知道可有了相思的人？"

刘据笑而不答，李倾城虽然抚着琴，但是卫子夫说的话她并未错过，一瞬间的失神，让她加重了手下的力道。

"啪！"面前的琴弦突然断裂，她惊叫一声站起来，右手手背上已有一条红痕，她压住伤口，惊慌失措。

"怎么了？"刘据想也不想，冲到李倾城的面前，就要抓过她的手看个究竟。

"太子！"卫子夫突然在身后厉声喝道，"还不去外头叫宫人来，把琴搬出去？你姨母的伤不过是在皮肉，母后带她去寝宫敷药就好。"

刘据这才发现自己的失态，他愣在原地，看着李倾城眼中带泪，面色惨白。

"皇后，倾城回自己宫中涂些药膏便行了，并没有要紧。"李倾城轻颤着，将受伤的手掩入袖中，"倾城告退。"

"站住，你随我来内室，有些事情，我须与你说说，而你，似乎也该有话要对我讲吧。"卫子夫咬着牙，转身走向内室。

在卫子夫的注视下，李倾城知道已经瞒不过，想到这些天的犹豫和难过，她干脆和盘托出，她相信卫子夫不会将真相告知刘彻，因为这件事情更关乎刘据的将来。

"你说那琴，也是太子送来的？"卫子夫的脸一阵红一阵白，她不停咬着唇，似乎在压抑着自己的情绪，"你们，究竟有多长的时间？"

"倾城与太子并无苟且，不过是惺惺相惜，之前在园中偶遇，彼此也知道了身份，后来，太子送来古琴，说是您赠予的，倾城没有回绝，那日心中矛盾，不想有太多牵扯，以免被人误会，便来椒房殿送还古琴，知道是太子赠予，心中更加不安，是奴婢愚昧，以为没有捅破这层窗纸，便不会有事。"李倾城哽咽不止。

"实在是荒唐，若是我早知了此事，就不会再让他进宫来，你们年纪相仿，言语投缘也不奇怪，只是，你是陛下的夫人啊，你可知道，若是被陛下得知，即便没有私情，就是被别有用心的人造了谣，也是满门抄斩的死罪。"卫子夫激动不已，她甚至忘了尊称，此刻，她跟李倾城一样惊惶，她绝不能让刘彻知道这件事，若要保全太子，最稳妥的办法就是，除掉李倾城。

泪流满面的李倾城，对卫子夫心怀愧疚，她不停自责，跪在卫子夫面前请求原谅。卫子夫看着她楚楚可怜的模样，突然泪如泉涌，她改变主意，伸手将李倾城扶了起来。

"罢了，一段孽缘，好在没有旁人知道。你答应我，此生，不再与太子单独见面，不要有别的情绪，否则，你会害了所有的人。"卫子夫长叹一口气，沉重地说道，"这番话，我也会告诉太子，你们都是明事理的，知道将来要怎么做。"

"多谢皇后，多谢皇后。"李倾城的唇上渗着血滴，"奴婢有罪，惊扰了皇后，往后不会再犯错了，谢皇后今日保全。"

"把眼泪擦掉，重新装扮一番再出门吧，免得让宫人们怀疑，陛下可是不会被欺骗的人。"卫子夫站起身，将自己梳妆匣中的胭脂水粉取出，递给李倾城。

"皇后之前是否有保全太子的心思？"李倾城涂抹着脂粉，她想到先前在卫子夫眼中看到的决绝，"若是奴婢的存在，会威胁到太子，只要不殃及兄长家人，奴婢回宫自当自裁。"她说着，眼泪再一次流了出来。

"我已经放过了你，你为何不能放过自己？"卫子夫也哽咽道，"说实话，为了保全太子，最稳妥的方式确实是除掉你，可是，我不忍心，你让我想起我的石邑，那时，我为了替太子争得储君之位，请求将石邑送去和亲，那是我亲生的女儿，当时才十一岁。我身份低微，许多大臣和妃嫔对我不满，认为我没有资格做皇后，我的儿子尽管是嫡长子，也没有资格做太子。可是我知道，他是最合适的储君，他将是我大汉朝优秀的皇帝，是陛下最得力的儿子，可是我没有机会让他得到这一切，母亲的卑微连累了他，我只能牺牲我的石邑，送她离去的时候，她也是这样跪倒在我的面前，苦苦哀求，让我救她。"

"听闻石邑公主十多岁时便故去了，难道是……"李倾城不敢置信地看着卫子夫。

"不到三年，她就难产而死，不到十五岁的孩子，在苦寒之地，为一个三十多岁的蛮夷怀孕生子，和亲害死了她。"卫子夫抹掉眼泪，"我总这样安慰自己，其实不过是为自己的惭愧找借口，我心里很清楚，真正害死她的是她的亲生母亲，是我。"

"皇后，奴婢此时才知道您二十多年的苦。"李倾城转身握住卫子夫的手，"对不起，奴婢将彻底把这段荒唐事忘掉，日后尽心尽力，为皇后出力，稳固太子之位。不然不足以报答皇后的再造之恩。"

"你歇歇，精神好些了就回去，千万不要在陛下面前露出破绽来，所有的事情，到此刻为止。"卫子夫说罢，心事重重地走出寝宫，在偏殿，还有一个人，需要她谆谆教诲。

第五章／空飘荡

　　三个人的秘密就这样被隐瞒下来，李倾城避开了所有与太子见面的可能，两年后，她怀孕并生下了刘彻的第五个儿子刘髆不久，长平侯卫青病故，卫子夫失去了最强有力的依靠。此时李倾城专宠，她的兄长李广利成为贰师将军，在朝中权倾一时。

　　李广利通过李延年，向安心抚育皇子的李倾城传达了自己的意图，他们希望李倾城借机向刘彻请求，废刘据而立刘髆，兄长的决定让李倾城心绪难平，她断然拒绝，在她的心里，她欠卫子夫一份恩，欠刘据一份情。对卫子夫，她有承诺，必将尽自己之力稳固太子之位；对刘据，她与他相见恨晚，彼此只能辜负。无论如何，她都不能背弃这两人，虽然，让自己的儿子成为太子，这有着巨大的诱惑力，可是诱惑再大都不能动摇她的心。

　　一年后，李倾城不幸染病，卫子夫来合欢殿探望，两人促膝长谈，说尽了自己一生中的悲欢离合。卫子夫离开后，原本打算向刘彻托付孩子的李倾城，因为卫子夫的劝告，改变了主意。卫子夫说的没错，色衰恩弛，若是让刘彻看到她这副不堪的面孔，从前的恩宠都会荡然无存。

　　"妹妹，你这是何苦，既然到了弥留之际，为何不让陛下来看看？"李延年守在妹妹床畔，没有旁人在，他不用称呼她的名号，床榻上这个憔悴得不忍直视的女子，是他送进宫的绝代佳人，他原以为此举能改变她的命运，却不知道，红颜薄命，她如今已是气若游丝。

"我若那样做，他日你们会失去更多，记住了，我咽气之后便用锦被包裹，千万不要让任何人看到我的面容，尤其是陛下。哥哥，小皇子就托付给你了，你要替我好好照顾，千万不要有非分之想。"李倾城再三叮嘱道，"太子之位不可动摇，若是变故，必将有大祸，妹妹临终之言，哥哥一定要听。"

李延年点头，握着妹妹的手，再三保证："你好生歇着，不要说话，这样对你身体不好。妹妹，哥哥真不知道，送你进宫是对还是错，也许，换一种生活，命运也会有改变。"

"妹妹没有遗憾。"李倾城勉强地笑着，"陛下对妹妹恩宠甚浓，这一世有几个女人能得到如此眷顾？"她喘了一口粗气，咽下了心底的那句话，如果没有入宫，又怎会和他相遇？

"妹妹还有什么要交代的，只管开口，哥哥自当办妥。"李延年掉着眼泪。

"陛下生了气，已经许久不来，无妨，只要皇子无恙，我便能瞑目。哥哥，你替我把偏殿的那张琴取来，还有一旁漆盒中的曲谱，那是我珍爱之物，待我大去，便放入棺木中陪葬。"李倾城伸手指了指。李延年依言去取来物品，将它们放在李倾城面前。

李倾城抚着琴身，叹息着闭上眼睛，两滴清泪顺着眼角滑落，原本放置在曲谱上枯瘦的手，渐渐滑落。在刘彻的记忆里，永远没有枯槁憔悴的李夫人，他看过她的每个时刻，除了她最真实的时候；而在李倾城的记忆里，她惦记的，只有那个抚琴相谈的温润少年，尽管他们此生无缘。

顾眉生

芭蕉不展丁香结

顾眉生，本名顾媚，字眉生，号横波，人称横波夫人，「秦淮八艳」之一。顾横波性情豪爽，工于诗画，尤善画兰，时人称其「眉兄」，崇祯十四年嫁进士龚鼎孳，后龚鼎孳降清并做到礼部尚书，顾横波接受诰命，被封为「一品夫人」。她是「秦淮八艳」中地位最显赫的一位，康熙三年病卒，龚鼎孳在北京建妙香阁纪念。

第一章／寒窗静

在车水马龙的南京城内，人们说笑着往一处小楼而去，就在他们将要到达的目的地，一名女子正在数人的围观下，提笔作画。她不过十五六岁年纪，虽年少，面貌却并不青涩，一双眼媚意天成，挽成螺髻的青丝上，点缀了十来颗小指大小的明珠，在发间闪烁着星星点点的光芒，身上的衣衫也极考究，玫瑰色的锦袄上，绣了繁复华丽的花纹，锦袄下系了一条藕丝锻裙，衬托得整个人艳丽无比。女子虽被众人围观指点，却没有忸怩之态，一幅墨兰一气呵成，惹来众人连声叫好。

"我就说嘛，我家的姑娘，哪样儿不是出挑的。"一个中年妇人站在离人群不远的地方，看着被人围住的年轻女子，满意地点着头。

"那是，妈妈您的眼光自然是最好的，若不是妈妈器重，姑娘哪里能有今日。"站在中年妇人身旁的小丫头附和道。

"就你嘴甜，话说回来，若不是眉生聪慧，我再器重那也是白费。"妇人眯起眼睛，"今日客人们给的赏钱不少呢，明日我再替眉生做几套新衣裳去。"

"妈妈可真大方，什么时候也能给我做一套呀？"小丫头讨好地看着妇人。

"呸，等你能给我赚大钱的时候吧。"她冲小丫头啐了一口，"好好服侍着你家姑娘，要是有什么闪失，我拿你是问，她可是我的宝贝。"

小丫头撅着嘴，冲妇人做了个鬼脸，回头看看人群中的女子，羡慕地叹了口气，嘟哝道："姑娘，老天可真不公平啊，什么好事儿都让你占了。"

"今日这幅兰花，同往日一样，价高者得，买中的由眉生陪酒三杯。"顾眉生妩媚笑着，冲不远处笑得眯缝起眼睛的老鸨眨了眨眼。老鸨立刻叫了伙计将兰花图挂到厅堂中央，围观的人顿时如炸开了锅一般，掏钱的、叫喊的，热闹非凡。

"妈妈，依往常的，卖画的钱，分我两成。"顾眉生凑到老鸨耳边，"您赚得够多了，总得让我多些零花，不然打扮寒酸，损失大的可是您呢。"

"哎哟，又没有说不给。"老鸨横了她一眼，"咱们娘俩还分什么彼此，有钱一块儿赚一块儿花，我把你从小养到大，等我去了，这楼都是你的，你这会儿跟妈妈分这几两碎银子，也好意思。"

"怎么不好意思，若我懒懒散散，妈妈能赚的也只有几两陪酒卖笑的钱，能有多少？这附近烟花女子还少吗？每人分一点，还有多少能到妈妈口袋里来？妈妈心肠好，由着我过日子，所以，得好报了嘛，我一幅兰花抵得上别人侑酒一月呢。"顾眉生有些傲慢地看着厅堂中竞相购买的人们。

"就说是咱们娘俩命好嘛，他们都说你的画不比那马湘兰的差，可是论姿色，那是不知道胜了多少去呢。"老鸨笑得花枝乱颤，"你是不知道，我听到这话多得意，别的老鸨子看到我，都羡慕得恨不能杀了我去，哼，这种好日子她们想都别想，秦淮河独此一家。"

"妈妈，若是我哪天选个人嫁了，您可会乐意？"顾眉生绕来绕去，终于说到了正题。

"你可别打这主意，我诚心栽培你，可不是为了让你去做个黄脸婆的，别说糟蹋你，也糟蹋了我的心意呀，绝对不成。"老鸨子摆摆手，"你若真有那心思，万两黄金赎了你去，我从今往后衣食无忧，倒也可以，不过话说回来，姑娘，这价码，若不是皇亲国戚，可没有能把你带走的。"老鸨提出了大价的要求，以此绝了顾眉生赎身自去的念头。

顾眉生笑笑，并不回答老鸨的话，只是一副淡定自若的样子，走向刚刚重金购买了兰花图的客人。

曲终人散，到深夜时，小楼中的客人都尽数散去，回到房中卸下首饰的顾眉生，轻拍着自己的脸颊，镜中的容颜看上去颇有些无奈。

"姑娘，那兰花又被人几百两银子购去了，妈妈少不得赚一大笔。"丫头站在身后，羡慕地说道。

"她养我成人，为她赚些养老的钱，是应该的。"顾眉生叹了一口气，"只是不知这日子要过到何时，对着那些人，笑得脸都僵了。"

"哎哟，要是我能挣到那些银子，笑得送命都愿意。"丫头翻个白眼，"可惜我没姑娘好命，姑娘若是厌烦了，不如日日画兰花，算算，每幅就是几百两，如此不到一年，就有数不清的钱财了，到那时候，姑娘想做什么都行。"

"哼，你说就你这脑子，即便生得花容月貌又如何？不过是多卖几个人家罢了。"顾眉生没好气地骂道，"日日都能有的东西，别人还稀罕？"

"哦，对呀，我怎么忘了这个呢，难怪姑娘十天半个月才肯作画一幅呢。"丫头恍然大悟，拍拍自己的脑袋吐了吐舌头。

"给你，留些体己钱，不管以后咱们在不在一处，有钱财总能好过些。"顾眉生从面前的梳妆盒里拣出一副秀气的珍珠耳坠，"可别弄丢了，我并不是日日都有能给你的东西。"

"多谢姑娘，姑娘真是大好人。"丫头拿着耳坠在耳朵边比画，欣喜不已。

"好生收着，你若戴出去叫妈妈知道了，她不但要收回去，还会骂我呢，那我以后可是连个铜钱都不会给你了。"顾眉生吓唬道。

"知道了，姑娘，我去给你打盆热水来泡脚，好去去乏。"丫头赶紧将耳坠放进腰上的香囊里，嘻嘻笑着往门外跑。

趁着四下无人，顾眉生蹲下身，将袖中几锭银子飞快地放进床下的黑色木盒中，自小在青楼长大，看尽了虚情假意，尽管她没有受过欺骗，却不得不未雨绸缪，不管日后在何处生活，靠自己总比靠别人实在，起码，没有人会欺骗自己的。

"姑娘，姑娘。"丫头拎着空盆跑了进来，"快去看看吧，老鸨子领了个比您年长的女子进来，哭得好不伤心，跟死了爹娘似的。"丫头慌慌张张嚷道。

"什么死了爹娘，是不是从前打咱们这儿出去的？你看着可眼熟？"顾眉生站起身，看着比自己小了三四岁的丫头，对方愣在门口，傻傻地看着自己，"哎呀，被你一嚷嚷，我脑子也不好使了，你来这儿才多久时日，哪里知道，罢了罢了，我去看看，在妈妈房里吗？"

"是呀是呀，正嚷着呢，可悲了。"丫头挠了挠头，"那脸都花得像个唱戏的了，我即便见过也不认得呀。"

顾眉生懒得理会丫头的啰唆，提了裙摆赶紧往老鸨的房间走去。

"云袖姐姐，可是你吗？"顾眉生踏进房中，只见老鸨一脸愁容，身旁坐着的女子看上去分外眼熟，似是两年前从良的姐妹，只是顾眉生不敢断定，那梨花带雨的脸上，满是青紫，实在不忍细看。

"妹妹。"云袖看到顾眉生进来，想到自己当日从良时的风光，如今凄凄惨惨，又羞又气，眼泪跟断了线的珠子一般。

"妈妈，这是怎么回事？"顾眉生看向老鸨，却见老鸨也是一脸无奈，"姐姐是受了谁人的欺辱，我倒有些熟识的客人，认识江湖上的朋友，不说伤筋动骨，吓吓也是好的。"顾眉生素来豪气，性情洒脱，见到云袖难堪，自然不会袖手旁观。

"小祖宗，你可别添乱，她还指望着回去呢，你若是一闹，岂不绝了她的后路。"老鸨子赶紧出言制止。

"都伤成这样了，若是还能回去，哪里会奔到咱们这儿来。"顾眉生轻拍着云袖的肩膀，宽慰道，"想当初，姐姐是多清秀雅致的女子，性情又好，怎会遭受如此不堪？"

"云袖，你也别顾着哭，都是自家姐妹，断不会嘲笑你，说说事情的原委，看看咱们替你想点什么法子。"老鸨看着云袖，叹了一口气，"你总憋在心里也不是办法。"

"我实在难以启齿，当日以为遇了好人，为了从良，还背着妈妈积攒私银，巴巴指望着能离开，没想到，那个人不但辜负我，骗我钱财，如今还不管不顾，他家的正妻待我比粗使丫头还不如，轻则辱骂，重则毒打。"云袖抽抽搭搭，好不心酸，"年前我怀了孕，那正妻使人害我，滑了胎遭了罪，还污蔑我品行不端，打算将我送到祠堂去，我没有办法，虽然想要为自己伸冤，可是一想到自己从前的身份，百口莫辩，只好连夜逃了出来。"

"那你怎能回去？岂不是死路一条。"顾眉生看着老鸨，"妈妈，给云袖姐姐找个安顿的地方吧，日常用度从我的花销里出便是了，她没有亲人，此番若回去就是送死，妈妈也不忍心的。"

"日常开销能用几个钱，我也不是承担不起。"老鸨子听云袖一说，不免伤感，陪着落了几滴眼泪，"只是，往后可要怎么办？总得想想将来啊。"

"妈妈若不嫌弃，就留云袖在这里给您端茶倒水吧。"云袖俯身拜倒，攥着老鸨的胳膊伤心不已，"能苟活便行，不敢奢望别的。"

"我……唉，这端茶倒水都有小丫头做着呢。"老鸨想到要多一个吃闲饭的人，有些为难。

"妈妈，不过多副碗筷，您日常有人陪伴，也不用寂寞，云袖姐姐懂规矩，比新来的小丫头总是利索得多，先留下，往后再说嘛。"顾眉生赶紧帮着说情。

"罢了罢了，我虽然不是做善人的，可总归数年感情，往后若有苦日子，也得一同挨，你可要记好了。"老鸨叹息道，"今日晚了，你就在我塌边铺床被子，将就将就，明日再与你收拾个房间住下。"

"多谢妈妈，多谢妹妹。"云袖咬着唇，拜谢面前的两人。

"姑娘，那哭哭啼啼的真是从前打咱们这儿出去的花魁？"丫头好奇地打听道，"听说从前嫁得极好，那边有钱有势呢，怎会落得今日光景？"

"哼，世间男子有几个真心。"顾眉生冷笑，"所以我倒愿意过现在的日子，看得惯便同他结交，不投缘就不去搭理，自己总能有个选择，若是从良，一旦识人不淑，就连退路都没有了。"

第二章／心相忆

见惯了身边来去宾客的嘴脸，顾眉生的心越来越冷，她依旧会往床下的黑箱子里攒钱，却不知道自己攒到多少才算足够。三四年时间，有不少的男子有心迎娶，她都冷冷拒绝，顾眉生是聪明且冷静的，从良的结局不一定会美好，云袖当时的境况是最好的证明。有时辛苦无奈，她也有远离风尘的想法，不过却并不是为了某人，她只想要一份清净自在，随心所欲，一人足矣。

在对顾眉生心仪的宾客中，有一个年轻公子很是执着，他与顾眉生相识三载，一有时间便来小楼捧场，且出手阔绰。他样貌英俊，还是名门之后。这样的身份地位让许多年轻姑娘趋之若鹜，但唯独顾眉生不屑一顾。其实，顾眉生也并非没有动心过，男子的才情和样貌都出众，她也是个平常女子，没理由不会被吸引，只是，想到云袖的遭遇，她便有些退缩。

"眉生，你我相识已有三年之久，你何时能点头？"刘生看着面前如花似玉的女子——她的心思永远都捉摸不透。

"既然已相识三年，我倒想问问，你给我的承诺是什么？一晌贪欢，还是露水姻缘？"顾眉生挑起眉，看着面前眼神有些飘忽的男子，"你是要我答应做妾还是做情人，或只是做迎客的妓女？"

"眉生，我没有那样的意思。老鸨也说了，你是洁身自好的，我苦苦追求正是看中你的品质，这三年我真心以待，自然是要为你赎身。"刘生赶紧解释。

"赎身？万两金你拿得出？"顾眉生嘲笑道，"只怕就算你有，你那母亲与正妻也是不肯的，到时候我欢欢喜喜跟了你去，若是到头来凄凄惨惨，你要如何补偿呢？"

"我可以另筑别屋，与你一道生活。"刘生急切地说道。他的母亲与正妻根本没有同意他纳青楼女子为妾，只是因为自己确实喜爱，才不得不想了这个对策。

"世家子弟，少不得将来要靠爹娘，你都要看着他们的脸色生活了，我还能活得多痛快？你去吧，往后不要再来了，看在你倒是一片真心的份上，我与你结交三年也算对得起你的情意。"顾眉生端起面前的酒杯，一饮而尽，"就当是眉生辜负了公子。"

"眉生，我是真心喜欢你，你素来洒脱，应该知道名分是虚无的，两个人相守一生，有情有义不就足够了吗？"刘生还想争取，"你也说世间男子真心的不多，为何就不能撇开其他的，顾念我三载真情呢？"

"既然名分虚无，你不如离家如何？万两金，我筹措筹措，也不是没有办法，你抛却身份地位，与我清苦相守，可否？"顾眉生的脸上，满是戏谑的表情。

"我，我……"刘生支吾着，尽管不舍顾眉生，可是想到要抛家而去，他立时慌了神，那样惊天动地的事情，他从未想过。

"你看吧，这样怯懦的性子，还想要与我携手，我哪里看得起。"顾眉生冷笑，"你走吧，我们缘尽于此，以后不要来了，彼此都不要浪费了光阴，你要守着你的家人，我要赚足我的银子，两不相干才是最好的。"

"眉生。"刘生竟流下泪来，"让我离家是万万不能，可是让我不再见你，也是绝难做到啊。"

"天下的好事都让你占了，别人可怎么活？"顾眉生不顾刘生的哀求，站起身推搡他至门边，"好好做你的名门公子，守着娇妻家产去吧，为了一个顾眉生，哪里值得！"

"眉生，眉生！"刘生拍打着顾眉生的房门，苦苦哀求着。

"妈妈，请刘公子出去吧，若不然，告知他家里人，带他回去，在我门前痛哭流涕，如女人一般，算怎么回事？"顾眉生故意说得刻薄，"我还要开门做生意呢。"她高声叫道。

过了多半个时辰，刘生终于离开。顾眉生打开门，看到门前落下了一块丝绢，那是三年前与刘生初识时，自己赠予他的物件。顾眉生弯腰捡了起来，走到窗边，打开木窗，将丝绢扔进了楼下的秦淮河，不该留下的，都要舍去，丝绢如此，情意也是如此。

刘生自此没了音讯，顾眉生也没有留恋，很快便开始了从前一样的生活，甚至比之前更为大胆放肆，有时客人玩笑，重金请她去戏弄友人，顾眉生也不拒绝，收了钱财便去，与男人共卧一榻，笑闹过后一道饮酒欢笑，竟如无事一般。坊间毁誉参半，喜欢的，说她真性情，厌恶的，说她浪荡至极。无论是赞赏还是辱骂，对顾眉生来说，都是无关痛痒的，唯有夜深人静的时候，看着自己箱子中堆积的金银珠宝，她才会有感触，才会有喜怒哀乐。

"花飘零，帘前暮雨风声声；风声声，不知侬恨，强要侬听。妆台独坐伤离情，愁容夜夜羞银灯；羞银灯，腰肢瘦损，影亦伶仃。"

虽然不知道自己积攒私银究竟是为何，或许就是一种习惯，她不愿相信男人，对他们的甜言蜜语冷嘲热讽，思量着有朝一日若能清净独身也未尝不好，可是，每到夜深人静时，看着满室寂寥，她又不免感伤。小楼中有些姐妹趁着年华正茂寻了去处，托付的人中少有翩翩公子，多数都是商贾或是老者，她们之前也见到了云袖的凄凉，可是即便如此，还是有不少人从良而去。

先前刘生纠缠时，有姐妹也曾好言相劝，认为若刘生真心，别馆独居也未尝不可，至少比如今饮酒陪笑来得自由。可是顾眉生总是不愿，她不想就这样丢掉了自尊，为一个男人哭哭啼啼，悲伤至极。或许，在她的内心深处，也是希望有一个美满结局的，只是那期望太过飘渺，让她灰心丧气。

　　就在顾眉生对爱情日渐冷漠的时候，有一个人出现在她的生活里，这个人叫龚鼎孳。比顾眉生年长四岁的龚鼎孳，英俊潇洒，擅长诗赋古文，十八岁便中了进士，可谓才貌双全。这一年，他回乡省亲后北上，经过南京时，居住在南京的友人设宴款待，安排了一桌酒席，为了助兴，友人请来了顾眉生作陪。顾眉生见惯了这种场合，落落大方，谈吐非凡，虽只一面，却让龚鼎孳顿时倾倒。顾眉生见龚鼎孳儒雅气度，也有好感，两人谈诗论画十分投机。

　　这一次见面，双方都留下了很好的印象。次日，龚鼎孳只身前来，顾眉生自然盛情款待，两人欣赏了顾眉生擅长的画作，龚鼎孳提出为顾眉生画一幅小像，顾眉生欣然应允，当她接过龚鼎孳画完的小像，却发觉画像旁还有一首情诗。

　　　　腰妒垂柳发妒云，
　　　　断魂莺语夜深闻，
　　　　秦楼应被东风误，
　　　　未遣罗敷嫁使君。

　　"公子这是何意？眉生愚钝。"顾眉生假意不懂，将画像推到龚鼎孳的面前。

　　"姑娘如此聪慧，却不明其意，看来，我只有明日再来了。"龚鼎孳但笑不语，他辞别了顾眉生，离开小楼。次日，他依旧照前日的时间而来，也不提及先前的诗作，只是与顾眉生相坐谈论诗画，如此达一月之久，顾眉生辞了别的客人，在这一月中，只安心与龚鼎孳交道。两人或静坐赏月谈诗，或外出游历山水，彼此都明了对方心意，却并不说破。

一月过去，龚鼎孳到了归去的时间，他在启程北上时，请顾眉生来送别，站在即将远行的航船上，龚鼎孳恋恋不舍。

"眉生可有意北上？"他与顾眉生都是骄傲的人，尽管知道对方心意，却还要用一个月的时间等对方开口。到离去时，龚鼎孳终于忍不住，他太想与心爱的女子长相厮守。

顾眉生对龚鼎孳的情意也同样深厚，有那么一瞬间，她几乎要脱口而出，说出自己的决定，并跳上龚鼎孳站立的船只。可是，理智不停地敲打着她，那些青楼姐妹的遭遇历历在目，谁知道这个男人的爱情有多久？谁知道不一样的人生能过得如何。顾眉生还是畏缩了，看多了悲伤，她对自己的命运少了自信。

龚鼎孳看着佳人为难的样子，他没有强求，只是从自己的行囊中取出一只金钗，放在顾眉生的手掌中。

"此是信物，若是有意，等我归来。"龚鼎孳挥了挥手，随着船只远去，两人默默分别。

"姑娘，那刘生又来了。"顾眉生送别了龚鼎孳，还沉浸在离别的感伤中，刚踏进小楼，却见丫头急忙跑来，指着不远处张望着的刘生道。

"他来做什么？"顾眉生正问着小丫头，刘生回头见了她，赶紧起身奔了过来。

"眉生，眉生，我忘不了你，只要你答应，我离家也行。"刘生面容憔悴，一脸哀戚，"我原以为那些都是舍不掉的，可是这数月，我茶饭不思，原来你才是我真正舍不掉的，如果不能与你一起生活，守着那些我又如何过活？"刘生眼眶通红。

"你从前没见我时，不也潇潇洒洒？一个男人，何苦把自己弄得这样狼狈？"顾眉生有些反感，"我并不爱你，即便爱你，见你这模样，也早厌烦丢弃了。"

"你说这些是违心的，我们相识三载，从前饮酒谈笑不是很好吗？当初我约定白首，你也不曾反对啊。"刘生不甘心地嚷道。

"你也知道那是从前啊，从前你风度翩翩，俊秀神气，如今成了什么模样？再者，你说得有些迟了，在你犹豫不决的时候，我已经收了别人的信物，过不了多久，我的如意郎君就要来迎娶我，眉生已算是有夫之妇，请公子你不要再生非分之想，免得伤神。"顾眉生拿出手中的金钗晃了晃。

"这不是真的，你骗人。"刘生绝望地低吼，从前顾眉生拒绝他，也不过是推搪不见，如今竟有金钗为证，不管迎娶之事是真是假，顾眉生对自己是完全无情的了。想到自己屈尊哀求却挽救无望，除了得到一番羞辱，再无其他，刘生悲愤至极，他悲号一声，冲出门去。

"公子，你的酒钱还没有付呢。"丫头赶紧追出去，却不见踪影。

"算了，我来付吧。"顾眉生叹了一口气，"总算相识一场，只当是萍水相逢，请他一顿水酒也是可以的，想不到他竟如此执着，可惜我早已无意，先前觉得他年轻俊朗，心中多少还有一丝好感，今日一见，这样颓废可怜，好感全无，堂堂男儿怎能如此。"顾眉生摇摇头，招呼了客人回到房间中。

次日清晨，顾眉生听到一个让她震惊的消息，那刘生借酒消愁，半夜时酒醉落水，不幸溺亡。虽说自己对他已无情意，顾眉生还是让丫头买了纸扎香蜡去出事的地方祭拜了一番，总是相识一场，想来未免可惜。

这一年的中秋，龚鼎孳南下，原本并不经过南京，但为了见顾眉生，他连夜奔波，再次表达了自己迎娶的意思。这一次，龚鼎孳只能停留一日，他叮嘱顾眉生，待一月后，他回转北上时，便带其同去，顾眉生未点头，却也未拒绝。其实，在她的心里，何尝不想往前迈一步，想到自己中秋时思念龚鼎孳所作的诗词，她的内心也变得脆弱。

"一枝篱下晚含香，不肯随时作淡妆；自是太真酣宴罢，半偏云髻学轻狂。舞衣初著紫罗裳，别擅风流作艳妆；长夜傲霜悬槛畔，恍疑沉醉倚三郎。"

龚鼎孳与自己相识并不久，可是看着他的期待，顾眉生却无法同拒绝刘生一般拒绝他，或许这就是情意，不同于她与一般客人的交往。她对他，有情，有期许，这让她收下了贵重的金钗，让她在盟誓前低头不语。龚鼎孳没有食言，一月后，他忙完公务，赶往南京，可是，顾眉生再一次让他失望而归。

　　"若是真有缘分，一年后再聚吧。"顾眉生盈盈眼波，看着满是不舍的龚鼎孳，"一年之约，眉生定当遵守，也算不负您的情意。"她的话让失望的龚鼎孳似乎又看到了些许希望，他点点头，再次告别顾眉生，踏船远去。

第三章／已蹉跎

"姑娘，明日就是一年之约的期限了。"丫头在一旁小心地问道，"龚大人可有消息？"

"我倒不急，你可是慌得六神无主了，怎么，是厌烦我了还是想让我带你同去？"顾眉生玩笑道，她嘴上说得轻松，其实心里不免还是慌乱的。这一年中，她与龚鼎孳也有数次书信来往，只是，鸿雁传书终抵不过两相厮守，信笺上的相思也并不能让人看到真情实意。临到约定的日期，她心里就愈发慌乱，既盼着龚鼎孳前来，又担心自己将来同云袖一般的命运。

约定的这一天，天公不作美，竟下起了倾盆大雨，顾眉生在小楼中听着屋外的雨声，心绪也跟着纷乱，眼看已经过了午时，却没有半点消息，她在房中焦躁地踱步，终究还是忍不住，取了油纸伞，踩着泥泞的雨水奔向码头。

冰凉的雨水拍打着顾眉生的身体，油纸伞在瓢泼大雨中失去了作用，雨水染晕了她的胭脂，打散了她精心梳弄的发髻。她站在码头，望着远处迷茫的水面，那里什么都没有，最后一艘船只早已靠岸，船家说因为暴雨，有些船只泊在别的码头，今日是不会过来的。

虽说龚鼎孳的爽约事出有因，顾眉生还是有些失望，她望着空空的码头，又低头看看自己满是泥水的裙摆，颓然地往回走。

"眉生，眉生。"身后传来一个熟悉的声音，在喧闹的雨声中，声音并不清晰，可是足以让顾眉生听见。

她猛然回头，看到龚鼎孳一身狼狈，站在自己身后不远的地方，顾眉生没有停顿，她扔掉了纸伞，奔向龚鼎孳的怀抱。许多年以后，顾眉生依旧记得当时的情景，那是她人生中最幸福也是最温情的时刻。

尽管龚鼎孳从友人处筹借来的钱财，足以支付顾眉生的赎身费用，但是顾眉生却将他的金银原封不动地退回给他，在龚鼎孳不解的目光中，顾眉生从床底取出了自己的黑木箱，那里的珍宝珠玉并不止万金。

"郎君有此真心，胜过万金，眉生当自赎，与郎君同去。"顾眉生依偎在龚鼎孳的怀中，说不尽的柔情。数日后，顾眉生拜别了老鸨与数位姐妹，与龚鼎孳北上京城。当时龚鼎孳的原配妻子在老家合肥，京城的宅院便由顾眉生打点内务，为了斩断从前的生活带给自己的影响，顾眉生洗净铅华，摒弃从前的一切，并将自己的姓名也改成徐善持。新婚的这段时光，是夫妇二人最幸福的时候，当时龚鼎孳公务并不繁忙，因而有许多空闲的事情，他带着顾眉生游历京城各处，有时，两人也静坐家中，品茗赏花，情趣相投。

一日，龚鼎孳为顾眉生画了一幅小像，顾眉生见着欢喜，提笔在旁作了一首诗：识尽飘零苦，而今始得家。灯蕊知妾喜，转看两头花。她的幸福溢于言表。但好景不长，李自成攻破北京，躲进枯井中逃生的夫妻二人被俘，为了不让顾眉生遭受侮辱，龚鼎孳投降并担任官职，数月后，清军南下，他再次投降清廷，担任原职。

龚鼎孳的行为为世人唾骂，不仅如此，在朝堂上，他时常被人出言侮辱，满腹才华却得不到重用。仕途潦倒的龚鼎孳，唯有以酒浇愁，沉溺声色之中。这个时候，唯一站在他身旁安慰的只有顾眉生。她知道他的犹豫，知道他的矛盾。当龚鼎孳抑郁之时，顾眉生助他一道，为冤屈的文人学士申辩，对贫寒名士解囊相助。龚鼎孳或许不是个有节操的人，但是他用自己苟活的性命帮助和挽救了许多因守节操而贫困潦倒的人。

"夫君何必忧苦，做事若无愧天地良心，便足矣。"顾眉生坐在龚鼎孳身旁，靠着他的肩膀，"我们苟活为人所不齿，可是，别人的想法与我们何干，命是自己的，生活也是自己的。若我们随先帝而去，性命不如蝼蚁，可是如今，数人因我们而得活，因我们而能继续守节，又何尝不是另一种报答先帝先朝的方式？夫君殉节，可惜了满腹才华，世人若再骂，大可将罪名担于眉生肩上，是眉生苦求夫君苟活，我不过一贪心妇人，出身风尘，本就没有名节，任他们骂去。"

　　"罢了，虽借酒浇愁，不过是想到故朝悲凉伤感，倒不是因为名节之事，至于仕途，我早已没有任何期望，贬我不过是让我多些清闲时日，与眉生煮酒论诗，此生得眉生知己，足矣。"龚鼎孳苦笑，将面前的酒盏端起，一饮而尽。

　　二十年后，没有子嗣的顾眉生，靠着龚鼎孳至死不渝的爱情，走到了人生的终点。作为秦淮河畔的女子，顾眉生无疑是最幸运的一个，她寻到了一个忠诚的爱人，得到了一个志趣相投的知己，被授予了一品诰命的头衔，这些都是身世飘零的烟花女子们不敢奢望的。然而，轻易便得到这一切的顾眉生，临死时却带着遗憾。

　　数年前的春天，顾眉生在西湖边烧香拜佛，虔诚祈求，她想要为心爱的丈夫生下一个儿子，几年后，她得到了一个女儿，但是出生不过数月便患天花而死，顾眉生再无所出。顾眉生的人生，终究还是用不圆满写就了结局。

顾眉生

图书在版编目（CIP）数据

你许我的白首不离 / 思卿著. —北京：中国华侨
出版社，2013.11
ISBN 978-7-5113-4207-2

Ⅰ.①你… Ⅱ.①思… Ⅲ.①言情小说－小说集－中
国－当代 Ⅳ.①I247.7

中国版本图书馆CIP数据核字(2013)第273470号

你许我的白首不离

著　　者：思　卿
出 版 人：方　鸣
责任编辑：付芝兰
装帧设计：轩辕喵
经　　销：新华书店
印　　刷：北京博艺印刷包装有限公司
开　　本：700mm×980mm　1/16　印张：16　字数：213千字
版　　次：2013年12月第1版　2013年12月第1次印刷
书　　号：ISBN 978-7-5113-4207-2
定　　价：29.80元

中国华侨出版社　北京市朝阳区静安里26号通成达大厦3层　邮编：100028
法律顾问：陈鹰律师事务所
发行部：(010) 82068999　传真：(010) 82069000
网　址：www.oveaschin.com
E-mail:oveaschin@sina.com

如发现图书质量问题，可联系调换。质量投诉电话：010-82069336。